房宁/著

房 宁 世 界 观 丛 书

素面朝天的中国

当代中国出版社
Contemporary China Publishing House

图书在版编目（CIP）数据

素面朝天的中国／房宁著. -- 北京：当代中国出版社，2024.5
ISBN 978 - 7 - 5154 - 1354 - 9

Ⅰ．①素… Ⅱ．①房… Ⅲ．①散文集－中国－当代 Ⅳ．①I267

中国国家版本馆 CIP 数据核字（2024）第 068448 号

出 版 人	王　茵
责任编辑	徐　芳
责任校对	贾云华　康　莹
印刷监制	刘艳平
封面设计	鲁　娟
出版发行	当代中国出版社
地　　址	北京市地安门西大街旌勇里 8 号
网　　址	http://www.ddzg.net
邮政编码	100009
编 辑 部	（010）66572154
市 场 部	（010）66572281　66572157
印　　刷	中国电影出版社印刷厂
开　　本	880 毫米×1230 毫米　1/32
印　　张	11.125 印张　1 插页　220 千字
版　　次	2024 年 5 月第 1 版
印　　次	2024 年 5 月第 1 次印刷
定　　价	68.00 元

版权所有，翻版必究；如有印装质量问题，请拨打（010）66572159 联系出版部调换。

序言　行万里路，读三本书

回顾我的过往，似乎总是在路上。就像那首歌里唱的："曾经以为我的家，是一张张票根"。为什么会这样？这与我的工作有关。我是个专业社会科学工作者，我工作的主要方式就是社会调查，这是一切社会科学研究的基础。搞调查自然就要行走四方，或曰在路上、在会上、在现场。

有部研究东南亚政商关系的名著——《亚洲教父》，这本书的作者说过："随着出差的里程和采访笔记越积越多，我才清楚地了解到东南亚的经济政治状况。"我以为，这句话道出了社会科学研究方法的真谛。中国有句老话：行万里路，读万卷书。现在一些年轻人爱说：先要观世界才有世界观。大名鼎鼎的企业家任正非也说过：如果你没有去过世界，你是不能够感知世界的。上述所言，其实讲的都是一个认识论上的道理：理性认识源于感性认识。如果再加上一句就是：没有感性认识便无法达至理性认识。

"行万里路，读万卷书"，对于获得感性社会认知是不可或缺的。具体来说，行万里路是在读什么"书"呢？在我看来是在读三本"书"：大地之书、社会之书、人性之书。

我常年奔波于国内外搞调查研究。调查研究，我最喜欢或曰最好的方式是我们所称的"地面调研"，即在翻山越岭，走街过镇，千里跋涉中，"走读大地"。朱可夫是苏联著名军事家，他出身骑兵。他回忆当年他曾专门骑行数千公里进行野营拉练。他说，这对他了解苏联、提高军事素质起到了非常重要的作用。有一次我们在国外做考察，接待方特意安排了驾车陆路旅行。途中，陪同人员特意驶离高速公路，走普通公路。他对我说，我们走村过镇才能近距离地感受到本国面貌和人民的日常生活。的确是这样，改革开放初年，中国有句话："要致富先修路"。道路是一个国家工业化、城市化最重要的基础设施，它可以透视出一个国家经济社会发展进程和水平。那年去越南调研，我们特意安排了从河内到胡志明市沿越南一号公路的地面考察，总行程超过2000公里。通过地面旅行，我们把越南经济发展水平概括为"50公里时速"和"二桥时代"，即在越南公路上做长途旅行的平均时速不超过50公里，地处水网地带的越南地方城市大多正在建设"二桥"。由此，我们对越南经济社会发展和人民生活水平得出了不同于各种经济社会统计资料的更为直观和具象的认识。这便是读"大地之书"。

2017年春天，我们沿京杭大运河徒步1600公里，做了一次贯彻中国南北的地面考察。这次行走途径北京、天津、河北、山东、江苏、浙江等六省市，走过数十个城市和数以百计的乡镇。沿途既有发达繁华的城市，也有萧条老旧的城镇，更多的是走过了"十八亿亩红线"之内的以种植业为主的农村。历时两个月，从北方到南方穿过中国腹地的考察，让我们更直接、更真切地看到、感受到了当今的中国社会的方方面面，甚至"犄角旮旯"。一路走下来，最大收获是所谓"穿越时光隧道"。过去观念中的中国是共时态的，即中国发展到了什么阶段，如实现了小康社会等。但千里运河走下来，我看到了一个历时态的中国。中国的发展并非齐步走，并非齐刷刷的当下中国。我们看到，有些地方如鲁运河上的农村地区仿佛停留在了1990年，而苏北中运河上的农村仿佛走到了2000年，而苏南太湖边上的"江村"那应该是2030年的中国农村了。行走，直接的观察和体验，使我们的社会观察和感受变得直接而深刻、丰富而具体。这便是读"社会之书"。

在"行万里路，读万卷书"后面，有人还加上一句"结万人英"，意思是：行走世间你会遇到和结交各色人物。正如孔夫子所言："三人行，必有我师焉"。时常有人问我，你们到处调研，会不会只是走马观花不得深入？当然，会有这样的情况。但走多了，积累了经验和有了更多比较，会在一定程度上弥补"走马观花"的肤浅。如果你长期做社会调查，就会知道一个"窍门"——"结万人英"。我们在长期社会调查中总结出了一个重要方法——找对人，即找到"Gate man"，就是掌握关键信息的知情人。这是社会调查方法中的方法。须知，这世界上没有秘密，只有你不知道的事情。真相总有旁观者。行万里路，结万人英，实际上就是通过实地调研找

003

到那些知情人、那些 Gate man。走运河路上，在苏南我们特意去走访了华西村。当时，社会上关于华西村的种种传言不绝于耳。真相究竟如何？我们想来个"眼见为实"。可是，仅仅半天的参访能看到多少真实呢？那天和我同行的有一位全国知名的民营企业家，他跟我们一道在华西村走了一圈。回来路上，他谈了对华西村的看法。结合华西村的历史、产业结构、产权模式和管理方法等，他深入分析了华西村的行为模式和心理结构以及由此产生的各种问题。后来的情况完全证实了他事先的分析与判断。他的那种基于实践经验和生活经历得出的对人性、对人类集体行为模式的认识，让我大开眼界，大涨知识。原来华西成功的关键在于吴仁宝这个"克里斯玛"型的领袖人物，在于吴仁宝特殊的人格魅力。华西之行让我读到了"人性之书"。

20多年来，我用这种"走读法"、"现场主义"在国内外做了大量的调查研究。在国外的调研涉及亚洲、欧美、拉美及非洲20多个国家，其中有关亚洲"九国一区"工业化时代政治发展比较研究具有一定深度。对于美国大选这一政治制度的典型案例，我们也连续多年进行了观察。在国内，2017年"走读京杭大运河"和2021年至2024年对瑷珲腾冲线的分段考察，使我对中国的历史与现实有了更加丰富和深入的了解。

本书是我20多年来，在调研过程中写下的考察随笔。它记录了在调研中所获得的现场感和最初的素材。尽管这些不是最终经过"醇化"的"理性认识"，但它们反映了理论性认识的经验性基础，在一定程度上原汁原味地展现了理论认识的采集和形成过程。这也许是有益的。

我非常感谢多年来指导我从事社会科学研究的师长和领导们，非常感谢和我一起走过山山水水的伙伴和同事们，非常感谢一路上帮助支持我的朋友和知音。我还要特别感谢本书的策划和在编辑出版全过程中给予支持和帮助的王茵副总编。王副总编是一位杰出的出版家，她卓越的洞察力、无私奉献精神，一直让我深感敬佩和向往。

今后我还会继续努力，不辜负大家的指导、支持和帮助，不负时代，回馈社会。

目录

走读运河

通州启程	003
武清读史	007
大邱庄回眸	009
东西双塘两重天	013
蜿蜒曲折南运河	017
一人上路	019
生命之思	022
挂着拐杖把地种	025
华北平原上的半自然经济	030
穿越中国的时间隧道	035
我和公务员聊了聊收入	043
城市边缘两弟兄	051
探访华西村	059
求医记	071
淘宝记	081
大运河的悲歌	087

	丁宝桢杀奸臣——天下第一菜的来历	091
	吴棠治奢——淮扬菜的来历	095
	江村三日	102

瑷珲腾冲行

	四川阿坝纪行	131
	重走红军路	146
	包头行：稀土之都印象——"瑷珲腾冲线"内蒙古西段考察纪行	164

生活记忆

	冰棍队	183
	翻译生活	188
	平时与难时	194
	"七七"夜骑访卢沟	200
	清晨4点的北京街道	206
	人大对面有盏灯	210
	人生第一节政治课	212
	我的贵人	215
	乡愁是一种励志	221
	学问三部曲	224
	游三山五园绿道	229

世界观

风雨凄迷十年路——匈牙利纪事	235
三次"文化震撼"	258
百闻一见话朝鲜	262
韩国民主运动的"主题性"与"主体性"	279
了不起的"岩仓考察团"	284
朗姆酒、海明威及其他	288
访谈：美丽岛上的两个世界	295
从特朗普看美国	314
夜走红场	327
俄罗斯的阶级与革命	333

走读运河

素面朝天的中国:
这里是经济的末梢,
这里是治理的终端,
这是一个素面朝天的地方,
在这里可以看到许多生活的细节与真实。

通州启程

2017年3月2日晨9时许，赵乐强主任、白玛、小金、余立平和我5人与特意从北京城区赶来的正泰集团副总经理陈建克、黔生等4人抵达大运河左岸的漕运码头，为"走读运河"一行人送行，住在附近的朋友小年也特意赶来送行。

9时21分，一行5人从漕运码头出发，沿运河左岸运河新堤路南行，走约6公里至甘棠大桥转至右岸，因道路情况不明和运河改造扩建工程等原因，在甘棠大桥附近折返多走了3公里左右的"冤枉路"，后又返回左岸，沿步道至武窑桥转到右岸，因无堤岸道路不得不择103国道走8公里至漷县镇午餐，上午实际行走约20公里。

午餐后，应北京通州西集镇沙古堆村党支部书记孔庆江之邀乘车赴沙古堆村考察。位于运河东岸的沙古堆村为北京樱桃第一村，种植3000余亩引自欧洲优质品种樱桃。每年举办樱桃节，亦为一盛事。据介绍，村中早熟优质品种樱桃每市斤价格均在200元以上，村中农户每年仅樱桃一项收入少则10余万元，多则20万—30万元。孔书记特意介绍，北运河整治工程即将全面开始，整治后运河河面平均宽度将达200米，两岸岸堤路和绿化带各加宽到100米。孔书记家坐落在运河岸上，亦属拆迁范围。孔书记陪同参观了村内樱桃种植大棚，时间虽刚刚进入3月，大棚里的樱桃树已是满树繁花似锦。参观村中大田樱桃园，可见多数树径已在20厘米以上，进入盛果期，樱桃树果期可达40年，看来前景美好。

与沙古堆村比邻的是乡土文学大师刘绍棠先生的故乡，大运河孕育了刘先生的清新质朴的小说。小时教中学语文的妈妈每每对我讲起刘绍棠的作品，赞赏有加。20世纪90年代初，曾与刘先生有过接触，他那时虽已患病半身不遂，但谈吐依然犀利又不乏诙谐，一派大师风范，给我留下深刻印象，颇受教益。途经运河边上刘先生墓地，孔书记陪同我们祭拜，向刘先生三鞠躬，遥想当年，心中慨然。

经孔书记指点，走运河的北京段大致应在左岸行走。看来走运河要注意问询当地人士，仅靠图案作业不行。到下午我们才发现，从武窑桥始沿运河左岸，北京市修建了一条长达30.5公里的高质量的沿河绿道，可供人骑行、长跑和徒步。告别孔书记后，我们从儒林村沿绿道行走约13公里至觅西路。此时，天色渐晚，大运河蜿蜒曲折，白日挂在树梢，宽阔的河面波光粼粼。

至此，累计行走已逾33公里，考虑天色已晚和需要持续保持体力，我们不得不乘车前往天津武清区河西务住宿。因没有事先联系，到了河西务街上临时寻找旅店，抬头一看，居然有家假日酒店，便兴冲冲走进去投宿，进门才知道原来此假日酒店并非 Holiday inn，乃国产地设的"假日酒店"，不过走读路上一切从简，大车店也得住下。同行的白玛师傅去年从玉树徒步赴拉萨朝圣，翻越唐古拉山，一路风餐露宿，行走1500公里，十分了得。进屋一看，房间相当宽敞，一天的行走，说实话已经感觉有些累了，真想马上躺上一会儿。

下午在左岸绿道行走时遇到一件"奇事"，特意记之。绿道位于沿河的222乡道之下，行走约两三公里后，我无意间注意到一辆白色代步车在高处的乡道上走走停停，一直不离我们前后，车中一中年男子吸烟等候，不时瞥我们一眼。我脑子一闪，他莫非跟着我们？再走几公里，白色代步车不见了，一位骑红色电动车的农场妇女跟随。忽然，那妇女停车走下来呼喊：你们是干什么的？！走近后又问是不是勘测评估的？我问评估什么？她答评估树木。经她一提示，我意识到刚才似乎觉得绿道下面新植的一排树木特别密集，有点像苗圃临时移栽过渡一下的那种情况，当然只是一闪念，并未在意。

经女士一说，我看看那沿路新植每株距离不过半米的杨树不禁有些疑惑，便搭了几句话。未曾想，这位女士激动起来，大声诉说：这些树都是村长栽的，村长却不让我们种！我们觉得蹊跷便细问起来。她说道，因运河整治工程开工在即，上面要来征地，要对征地进行补偿，其中包括栽种的树木。我不禁想起在山东新泰调研时曾就征地拆迁补偿问题做过了解，于是细问她原委。这位女士继续情绪激动地诉说，她乃通州某村人士，村长韩某欺上瞒下，利用征地补偿敲诈国家。韩村长先是隐匿消息，自己乘夜在村土地上大量密集栽种树木，每亩竟然多达200棵以上，据说对于这种胸径15—20厘米的树木，国家每棵要补偿千元左右。村长已经种了数千棵，而且还在继续偷偷栽种，我们注意到前面确实有挖的浅沟，准备继续密集栽种。赵主任注意到新栽树木旁的土地甚至都未踩实。女士继续说道：不仅如此，村长还禁止其他村民突击种树，提到这点女士十分气愤。她还说，村长甚至还把她和一些不顺从的村民告上法庭。我问她，村长是否是党员，她说不是。我问党支部书记为什么不管，她更为气愤地说，他们是一伙儿的！她还说，村长、村委的职位是他们花每票1200元买来的！并一连串说出了几位村干部的名字，甚至还有个别乡镇干部的名字。我们笑曰：这岂不成了"黑社会"！？她说，这里就是黑社会！我们又了解了一些情况，并拍摄了一些照片。临走，她又喊住我们再三叮嘱莫要泄露她的名字，以免遭报复。我们也一再请她放心并嘱珍重。继续行走，我与赵主任议论一番，经济大潮、社会转型，问题何止千万。一面看着优美如画的林间绿道，一面想着这背后的种种，思忖良久。

武清读史

2017年3月4日晨9时许，在堂妹晓丽和妹夫凤鸣、外甥海波陪同下，我们一行人到武清博物馆参观。参观博物馆是了解一地历史、文化、风土人情的简洁方式。

武清，古称泉州，东汉时建制，后改称雍奴、雍阳，是华北平原东北部重要的南北通道。汉末，曹操征乌桓，曾在此修凿由南向北的泉州渠以运粮草辎重，是为本地也是华北平原东北部早期的重大水利工程，为后世复杂的北方漕运河系的开端。

东汉以后，隋炀帝大业四年（608年）为征辽东，募集河北百万民工开凿永济渠。永济渠从洛阳一路向东北，经今山东德州到河北青县，抵达今天津地段后折向西北，经武清到涿郡，即今天北京一带。永济渠从德州经天津到北京一段成为后来元代京杭大运河的雏形。

辽金时期开始了北方少数民族政权营造漕运河道的历史，最著名的当属萧太后运粮河。936年，石敬瑭割让燕云十六州与契丹，两年后辽主辟幽州为南京。南京成为陪都后人口迅速增长到30余万人，需要大量给养，而当时京南霸州白沟一带为北宋的疆域，辽国只得从东北老根据地经辽河海运粮食抵达天津，再利用永济渠故道向南京转运。说起来，辽国人开了海运之先河。当时粮船只能开到张家湾一带，后萧太后再辟多条运河通到张家湾，有的甚至直通海边，通过运粮河向西北方向可行船至今龙潭湖一带。传说萧太后运粮河一共有6条，其中3条经过武清。

金代做了大量水利工程，在华北北部主要以疏浚河道为主，曾一度想修成张家湾到当时中都的漕运河流，大致与始建于元代的通惠河的线路相近，但未成功。至元代京杭大运河，基本形成了今天的格局，最重要也是最知名的水利工程莫过于郭守敬主持修建的金人未修完的通惠河，使京杭大运河的漕粮可以从张家湾一路水运到元大都城下。

明清时期，从通惠河运抵的粮食及各类给养一律由朝阳门进入北京城。直至今日，北京东城朝阳门内的许多地名还与当年漕运密切相关，如今天中国青年报社所在地——著名的"海运仓"，以及南新仓、北新仓，北京站口附近的禄米仓。这一带许多胡同的名字也很有意思，如竹竿胡同、干面胡同、钱粮胡同、烧酒胡同、东西总布胡同，甚至取灯胡同，等等。从这个意义上，北京可以说是从运河上漂来的城市。

大邱庄回眸

2017年3月5日，我们继续在天津参访考察，一早先到大邱庄。大邱庄是改革开放后崛起的全国闻名的富裕村，曾号称"华夏第一村"。大邱庄的带头人禹作敏风云一时，他敢想敢干、敢作敢为，魄力十足、个性十足，成为农村改革发展的全国性典范。20世纪90年代初，大邱庄红红火火之时，一次突如其来的暴力抗法事件让大邱庄再次成为全国关注的焦点。以此为转折，禹作敏锒铛入狱，大邱庄一蹶不振，陷入困境。这些年随着时间推移，大邱庄慢慢恢复，回归正常轨道。近年来又因当年事件中，时任天津市公安局长力主拿下禹作敏的宋平顺因腐败问题落马，有关大邱庄事件的不同声音以及对禹作敏的重新评说悄然而起。无论如何，大邱庄、禹作敏作为当年农村改革的一个典型反映了中国改革开放的一个侧面，成为一段历史、一个样品。今天回头看看，也许会有新的感受。抱着这样的心情，走读运河路上顺访了大邱庄。

早上一到大邱庄街口，一座超大的三间四柱九楼庑殿式无戗柱牌楼充满了视野。巍峨的牌楼题匾上四个烫金大字——"天保九如"依然夺目。"天保九如"出自《诗经·小雅》，据说是禹作敏亲自选定的。祝寿语"九如"代表和蕴意了禹作敏对自己、对大邱庄的深深祝福与期待。大邱庄镇教育办的胡校长和企业家王总已在牌楼下等候我们，寒暄几句后话题自然转入大邱庄。一直在大邱庄教书、当校长的胡老师是大邱庄的"活字典"。他指着牌楼说，这牌楼建于1992年，1993年大邱庄就出事了，言语间透着惋惜。大邱庄出事时，禹作敏的罪状之一就是越权私建派出所，因此他设立的治安组织自然非法，被定义为黑社会性质。要知道，依我国建制，只有乡镇才能设置公安派出所。禹作敏一直希望在大大发展起来的大邱庄设立乡镇一级管理体制建制。有些苦涩的是，在1993年出事后，1994年大邱庄建镇，不仅有了派出所，还有了法庭。

在大邱庄牌楼后面是一条宽阔的大街，400米处有一座黄绿琉璃瓦装饰的九龙壁与牌楼相对。九龙壁后墙是禹作敏亲拟并撰写的《大邱庄变迁记》，文中提到，原来一贫如洗的大邱庄在改革开放后10年大变样，产值翻九番，收入增加2000倍。展望未来，他提出要实现农村城市化、农业工业化、农民农村知识化和现代化等，并嘱"我辈谨记，后辈谨记"。禹作敏没有上过什么学，他的毛笔字写得还算不错。可惜在他题记4年后，一场风暴毁掉了大邱庄的辉煌。

据胡校长介绍，1992年，大邱庄村新建饲料公司华大集团会计危富合贪污事发,禹作敏采取"文革"式批斗方式,将危富合揪至大邱庄当时的主要企业——"四大集团"进行游斗,犹如"文革",批斗现场常常是拳脚相加,游斗到第四个集团时,危被折磨致死。天津市公安部门到大邱庄进行刑事调查,准备逮捕涉事嫌疑人,禹作敏大发雷霆,组织全村居民暴力抗拒。胡校长说,当时县里领导崔书记出面做禹作敏工作,禹不听,甚至天津市委领导来做工作,他还是不给面子。据胡校长讲,当时在村委会召开"四大集团"负责人会议商量对策,集团负责人纷纷劝禹作敏让步,其中禹作敏的女婿以头撞墙,流泪苦劝,禹作敏大怒,痛骂这些晚辈后生没骨气,甚至还威胁大家。时任天津市公安局局长宋平顺态度坚决,在说服无效的情况下,先是用计离间分化大邱庄,他们通过禹作敏的一个保镖散布谣言,说禹作敏要杀"四大集团"负责人,吓得禹作敏的这些左膀右臂连夜奔逃,大邱庄人心散乱,气势瓦解。这时将禹作敏诳出,一举擒获。

说话间,我们来到禹作敏当年的住宅,现在大邱庄镇政府街对面的一座规模颇大的白色二层楼房。胡校长介绍,从禹作敏被抓被判刑后,此处便人去楼空了。我们看到房屋外观、门窗等还算完整,一个葫芦还放在窗台上。没有了主人的楼房、院落一派沉寂萧条。据说当年这里可是人来人往,禹作敏出来前簇后拥,七八个保镖护驾,十分了得。因暴力抗法等数罪并罚,禹作敏被判有期徒刑20年,入狱服刑两年后保外就医,1999年,抑郁中的禹作敏在医院自杀身亡。

离开大邱庄后,我与赵主任议论起来。赵主任说,禹作敏是农民的英雄，但如同历史上一代代豪杰终有一劫，劫数难越呀！他说，禹作敏要是个循规蹈矩的人就不会有大邱庄的成功，但也是因为成功与固执蒙蔽了他的双眼，他膨胀起来，最终毁了自己。是呀！禹作敏的故事告诉了我们不少呀！常说做人的格局，应当说，禹作敏事业不小，个性鲜明，但格局还是有限。

无独有偶，当年拿下禹作敏，官至"爵爷"的宋平顺前些年也因腐败案件自杀身亡。

东西双塘两重天

从大邱庄出来，我们马上转赴西双塘村。继"华夏第一村"——大邱庄之后，天津静海又出了个天下闻名的"新农村"——双塘镇西双塘村。西双塘村在京杭大运河畔，自1994年以来，先后获得"全国先进基层文明村""全国民俗文化村""全国绿色小康村"等20多个国家级光荣称号。

西双塘村依华北平原上的标准并不算很大，一共有427户，1224人，土地10800亩，其中耕地6000亩。但这个村庄确实相当富有，目前全村固定资产超过6亿元，集体纯收入1亿多元，农民人均纯收入3.5万多元。走进西双塘村让我想起了浙江东阳横店的影视城，村中大街小巷精心铺设与装饰，简直像是可用来拍电影的道具城。

更令人称道的是西双塘村的集体经济和共同富裕。西双塘村原来是一个出了名的穷困村，20世纪90年代初，在优秀带头人陈立新的带领下恢复集体经济，发展特色产业，逐步富裕了起来。现在全体村民住进别墅，临街清一色古朴典雅的二层小楼。村民们基本上在本村上班，实行工资制，年底分红。每年按人口领取粮食，平时发放副食及其他食品。60岁以上老人有福利补助金和医疗保险。村民子女考入县一中奖励2000元，考入大学奖励3000—10000元。西双塘村凭借优美环境和文化底蕴刻意打造乡村旅游业，这里有始建于明朝的东五台寺、初建于清朝的古街、新建仿唐宋风韵的书画一条街、加拿大风格的西美纳斯度假小镇，等等。这个小村居然成为知名的乡村旅游景点，每年有大批中外旅游者来村观光度假。

西双塘村还有一个颇具政治特色的看点。我们入村参访不久即被引入村民文化活动中心，二楼一间办公室前赫然挂着"毛泽东思想世界文化村筹备办公室"的牌子，就在这间办公室里我们见到了传奇人物付云水。他自然也是这个筹备办公室的负责人，穷苦出身的付云水本是武清人，受聘来此。他的传奇之处在于他号称是中国"红色文化"收藏第一人，其中真正的绝活是他自20世纪70年代末以来收集了大量"文革"时期中国省和地区革委会制作的铝制巨型毛主席像章。收集毛主席像章本不稀奇，我就见过不少这类收藏家和收藏品，其中包括在山东新泰的毛主席像章和毛主席著作等著名收藏。

但从付云水那里我们才第一次听说毛主席像章制作原来也是有"官本位"的等级之分的。付云水介绍，"文革"时期各省革委会都亲自监造了一块省革委会专属毛主席纪念章，各省规格一样，均为直径2米，重量近百斤的巨型像章，各地区也分别制造地区级毛主席像章，直径均为1米，比省级小一半。付云水收集了"文革"时期各省一块的省革委会毛主席像章和100多块地区级毛主席像章。他还动情地为我们讲述了收集毛主席像章艰难曲折的往事，他的讲述极具传奇色彩，简直令人难以置信。随后我们专门参观了付云水毛主席像章收藏展，确实令人惊奇不已。

从西双塘村出来，赵乐强主任特意引我们一行人去看看东双塘村。东、西双塘村隔运河相望，中间一桥相连。站在桥头往东一看却让我们大吃一惊，背后是有些超验的梦幻乡村，而对面的东双塘村街道不整、房屋低矮、天上垃圾飞舞、路边小摊横七竖八。强烈的反差令人苦涩顿生。

离开后，大家都陷入沉思，一路无话。其实，作为专业工作者，我自然懂得其中的原委，况且前些年我还做过中国"新村现象"的观察与研究。这些年来，我考察的诸如江苏华西村、山东南山村、浙江滕头村、北京留民营村等先进模范村不下十来个，归纳出的共同性特征共有八条，其中第一条就是每一个先进模范村庄都有一个具有无私奉献精神和经营管理能力的德才兼备的"带头人"，这是所有模范村成功的首要因素。西双塘村之所以是西双塘村，关键就在于陈立新，而比邻的东双塘村之所以差之千里，也是因为没有自己的"陈立新"。我们有许多朋友推崇这类保留集体所有制的所谓社会主义新村，甚至认为，那应该是中国农村发展的方向。而大家忽视了其中最关键的因素，须知陈立新、吴仁宝等是十分稀缺的资源。人们希望西双塘村、华西村的模式能够星火燎原，但却只能停留在想象上，就是因为陈立新、吴仁宝式的人物是可遇不可求的。

做新村观察研究，我还有个有趣的发现：当老一辈带头人退出后，新村的"政治继承"一般是"世袭制"，基本上是儿子甚至孙子接班。北京留民营村的张老书记退休后，实在没办法，经过反复协商考量，当时的大兴县不得不把已经是县委组织部副处级干部的小张派回村里当书记，以保红旗不倒。社会主义是人们千百年来追求的社会理想，而这一理想变成现实的首要条件是要有普罗米修斯式的英雄人物出现，或者按照我们的伟大领袖毛主席的说法，需要尧舜式的英雄人物。但普罗米修斯也好，尧舜也罢，他们是罕见的，是稀缺的。

蜿蜒曲折南运河

今天是 2017 年 3 月 6 日，是离开天津继续向南进发的日子，从今天开始我们也正式进入了南运河河段。一早我们来到了南运河与马厂减河交汇处的有名的九宣闸。

九宣闸建于光绪六年（1880 年），是南运河与马厂减河的调节水闸。九宣闸旁有一座光绪十七年时任直隶总督李鸿章亲手撰文书写的石碑——《南运河靳官屯闸记》，文中提到，九河下游的天津滨海一带"每当伏秋，盛涨众流荟萃数百里，浩淼汪洋，一望无际"。天津的海河号称汇集了 9 条河流，但实际上主要是大清河、子牙河、独流减河和南、北运河 5 条河流。天津一带除著名的独流减河外，还有多条人工挖掘的减河。所谓减河就是加快主河道下泄的分流河道，马厂减河就是其中一条。有意思的是，碑文上李鸿章的落款竟然是长达 50 多字官衔的署名——"钦差大臣，太子太傅，文华殿大学士，会办海军督办北洋海防兼通商事务部尚书，都察院右都御史，直隶总督兼理河道一等肃毅,加骑都尉世职,合肥李鸿章撰并书"。连实带虚头衔的多达8个,真不愧清朝一季头等重臣。

南运河北起天津西青区杨柳青,南至山东临清,全长309公里,是大运河华北段的主河段,也是大运河最蜿蜒曲折的一段。京杭大运河全长近1800公里,但现在的高速路全程1300公里左右。为什么运河要比相对顺直的高速路长出近500公里呢?沿运河行走就知道,运河是蜿蜒曲折的,到目前为止我们很少见到一公里以上的直行的河道,从来都是拐来拐去的,有的完全是连续的"之"字形转弯。为什么平原上的人工运河如此蜿蜒曲折?这是一路上大家的一个共同的问题。在天津北辰的那位"运河通",讲到"三湾顶一闸"的说法。当年南北运河在天津一带水还是很大的,按李鸿章的说法是百里浩淼。因此,开凿河道的时候,采取多弯的方式以阻滞洪水和减缓流速,保障行船安全。另外,我们边走边议论,我们琢磨河道曲折蜿蜒会不会还有漕船用帆的问题。博物馆里介绍当年运粮漕船均为帆船,载重量多为30吨。帆船行驶自然会有风向问题,加之北运河是逆流而上,曲折的河道也许有利于用帆?当然,这只是我们这些外行的猜测而已。

一人上路

今天走读运河团队出现了许多状况，伤病袭来，我们只好调整行程，多留沧州一天，大部分人在沧州考察，去附近的纪晓岚故里参访。我独自一人往下一站泊头进发，尽量走到泊头再乘车返回。明天大队乘车前往泊头，从泊头去东光。

我一早独自一人就迎着晨风出发了。一个人走在运河高高的河岸上，周围静悄悄的，绿油油的麦田铺满原野。行走在天地间，自由放飞的感觉油然而生。这样的感觉似乎早就忘记了。我似乎有些忘乎所以，时而走在堤顶，时而跑到水边，结果铸成了错误，右腿胯部扭伤，当然伤痛还要在大约20公里以后才会表现出来。

不知不觉时间已经过正午，今天是出发后最暖和的一天，中午的气温已经超过20℃，疲惫感似乎提前出现了。出发前做的功课——打路图有些粗心，今天路上没有途经镇而都是村。几天下来，我们已经知道村庄是没有饭馆的，连路边小店也没有，也就是说，人们在村庄里是不在外就餐的。只有镇上才有饭馆。昨天经过的兴济镇大街上也只找到了一家"大饭店"，是一条街上唯一的饭馆。时近午后两点，走到大白杨桥时忽然瞥见河右岸桥头有一家饭馆，招牌十分醒目，远远便可望见。看到饭馆饥渴感上来了，马上过桥，这是一路上遇到的唯一一家村庄饭馆，也许是十多公里河道上的唯一一座桥的缘故。

进了店门才知道人家已经打烊了。没办法，我看桌子上还剩了一些大饼，说就吃这个吧。服务员答应说可以做个炒饼，我说能不能做点带汤水的。服务员很爽快地答应说做烩饼。不一会儿烩饼端上来了，好家伙！一小盆够仨人吃的。一出天津一律是大盘子，饭菜的量很大。

这一路上，也许是天干风燥，走得很上火，我最倒霉，长了一嘴大泡，上下嘴唇全肿了。现在我们一行人里面的南方人、北方人的口味都变成一样的了，全部喜欢吃碗汤面。大家都怕吃干的，怕喝酒，不敢吃辛辣食物。现在最发愁的是晚上常常有当地朋友招待，让我们十分为难。昨晚在沧州有七八位当地朋友宴请，盛情难却只好赴约。但我们先是很不礼貌地拒绝了喝酒，这令主人颇为尴尬。后面菜刚刚上全，我们实在坚持不住了，起身告辞。看得出来东道主们相当扫兴，但也无奈，只好留下自己喝了。

贯穿南北的走读运河是一次零距离接触中国国情的考察与调研，是对中国社会运行细节的感受，是对社会治理终端状况的了解。几天走下来我们有不少收获，而且是用以往调研方式所不易获得的。昨天在沧州一些商场、购物中心转转,看到了老百姓自发抵韩的情况。沧州那样的地方没有什么敏感性,无人宣传、无人抗议,但韩餐、韩国商品确实无人问津。在一家购物中心的饮食层,看到两家韩国餐馆,只有一家有两个顾客。正值饭点,旁边一家门口有人排队。在一家号称专营进口货的"免税商店",一位女经理大吐苦水,说韩国货完全停销,我问化妆品也没人买吗?她指着货架子说,一个买的都没有!她说:我们刚刚开店半年,进了大量韩国货,我们哪知道会这样!?我们完全是受害者!她向我们推荐法国酒,我逗她说过几天还会和法国闹起来,她吓得脸都变色儿了,追着问怎么回事。我连忙用天津话说"逗你玩儿呢"。

生命之思

走运路上一直感觉疲倦，常常一到宾馆倒头便睡，甚至外衣都没有脱下。经过十几天连日的行走，逐渐适应起来了，精力体力逐渐恢复，重新旺盛起来，昨天带伤的情况下走了40公里，居然不感疲劳，右胯的伤情似乎也有所缓解，疼痛还有，但障碍性的问题消失了。昨天一直很兴奋，凌晨1点才睡，4点多就醒了，睡得很香很充分。做完今天的路图，浏览微信，看到一位朋友讨论特朗普否决民主党Obama care（奥巴马医改计划）的提案的文章，作为美国问题专家，讨论自然是比较专业的。但从医疗保障制度的角度来看，作者似乎没有对其中包含的问题与矛盾给予更多的关注和思考。医保问题之所以在美国乃至诸多国家都是反反复复、争论不休，自然有其深刻原因，否则不会如此。

在我看来，看病贵看病难，即医保问题，是任何人都解决不了的，无论是奥巴马还是特朗普，无论是哪个国家,除了印度,因为印度教徒信神、信命,不信医。现代国家的医保制度里面有个死结,就是医保被定义为普惠制的治病救人的社会保障体系。可是,自然规律是人是一定会死的,病最终是治不好的,如同田径运动里的跳高比赛——总是以失败告终的。记得上小学的时候,有一次爷爷带我上他的医院,见到了和蔼可亲的关幼波爷爷和我二爷房芝萱,那时他们可都是大名鼎鼎了。回来路上我问爷爷医院里谁的医术最高,爷爷说:哎,医生都一样,只能看好看得好的病。当时的我自然不大能理解爷爷的话,甚至觉得他说得有点怪。记得前些年有位医院院长说"医院就是死人的地方",结果引来轩然大波,被骂了个七荤八素。其实,这位院长只是说了句大实话。无论病人花多少钱、国家投多少钱,最终也还是中医的那句话:"治得了病治不了命"。想来当年爷爷说的恐怕也就是这个意思吧?要让人长生不老或长生不死,那当然是又贵又难了!而且恐怕会越来越贵,越来越贵自然也就会越来越难。无论哪路神仙恐怕都是解决不了这个问题的!各路专家在这事上花的心思也最终是会白费的。

  医学和治疗是对生命的挽救,这固然值得敬佩,但生命毕竟不是用来挽救的。生命是一团火,生命是绚丽的花朵,生命是用来绽放的,生命是用来灿烂的。生命不仅有长度,还有宽度和厚度。生命在于运动,各种类型各种方式的运动,生命存在于这些运动之中,延续于这些运动之中,升华于这些运动之中。走读运河是一种有意思有意义的运动,放下自己、回到自己、倾听自己,走进大自然、欣赏大自然、感受大自然。这是一种新的生活方式,一种新的体验生命的方式。希望不仅我能享受,我的朋友们能享受,希望将来有千千万万的人都来享受。

拄着拐杖把地种

北运河、南运河流过了华北平原的腹地,这里保留着中国最广大的传统农业地带。随着时间的推移,随着行走里程的增加,随着访谈的累积,我感觉到,这块广大平阔的地域是中国经济的末梢,是社会治理的终端,是一个素面朝天的地方。在这里可以看到当代中国社会的许多细节和真实。

与人口密度很高的长三角、珠三角地区不同,华北平原基本上还保留着自然村落,一路走过看到的是田野、村落、城镇三种面貌,这样的模式已有千年。华北大平原的中心区域——冀鲁豫三省的农村地区,沿着运河每走上五六华里就会有一个村落;二三十华里一般会遇到一个乡镇;一个县大约有个方圆百余里,据说这样的行政区域划分自秦以来就比较稳定地存在了,翻阅华北地区的县志,一般都会追溯到秦。古代的官员回避制度一般是跨县施行,所以有"百里不为官"的说法。

近十多年来,调查研究成了我重要生活方式,号称"在路上,在会上,在现场"。我自以为算是中国现在的学者里走得比较多的一位。但以往在国内调研,经济发达地区去得比较多,研究工业化、城镇化进程中的政治问题、社会问题比较多,调研访谈对象中干部、老板、城里人比较多。这一次感觉像是一猛子扎到了泥土里,可谓风尘仆仆。有一天晚上洗一件深色的衬衫,水完全变成了黑色,我以为是衣服掉颜色了,洗了两遍水变清了,原来是白天风大搞了一身的尘土。

这些天走下来,经过不少村庄。这些村庄或大或小,或穷或富,但如果问到最突出的印象,那就一个字——老,不是说村庄建筑老,而是人老。现在农村房子大多是新的或比较新的。在我的感觉里,改革开放给中国农村,至少给北方农村带来的最大变化就是农民住上了砖瓦房。当年我在农村插队,农闲时当小工帮助村里人盖房子,那时基本上都是土坯房,房子四个角砌上砖柱,中间墙体都是土坯砖砌成。现在基本上是"一砖到顶"的大瓦房。但是,现在房子盖好了,可里面住的人却越来越少了。我们经过的许多村庄十之二三的院落大门紧锁,院里没有狗叫,这说明已是人去院空。我们了解到,现在华北农业、以粮食种植为主的村庄,二三十岁的年轻人基本消失了,四五十岁的中年人也不多,最多的是六七十岁的老人以及他们十来岁的孙辈。

那天去吴桥的路上,走到下午两点多钟,田野上北风刮得很猛,气温很低,我们有些疲劳,走到一个村头见有一个场院,堆满了铁丝笼子编制的玉米囤,这样的储粮方式在华北平原上的乡村随处可见。我们赶过去坐在玉米笼子前面，背风晒着太阳很是舒服。附近一位老者看见我们略有踌躇便走过来，他打量着我们搭讪起来。这些天走村过镇，有一种感觉，村民对我们这样的外来者似乎很警惕。老者询问我们从哪里来，是干什么的。我们说明身份并问他是否可以穿村走过，他说当然没问题。我似乎察觉到什么，便问他外人来村有什么不安全吗？老者说，倒没有什么不安全的，但前不久有个算命先生来村骗了一个老人4000多块钱，结果老人愤而自杀了。

一来二去，我和老者聊了起来，这个村叫胡家圈子，离吴桥县城约20公里，没有什么产业，主要靠粮食种植营生。这一带土地还算肥沃，有运河水和机井灌溉，种小麦和玉米一年两收。指着场院上的玉米囤，老者说，现在种粮食真挣不到什么钱。他介绍说，胡家圈子的玉米产量每亩能够达到1200—1300斤，囤里的玉米棒子每斤大约卖6角，脱成玉米粒能卖8角多。当地小麦亩产一般在900斤左右，价格比较好一些，每斤能卖1元3角。现在产量算是比较高，价格也还可以，但种田成本也很高，从机耕播种、浇水、打药、收获都要花钱或请专业队伍，一年算下来每亩地也就能剩下500—600元。人多地少，村里的青壮年多数都要外出打工。我和他聊到国家放开二胎政策，老人说，现在放开了也不敢生啊，养个孩子花销太大，生不起呀！别说生孩子，结婚娶媳妇也不得了，现在结婚起码要有楼有车。我问他什么意思，他说，村里挺好的砖瓦房女家是看不上的，一般要求到附近的吴桥县城里买套商品房结婚，现在吴桥的楼价可也不便宜。他还提到，现在村里有些年轻人在家种地，人却住在城里，常常要开车回村种地。老人对此很不以为然。

一路上，我们对沿途村庄做着仔细观察和比较。农业地带的村庄大同小异，靠种植业为生，基本上没有工业，养殖业也很少，很少见到成一点规模的养鸡、养牛场，这与长江流域的情况有不小差别。再有就是老人种地。记得几年前我们在韩国做东亚政治发展调研，就当年朴正熙总统搞的"新村运动"做一些了解。我们访问了庆尚北道的一处普通村庄，这个村庄颇为富裕，设施农业相当发达，整个村子和田地仿佛花园一般。这个村的村民平均年龄高达67岁，基本上没有60岁以下的青壮年。当时，我们开玩笑说，韩国老人"拄着拐棍"就把地种了。如今中国农村也出现了相似的情况。

昨天，我们在路上途经一村叫达官营。这个村子回族居多，我们遇到一位开着电动三轮车的老者并与他攀谈起来。老汉是回族，今年71岁，满嘴牙没剩几颗了，但身体还挺硬朗，他刚从地里浇麦子回来，一脚的泥水。老汉家四口人共有14亩粮田，但现在就他和老伴儿在家，他一人操持种地。眼下正值浇春水的时候，当地抽河水浇麦，浇地按小时算电费，一小时电费为21元。根据了解和计算，因一人种地顾不过来需要雇工，他这一年下来，小麦、玉米两季收成，不计他本人的人工，大约可以收入8000元的现金。老人基本上没有其他收入来源。老两口靠这不到1万元的收入，过简单清贫的农家生活也算过得去。谈话时老人一直满脸笑容，一张嘴只露出一颗牙。现在这一带农业完全实现了机械化，种与收两头都是请专业机耕机收队伍，农户基本上是从事田间管理，主要是浇水和打药。我们一路上迎着春天走，旁边农田里可以看到越来越多的干活的人，当然都是老年人。他们不是浇水就是背着药桶打药。这样的活儿，按当年我插队时的概念叫半劳力干的活儿，这些活计对于常年田间劳作的农民来说，即使七八十岁也是能够胜任的，当然会相当的辛苦。现在不是有个概念叫"无龄感"吗！城里人不少上了些岁数的人还能跑马拉松呢！2022年北京马拉松参赛者从20岁到70岁以上的11个年龄组中，平均成绩最好的年龄组居然是55—59岁这一组，而80岁以上参赛者的最好成绩竟然在4小时左右！神了！

不过话说回来，我们所见河北、山东即使是沿运河一线的农田水利设施还是相当落后的，基本上还是大水漫灌，农田浇灌既浪费宝贵的水资源，效果又不好，我们经常看到农田低洼处被水淹没的情况。如果能有即使是简单的喷灌设施，那能解决多少问题呀！当然这需要一次性的投入，而一家一户的农民是负担不了的。当晚我们住在河北衡水故城县，我们一路走来看到故城乡村并不富裕。但晚上在县城里的大街上走走，故城市区建设得却像模像样，街道宽阔，路灯华丽，像是北京的大街，只是车少人少，显得十分空旷。我忽然想到，如果把这些钱投入一部分用于农田水利设施建设那该多好啊！

华北平原上的半自然经济

中国的华北平原是世界上最大的平原之一,也许还是世界上最平的大平原。华北平原从北到南近千公里,平均落差不过20多米。以贯穿南北的京杭大运河论,号称京杭大运河"水脊"的南旺,即运河海拔最高点还不到40米,而千里之外的北京张家湾海拔是20多米,二者相差不到20米。

华北平原沃野千里,是一片富饶的土地。改革开放以来,中国农业科技有了长足进步,全面实现了机械化,优良品种普及,水利设施、生产技术水平都有很大提高。冀鲁豫苏四省大范围内粮食单产达到很高水平,吨粮田普及化。四省粮食生产的模式普遍为小麦、玉米一年两茬。现在河北平原地区小麦亩产一般能达到900斤左右,山东可达1000斤左右,而苏北有些地区能达到惊人的1200斤。四省的玉米亩产一般都能达到1200斤左右。根据我的计算,2016年河北地区的种粮农民的个体劳动生产率是改革开放前1976年的10倍以上。

改革开放近40年来，中国经济实现了从计划经济向市场经济的巨大转变，同时带来了中国的快速发展。但在中国的农村，尤其是如华北平原以粮食生产为主的农业地区却并未与全国一道进入商品经济时代，准确一点说，现在华北平原农业地区还是一种"半自然经济"形态，也就是说，华北农村地区的商品生产与交换程度很低，种粮农民日常生活的货币化程度很低，他们的生活更多地还呈现出自然经济的特点。

从华北平原农民生产和交换活动看，华北平原地区粮农人均耕地面积不大，河北人均3亩就不错了，苏北地区经常也就是1亩多，加上家庭成员进城务工富余出的耕地，家中留守的老两口能种上10亩地就很不错了，这样的情况我们在调研中遇到了不少。华北农村的粮食生产已经基本实现了机耕、机种、机收的专业化服务，个体农户主要是从事田间管理，即使是六七十岁的老年农民，只要身体健康基本上可以胜任10亩粮田的田间管理工作。根据我们在河北、山东两地对多个村庄和农户的了解，现有10亩承包粮田的农户，小麦产出按每亩900斤计，每斤当前收购价为1.3元，全部出卖可得1.2万元左右；玉米产出按每亩毛重1200斤计，每斤当前收购价为0.63元，如果全部出卖可得7000多元。此外，国家每亩粮田补贴125元，计1250元，三项相加共计为2.2万元左右，种子、化肥、农药、电费等投入约占出售所得的35%—40%，在不请帮工的情况下，扣除全部支出后，全部出卖实际所得最多不超过1.5万元。冀鲁豫三省的种粮户很少有其他经营与收入，一般情况下，麦子留作口粮不出卖或不全部出卖，玉米一般供出卖。这样我们与多个农户计算下来的结果是，两口子种10亩粮田，一年货币收入最多也达不到1万元钱。老两口平均每人每月最多也就是400元左右的现金收入。由此可见，华北平原农村的商品生产程度很低，多一半还是自给自足的自然经济。我们多次询问农民一家每月不足千元钱能否过活？得到的回答是"也够用了"。农家的住房不花钱，口粮自给自足，蔬菜靠房前屋后的小菜园，还可以养一些鸡鸭。农民主要货币支出无非是买些油盐酱醋和烧火、取暖的煤炭以及婚丧嫁娶等为数不多的应酬，除此之外其他货币支出很少。

冀鲁豫三省农业地区养殖业很少，行走千里，穿村过镇，很少见到成规模的养殖业，养鸡、养猪、养牛户很少，有也规模不大，问及原因得到的主要回答是，年纪大了顾不过来。相比之下，越是向南，农民多种经营的能力越强。我在邳州望母山乡访得一位67岁的张姓老农，他和老伴种了3亩大蒜，这两年"蒜你狠"，大蒜价格不错，一亩地连蒜薹带蒜头大约能挣到1万多元，说到这儿，老汉一脸幸福。近年来玉米价格低迷，华北种粮农民的主要现金来源大减，一路上听到的是农民的唉声叹气。张老汉还放着19只羊，5只母羊一年能下10多只羊羔，羊羔养到半年卖掉大约能挣1万多元。他老伴儿在家养3头大母猪下几窝小猪，养成克朗猪卖掉再挣1万5千多元，这样加在一起，老两口一年能有六七万元的现金收入。他们的问题主要是没有口粮，需要购买粮食。像这位张老汉家的经济就属于商品经济了。

从消费角度看华北平原农村，其自然经济的色彩同样浓重。我们观察了不同省份的农业区的近百个自然村，一个共同的现象就是所有村庄均无餐馆，城市中常见的烧烤摊也从未见过。华北平原农村地区只有镇上才会有少量餐馆。在外就餐，是商品经济发展程度的重要标志之一。欧美发达国家居民 60% 以上的饮食花费用于在外就餐。而我国的华北农民基本上不在外就餐。村庄里的商业活动主要就是两类：一是村庄"小超市"，二是开着汽车、拖拉机走街串巷收购小麦、玉米的游商，还有就是少量卖馒头、糖果的游商。

村庄中的"小超市"是农村商品经济的主要场所。村庄"小超市"一般和住家院落连在一起，或在院里，或开门向外，出售的商品主要是日用品、油盐酱醋、烟酒糖果、瓶装饮料以及方便面、火腿肠等制成食品。如果有蔬菜和豆制品则说明村中有工厂，供应工厂的伙房。大村里这样的"小超市"会有多家，小村常常只有一家，我到过的一个小村唯一的一家"小超市"关了门，村民买任何东西都需要去临近村庄。村庄"小超市"生意也不太多，许多商品上落满灰尘，说明无人问津已经很久了。村庄"小超市"的另一特点就是价格便宜但质量差，假货不少。村庄"小超市"中的商品一般没有知名品牌，以方便面和瓶装饮料来说，城市中常见的"康师傅""统一"等牌子从未见过，碳酸饮料、茶饮料中知名品牌也没有。而代之以一些"打擦边球"的仿冒产品，如看到包装很像"康师傅"的"康食傅"方便面，包装很像"绿茶"的"缘茶"，令人啼笑皆非。

中国在大踏步地前进，中国已经是世界制造业第一大国，中国的商品遍及全球各个角落，世界进入了"Made in China"时代。但在中国的腹地，纵横千里、跨越三大水系的华北大平原上的农村却没能与时俱进，还停留在半自然经济的状态。这是好事还是坏事？我说不清楚，也许按人们常说的不该用"二元对立"的绝对化观点看待事物，也许这既是好事又是坏事。好事者，可以让人看乡村的朴实无华、古风犹存；坏事者，无论是致富还是拉动内需，这里肯定是帮不上忙了。当然，无论好坏都是外人的感受，情况究竟如何，村中农民最明白，冷暖自知。

穿越中国的时间隧道

不同时代有不同的学问,不同时代有不同的做学问的方法。现场观察法是我们在长期政治学研究实践中摸索出的一套专业性研究方法。今年春天走读运河的徒步考察调研无意中进一步发展了现场观察法,不妨将其称之为"走读观察法"。

走读观察法

所谓走读观察,是对社会生活进行连续性不间断的走访观察,它有别于一般调研采取的那种一城一地一单位的点状调研。走读观察可以对社会生活进行全域性、全程式的观察和了解,其价值在于有利于形成对事物发展整体进程的认知。同一事物在一定历史区间和一定区域内,发展进程与水平是存在差别的,点状调研看到的是事物发展的现状与结果,而不易于形成对某一事物发展进程的印象。走读观察对一事物进行全域观察,可以发现该事物在区域内呈现的不同发展状况和水平,在事物的共时性中呈现历时性进程,相当于将时间维度引入了观察的视野，有利于发现影响事物发展的连续性因素及作用，有利于形成对于事物全貌和进程的总体认识。

在不同地点进行关于同一事物的调查研究属于共时性研究，形成的印象与结论是关于事物在不同地点上的共同性和差异性，有利于形成对于影响事物发展相关要素及其权重的认识。走读观察法是历时性研究，犹如走进"时间隧道"，通过了解同一事物在不同发展阶段上不同水平的呈现，形成对事物发展进程的印象与认识，获得对于影响事物发展诸因素之间关联性以及事物发展规律性的认识。

三个时段的中国

在中国腹地3000华里的行走，使我们直观地领略了中国近40年来的快速工业化、城镇化进程。与其他国家工业化进程一样，中国的发展也是不均衡的，但中国的不均衡性要明显高于许多西方国家及部分发展中国家，认识发展不均衡性是了解当代中国国情的重要方面。我们的感受是，中国发展的共时态在很大程度上存在于人们的观念形态中。借助英语时态作表达，在观念上，中国社会进程都在当下，可算作英语中的"现在时"。但如果你从北向南一路走下来，你会发现各地的经济社会发展状态与水平绝不是同属一个"现在时"，中国社会发展状态实际上同时具有"过去时""现在时""将来时"。即使是同为"现在时"，甚至还可以区分出"现在完成时"和"现在进行时"。

比如，冀东、鲁西的农村地区的发展进程停留在了20世纪90年代中期，应该属于"过去时"了；鲁中、鲁南、苏北的中运河区段则处于世纪之交，也属"过去时"，但依然在较低水平上有所发展，并非"过去完成时"，可算作"过去进行时"；而苏北工业化地区大致为里运河区段则已经是真正意义上的"现在时"，到了苏南以至杭嘉湖平原尤其是杭州，基本上是中国的"将来时"。

中国的发展犹如一场行军。1978年党的十一届三中全会后，国家开始了改革开放的伟大征程，但整个中国并不是齐步走的，一路走来，有的地方快有的地方慢，有的走到20世纪80年代末就停住了脚步，有的留在了20世纪90年代，有的则走到了前面，超过国家平均水平10—20年。

正是从这个意义上说，走读观察犹如走进了时间隧道，可以再现中国发展的不同时期，让人直观地感受处于不同发展阶段的中国，帮助人们更加深刻地认识中国发展的不均衡性，启发人们进一步深入思考发展不均衡的内在原因与规律。

城乡之别的新认识

走读运河前，城乡之别是关于中国社会内部差别的一个寻常概念。走读运河后，新增的见识是能够区分工业化地区的城乡与非工业化地区的城乡，都是乡村但工业化地区与非工业化地区的乡村完全是两个不同的概念。一路走来，连续观察，你甚至会发现不同发展水平区域的边界，即发展转型的临界点。

那天我们从淮安沿运河右岸向扬州的宝应进发，下午走过淮安泾河镇运西闸时，我们忽然意识到刚刚跨过了中国北方工业化与非工业化地区的边界。运西闸北属淮安，闸南属扬州宝应。一道短短二三十米的闸桥明显地隔开了两个时代。淮安是周总理的家乡，应当说城市建设得十分漂亮，但淮安农村与冀鲁豫的广大农村却没有很大区别，仍属半自然经济状态。

一过运西闸桥，首先田野里景观大不一样，闸桥南面的村子叫春光村，春光村田地里满眼设施农业，大棚成片。春天里华北平原上油菜花盛开，但宝应以北的油菜花多在道路两旁或房前屋后，这是农家少量种植用来换油自家吃的。走进宝应，黄灿灿的油菜花一望无际，显然这是大面积种植的经济作物。

走进春光村里，我们终于见到了一家叫"大兵农家菜"的餐厅，这是离开天津后第一次在村庄里见到餐厅。春光村头居然有一条小街并排开了四五家小超市，颇有了一点"商业街"的味道，走进超市一看，货品一律是江苏本地品牌，完全没有了一路上村庄小超市里比比皆是的冒牌货。

经过近40年大发展，中国形成了以"长三角""珠三角"为代表的广大工业化区域，工业化地区的城乡具有一体化趋势。向扬州以南一路走下去，看到的是城乡差别显著缩小、城乡界限逐渐模糊。而工业化地区对非工业化地区，尤其对非工业化地区的农村乃至乡镇的资源具有强烈的抽吸作用，人流、物流、资金流、信息流等通通流向工业化地区，而非工业化地区农村则陷入了历史性的没落。

行走在路上，我们常常议论，数千年来的中国故事有一半都发生在身边这条大运河上，当年中国最有本事的男人和最漂亮的女人云集河上。但随着工业化进程，这条1000年来的繁盛之河已经寂静无声。非工业化地区农村剩下的是老弱妇孺。

一天，我在地头与一对给麦地施肥的老夫妇攀谈，他们都已70岁出头，种着6亩粮田。丈夫扶着一个专用施肥的轻便犁杖，犁头破开土地，胺肥颗粒顺犁头撒下，随后再覆土埋住。当年插队时我也曾干过类似的活计。休息片刻，老妇人在前肩背绳子拉起犁杖，老汉在后扶犁施肥。我看着他们走远，渐渐隐在苍茫绿野之中。望着他们远去的背影，我忽然想到他们也许就是最后一代传统的中国农民了，再过一二十年，他们注定会消失在这片耕作了数千年的土地上。

伴随工业化、城市化进程，中国传统的农业、农民和农村行将走入历史。首先是从事传统农业的人口严重老化。当年我18岁去农村插队落户，那时农民调侃自己，自称"老农民""老社"。现在的农民那可是真的老了，根据我们一路的观察，日常从事田间劳动的绝大多数人已在50岁以上，甚至多数超过了60岁。

我曾两次做过一个有趣的试验，连续访谈10位遇到的在田间耕作的农民，包括询问年龄，结果两次完全一样：70多岁的3人，60多岁的3人，50多岁的2人，40多岁的2人。当问及为什么在家种地，50岁以上的人回答都是一样的：老了，打工没人要了。他们干了半辈子农活，现在干不了别的，只好回家习惯性地操持老活计。这批在家种地的农民确实已经太老了，未来10—20年，他们会消失在故土。

其次，半自然经济状态农业的非经济性使得传统农业无法持续。现在华北平原上老一代农民的耕作是惯性行为而非经济行为，分散的粮食生产根本无法盈利，仅靠耕种责任田甚至难以维持生活，老年农民的劳作相当于城市居民退休后的休闲活动。现在种粮农民一年辛苦换来的钱不如在城里打两个月工挣得多，这种不经济的活动自然是难以为继。

最后，没有继承人。无论是出于习惯还是出于无奈，现在的农民可能再也不会有接班人了。改革开放以来，农村的第二代、第三代跟随着工业化大潮进入了城市，进入了第二、第三产业。尽管这些农民工还没有与城市居民享有同等的国民待遇，他们转化为城市居民的路还很长，但这是一条不能回头的路，进城农民工为了自己的下一代能够最终在城市里立足生根，他们无论如何都要在城市里打拼！他们决不会让子女再回到村庄里重复祖辈的生活！

"无边落木萧萧下，不尽长江滚滚来。"随着工业化、城镇化进程，中国农村将翻开新的历史篇章，延续数千年的传统农业生产方式、生活方式即将随着最后的农民的消失而走入历史。农民没了，村庄也会没落。可以预见，中国大地上将出现一种新型农业，但新型农业不会像传统农业自然消亡那样自然产生。

新型农业的诞生还有许多阻碍和困难，其中重要的问题是现有农村土地承包经营权的归属问题。当还在农村土地上耕作的老一代农民消失后，谁来耕作土地？从理论上和国外经验上讲，现代农业公司集中耕作是一个大趋势，但现代农业公司进入农业首先遇到的问题就是土地承包经营权，甚至是进一步的土地产权问题。现在一切似乎都是在等待，按政策语言叫作稳定家庭联产承包制，实际上是在等待和观望。

我们在山东临清乡下探访一个村庄，这村共有300来户人家参加了上一轮土地承包。和其他村庄一样，这个村子也是个老龄村。去年村里有一对老夫妇相继故去，他们承包土地按当地政策要由村内300户参加承包的村民中的近亲属转包，而不能由他们已经离开村子、常年在外打工的子女继承承包权。最终老夫妇的承包地被他们已经嫁到邻村的一个侄女转包。

目前实行这样的政策是意味深长的，其中埋伏了一个问题，当村中绝大部分承包人都故去后，村中土地由谁承包？这是中国在未来一二十年必须要面对和解决的问题。如果将来是由"最后的农民"的已经离开农村和土地的子女及后代继承，则势必要造就一个巨大的食利阶层，形成千千万万个"小地主"。

食利问题暂且不讲，无数个"小地主"对新型农业生产，对于土地集中经营，会形成无法承受的交易成本，即像印度、菲律宾那样的情况。一旦形成这样的局面，不仅新型现代农业无望，还将累及中国最终的工业化、现代化进程。

走在大运河岸上，望着缓缓的河水、富饶的原野，中国的未来在这里，我们民族的伟大复兴终将出现在这片广袤无垠的土地上。但是，许许多多艰难险阻也隐藏在这片土地上，需要用我们的智慧、我们的魄力去一个一个妥善解决。这些问题也许很难，但好在还有时间。我们走累的时候，难免心生焦躁，一路同行默默无语的白玛师父这时就会跟我们说：没关系，不着急，慢慢走慢慢走，路还远着呢……

我和公务员聊了聊收入

京杭大运河的南运河河段北起天津与河北交界的静海九宣闸，南到山东临清，全长414公里，是京杭大运河6个河段中最长的。

临清往下就是鲁运河了，直到鲁南的台儿庄。南运河大部分流经河北，可算是冀运河，但却没这样称呼。南运河唯独在德州城区这一段进入了山东地界10多公里，从德州往下到临清大运河是冀鲁两省的界河。

南运河路况

吴桥县城到德州城区有104国道连接，104国道上的里程显示是23公里，但如果沿运河行走则肯定要长于这个里程，到底是多少呢？实际行走是约30公里。

北方京杭大运河在长江以北两岸全程都有堤顶路，而且是贯通的。国家有防洪法，防洪法规定，任何集体和个人都不得占用河堤。现在南、北运河严重缺水几乎断流，但历史上水量还是比较充裕的，一到汛期常常泛滥成灾。走在运河岸上，常常看到险工险段的标志，有的还有防汛石料储备，看看奄奄一息的涓涓细流，真是有点苦涩。江南运河因在水网地带，基本没有防洪堤岸，河岸被分割得支离破碎，基本无法沿河徒步旅行。

北方运河基本上是上下两层河槽，大堤在上层河槽顶部，平时河水在较窄的底部河槽里面，汛期如有洪水，则溢进宽阔的上层河槽，起到滞洪作用。近代以来运河缺水，上层河槽基本上种满了庄稼，但运河大堤依然保存完整。

堤顶路大致与河槽走向一致，但时常形成向外迂回的河岸，对岸河堤也与之对应，看起来好像北方的"糖葫芦"，河道像是竹签，大堤围成的上层河槽像是一个个圆圆的山楂。迂回河岸最宽处一般距底部河槽500米，换言之，这样的"糖葫芦"可以形成一个个直径超过1公里的"水柜"，利用上层河槽形成一个小的滞洪区。

沿途所见

走读运河，昨天的终点就是今天的起点。今天一早赶到昨天离开河岸的地方继续前行。从吴桥到德州始终沿着左岸行走，这一带运河的支流不多，故道路情况十分简单，沿河走就是了，也算是少有的不怎么用琢磨路线的路段。

天气依然比较凉爽，这一带多为基本农田保护区，举目四望是种满玉米的青纱帐。这个时候大田里已经没有什么活计了，大堤上静悄悄的，有时候走上10里地也遇不上个人，真是个安静的世界。独自行走不一会儿就会满脑子的想法，一路走一路天南地北地东想西想，腿脚在走，脑子在飞。

今天让人有些烦恼的是路质，北方运河堤顶路有四种路质：土路、砂石路、砖路和水泥或柏油路。走在柏油路面是最幸福的，那算是平软路，走在上面省力省脚速度快。今天的砖路是南运河许多路段特有的红砖路，是用竖起的红砖铺成的。砖路虽也是硬质路面，但走起来相当吃力，砖地不平，脚底触地时很涩，蹬地有滞留感。在这种路上走，要额外保持小的平衡，对脚和腿的小肌肉群和韧带影响很大。

今天速度比昨天走在比较平整的土路上明显下降了，配速平均增加了30秒，走了20公里以后脚和腿就早早出现了酸胀等不适感。为什么会铺这样的路呢？成本难道比水泥路低吗？也许是平原上土多就地取材？究竟是什么原因我也搞不清楚。

下午两点到达德州城区，离开沿河道路转向苏禄王陵拜谒。今年正好是苏禄王访华600周年。

1417年，明朝永乐十五年，菲律宾群岛上的苏禄国三位国王——东王、西王和峒王，以东王巴都葛叭哈剌为尊，率领家眷、近臣及随护共340多人的庞大使团，"梯山航海，效贡中朝"，来北京朝觐明成祖朱棣。

苏禄王一行登陆泉州，行至扬州后转入京杭大运河直上北京，受到了明成祖的隆重接待。在北京逗留27天后，苏禄王一行扬帆返程。不幸的是，东王巴都葛叭哈剌行至吴桥一带突发急病，不治身亡。明成祖感念东王的诚恳，同意将他安葬于德州，东王长子归国继承王位，东王妃留下来陪伴夫君亡灵，他们的另外两个儿子和大批侍卫也随王妃守陵，后来都殁于德州。

现在苏禄王陵边还遗留下来一个穆斯林村庄，为守陵人的后裔。苏禄王空国来访，成就了中华对外交往史上的一段佳话。

邂逅公务员旅友

人生在世是要终生学习的，多数的学习并不是在课堂上、书本里，多数学习是在生活中，是在与人的交往中，而且是随时随地的。子曰："三人行，必有我师焉。"走读运河的路上，我们曾半开玩笑地说，这一路起码要走3000里，十里路长一个知识、增一个见识，那起码就是300多条呐！事实上，也许真是这样，甚至更多呢！

今天长的一个见识就是邂逅了一位旅友——当地的一位骑行爱好者。今早在昨天最后到达的地点准备启程的时候，正巧一位骑行的朋友停了下来，看样子是想休息一下。我见他是当地人，便向他询问前方的道路情况，他说前面道路基本为硬质路面，而且沿左岸一直可达德州。见我徒步，他便推着车跟我一起走了起来。

一路慢慢聊起天来，原来这位旅友是个公务员，我来了兴趣，向他了解基层公务员及政府工作的情况。我们走了两三公里，来到了一个路口时，他说"到我家门口了，请你到家坐坐"。我有些意外，犹豫一下，心想好在今天行程比较宽松，去坐坐也好。

旅友家是一座在村里自建的农家小院。走进小院他便招呼说有客人来了！他爱人应声从屋里出来招呼我进屋。我打量一下，房子大约盖了有20年了，屋里家具陈设十分简单，看样子两口子生活并不宽裕。

闲聊中得知，他们二人都是公务员，有个闺女刚大学毕业不久，已经在县城里找到了工作。聊起工作、生活和待遇，他们二人都是20多年的公务员了，现在每人每月拿到手里的收入3000多元，加在一起还不到7000元。好在20多年前参加工作时在这个村子里买了块宅基地，后来盖起了这幢二层小楼。现在孩子也工作了，老人身体还硬朗，他们没有什么额外负担，生活凑凑合合还过得去。

我见他家的日子过得还是比较局促的，便直截了当地问："假如允许，你觉得有多少收入算是比较合理，或者说能使你过上自己觉得比较体面的生活呢？"其实，这是我在有关党的建设和公务员改革的调研中经常问到的问题。

这位相貌憨厚的公务员面露难色，他说："涨工资不大现实吧？现在县里财政并不宽裕，经济也不好，不大可能提高公务员的待遇，能维持现状就不错了。"

我还是鼓励他说："我说的是假设，抛开可能不可能，就谈愿望。"

他沉吟一番，很不好意思地说："要是每人每月能有5000块钱就满足了。"

我听了哈哈大笑，说："你看，我又不是你领导，我都不知道你名字，你怕什么呀？！"

他局促地连声说："说多了没用，说多了没用。"

哎，这位老弟真是个老实人！要知道，他一个工作20多年的公务员收入只是在工地上干活的"日工"与"包工"的工资水平之间——比"日工"多，比"包工"少。即使是5000元，也还比不上许多带小孩的保姆。一个受过良好教育、担负社会管理工作、握有一定权力、承担很大工作压力并担负责任与风险的公务员，如此之低的收入，真是让人感叹。

从清廉政治的角度看，如此之低的收入能使公务员队伍吸引到德才兼备的优秀人才吗？能让公务员有职业归属感乃至荣誉感吗？能够让他们无后顾之忧专心服务人民吗？不能吸引优秀人才，没有职业归属感、荣誉感，又如何保证公务员珍惜职业与岗位，如何保证他们的职业操守和服务质量？靠教育？靠灌输？靠解决"总开关"问题？问题是，哪个是因哪个是果，是鸡生蛋还是蛋生鸡？

这些都是一直以来为许多人所思考的问题，也是令人困扰的问题。然而，公务员队伍尤其是基层公务员的实际状况似乎已经回答了这些问题。

倒是同为公务员的旅友太太想得开，一副比上不足比下有余的无所谓心态。她说已经快到退休年龄了，现在就盼着退休。这倒是和我一样。我们聊了一会儿，我惦记着走路便起身告辞，没想到旅友太太热情地请我一定尝尝她早上熬好的本地特色"粘粥"。没办法，恭敬不如从命，我便和他们一起喝起了粘粥。原来是南瓜与棒渣一起熬的稠粥，喝起来味道还不错，配上她自己腌的韭菜花，别具风味。

他山之石

喝好了粘粥必须开拔了，感谢一番道别继续赶路。走在路上回想着刚才的话题，不由想起做亚洲政治发展比较研究时知道的韩国的一段往事。

韩国独立后很快陷入战乱，停战后山河破碎，一片焦土，经济凋敝、政治腐败、人心散乱，形势每况愈下。窘迫之中，以年轻军官朴正熙为首的少壮派军人发动政变，推翻了腐败昏愦的文人政权。

军人当政空有一番报国之志，但确实不谙治国之术。一筹莫展之际，一位被朴正熙很器重的老战友又要离开他而去搞技术救国。朴正熙一再挽留，这位战友说：留下也行，但要听我的建议。朴正熙便问计于他。

战友说，要振兴韩国，公务员是关键，但是现在韩国公务员士气低落，不足以担当重任，唯一的办法是提高他们的待遇。朴正熙不听则罢，一听这样的建议十分气恼——怎么还能给这样一群慵懒腐败的公务员涨工资？！凭什么？！战友对朴正熙讲出一番道理。他说，现在韩国公务员收入少得可怜，怎么能指望他们为韩国百姓效力呢？！

朴正熙被战友说服了。当时韩国财政非常拮据，朴正熙政权克服极大困难，顶住压力，大幅度提高了公务员的工资待遇，提高待遇后的韩国公务员工资相当于普通工人工资的

8—10倍。此举一出，韩国公务员队伍士气大振，政风为之一变，迅速转变成了一支廉洁高效的工作队伍。这批公务员跟随朴正熙克服千难万险创造出了汉江奇迹，实现了韩国的工业化。

一些启示

这些事虽发生在国外，但还是能给我们一些启示的。

一个国家如何保持公务员队伍的廉洁与高效，这是政治学长期关注和研究的重要问题。我国的公务员，尤其是像我路遇的这位朋友那样的基层公务员，他们的待遇确实是低了一点。别的不说，从公务员报酬的结构上看，我国公务员收入中缺乏一块责任与风险收入，这是公务员薪酬的一个结构性缺陷。

拿公务员与保姆相比，就像这位朋友一样的许多基层公务员收入不如一些带小孩的保姆，现在许多城市中带小孩的保姆月薪能超过5000元。为什么这些保姆收入相对较高呢？因为带小孩的保姆收入中有一块是带幼儿的责任与风险收入，保姆带小孩是负有安全责任并担有一定风险的。

一边走一边想，不知不觉走进了德州城区，穿过104国道运河大桥，前面是一条黑漆漆的柏油路，心中一阵高兴，终于走到平软路上来了！如果说走砖石路、砂石路像啃窝头，走柏油路简直就像吃面条呀！果然走到柏油路面上，脚底感觉立刻轻松起来，不适感降低，触地时间缩短，步伐轻快了许多。曲曲折折，九望德州，终于大踏步走了进来。

城市边缘两弟兄

改革开放推动了中国的工业化、城市化,近40年的快速发展彻底改变了中国社会的面貌。改革开放几乎改变了所有中国人的生活,在所有中国人中间,生活发生了最大变化的群体似乎是中国人中最大的群体——农民。40年前,我本人也是他们中的一员。

40年前中国有9.6亿人口,其中7亿是农民。40年后中国的城市化率超过了50%,这意味着近13亿中国人中间有7亿住在了城市里。当然,住在城市里的人身份还是不一样的,城市居民之外又有了一个独具时代与中国特色的新群体——农民工。他们亦工亦农,住在城市务工则是城市新工人、新居民,回到家乡务农则仍为农民。

工业化、城市化进程中,农民及农民工的命运、际遇是不同寻常的,也有诸多的争议。有人说,农民工扛起了中国的工业化,他们是为中国发展默默做出最大贡献而得益最少的一群人。但也有人说,随着工业化和城市化进程,城市周边农民因土地升值,在征地拆迁中获得了巨大收益，这群农民甚至是中国改革开放最大的受益者。情况究竟如何？我在走读运河路上对此有许多直接的观感。

运河上的粮仓——北仓廒

从北京通州到天津北辰为京杭大运河6个河段之一的北运河。离开北京经武清便进入了天津近郊的北辰地区。北运河在北辰地区最著名的水利设施便是屈家店水利枢纽，这里同时还是运河上著名的仓库——北仓所在地。

人们一提京杭大运河，常以为就是将江南各种物资运至北京。实际上，运河一路流淌3000余里对整个华北、江南经济社会起到的是互通有无、调剂余缺的作用。运河漕运既有南来也有北往，物资沿运河聚散。运河沿线主要有四种设施：码头、钞关、闸坝和仓廒。码头停泊漕船，钞关征收税款，闸坝是水利设施调剂水流，仓廒储藏粮草物资。这样，大运河便沟通南北，调剂四方，把国家、社会连为了一体。在中华民族的形成和发展的历史上，京杭大运河真正称得上是一条"母亲河"。

千里运河上有许多名胜往往就是集码头、钞关、闸坝和仓廒为一体的，如北京的张家湾，山东的临清、济宁，江苏的淮安、扬州，等等。天津的北辰也是这样一个临河重镇。屈家店闸调节北运河和永定河两条大河，夏天汛期来临，控制永定河水并将北运河洪水排向永定新河入海。屈家店附近运河北岸上便建有史上著名的北仓，北辰的北仓镇也因此而得名。

北仓除去储存天津所需物资外，同时也是京外主要的储备仓库。1860年的英法联军和1900年八国联军都是从天津登陆，然后沿北运河攻入北京的。1900年，八国联军攻占南仓、北仓以及香河一带重要物质储备库，是清政府和清军迅速失去抵抗意志的原因之一。

北仓一带设立重要物资储备和集散仓库还有气候水文上的原因。

中国北方四季分明，夏天雨水集中，冬春两季十分干旱。北方运河颇有季节河流的特点，每年汛期一过，河水迅速减少。由于气候水文原因，北方漕运也具有季节的周期性，在富水的夏季用大型帆船趁水多集中运输，当年京杭大运河上的漕运大船一般能达到30吨。到了冬春枯水季节，运河漕运便换成小船运输。

根据这样的气候水文条件和运输模式，就需要在运河重要的渡口、码头附近修建大型仓库作为物流的集散地。天津著名南仓、北仓就是在这样的背景下修建的。前些年有个不错的电视剧——《天下粮仓》，据说剧中许多故事就是取自北仓廒。

"干一天算一天"和"等拆迁"

北辰近年来发展很快，四处可见大片大片区域在拆迁和建设。那天走到北辰一个叫王秦庄的地方，这里离中心城区已经不远了，但街道、屋舍一切都显得很陈旧，好像一切还停留在20世纪八九十年代。我们穿村而过的时候,不时看到拆迁的公告,原来这里已经被列入开发区规划,即将进入紧锣密鼓的拆迁阶段。

我们走到王秦庄时已近中午,早上出来得早,没吃东西,这时候感到有些饿了,随便走进一间路边小店,准备打打尖儿。

这是一间十分简陋的小餐馆,以拉面、烙饼一类的中式简餐为主,也可以摊上个鸡蛋、炒个土豆丝什么的。小店就一间屋子,一半当作厨房操作间,一半摆上几张桌子算是餐厅。店主人是一个胖墩墩很结实的小伙子,店里店外就他一个人,一会儿拉面,一会儿烙饼,时不时还炒上小菜。好在店里客人不多,小伙子倒也不算太忙,没事的时候就坐下喝茶,和客人聊天。

我见有烙饼,就问小伙子能不能给我做个炒饼,小伙子说没问题,就准备上了。我正等的工夫,外面风风火火闯进一个小伙子,一身黑衣,小臂上还有刺青,手腕上挂着手链,板寸头显得很精干,就是肚子已经有些微微隆起。他进屋就喊:来盘炒饭,一个啤酒,赶紧着,我还要接着打牌呢!看样子他是这里的常客。

这时屋里没有别的客人了,趁等饭的工夫,我和小伙子搭讪起来。穿黑衣的小伙子姓张,是本村人,说话很快。我问他打什么牌呀?他爽快地答道:赌博呀!他颇有点得意地说:我今年38了,从来没有正经工作过,就爱好赌博,可称得上职业赌徒。看他的爽快劲儿,我也来了兴致,就和他聊上了。

我对他说：听你这口音可不太像本村人呀？天津这个地方方言很有意思，相声里爱说的那种有点天然滑稽的天津话，实际上仅限于天津城内，天津四郊五县的方言都不是那样的。据说，这和当年李鸿章率领淮军在天津训练北洋新军有关，也有说是与明初来的安徽军队驻扎有关，总之，现在天津市区的那种方言与安徽方言有渊源。

小张说：是的，我父亲是天津的知青，当年下放到这村，后来因政策的原因弄得我现在既不是居民，也不算农民，一直也没有正式工作，到现在还没娶媳妇，一人吃饱全家不饿。说到这儿，做饭的小伙子也加入了进来。

做饭的小伙子姓樊，是河北邯郸大名人氏。小樊原本是个木匠，一直跟着家乡的建筑队在外打工。近年来经济下行不景气，建筑队经常拖欠工资，他不得已流落到这里租了一间房子开起了小饭铺。我问他生意如何，小樊说实际落下的钱和在建筑队做木工差不多。看样子小樊是个聪明能干的人，他饭做得不错，炒饼挺好吃。小樊说：我比小张还大一岁，今年39，也没有媳妇。

聊着聊着我问起他俩人将来有什么打算，小樊说不知道，干一天算一天吧。小张说等拆迁。小张说，父亲给他在村里留下了一幢平房，房子不大，连房带个小院一共150平方米。现在村里已经开始拆迁了，正在谈判补偿问题。显然，小张的未来就在这次拆迁补偿款上了。

我问小张：房子加小院补偿款，你的心理价位是多少？

小张笑了笑，不作答。我想了想，伸出一个手指，说："你不说，我也知道，你心里就是这个数"。小张眉开眼笑，说："叔，您还真说对了，就这个数！"我也笑了。一旁的小樊有点不解，问这一个数是多少呀？我告诉他：一千万元。小樊困惑地说：哟，这么多呀？！我说，这是小张心里的价位，还需要争取。但根据我的经验，北辰这个地方现在恐怕拿不到这个数，但七八百万元还是有可能的。小张也表示认同。

　　说话之间，我的炒饼、小张的炒饭和啤酒都吃完喝完了。小张抹抹嘴说差不多了，该打牌去了。临走我对小张说，祝你好运，多拿点拆迁款，但也别太坚持，见好就收，当"钉子户"不好。小张说：谢谢叔，听您的。我又说：拿到钱就别飘着了，做点小生意，最重要的是娶个媳妇。小张乐呵呵地走了。

　　小张走后，我和小樊又聊了一会儿。言谈中，我感觉到表面上敦厚随和的小樊内心里是十分孤寂的。他一个人白天就在这间屋子忙活，到了晚上就睡在房间后面隔出的一个十分狭窄的小间里。他在这个村里没有什么熟人，我问他：你在这开店有没有人找你麻烦？他说还好，和周围居民和管理人员还算相安无事。我也看得出小樊心肠好，为人实在，是不会惹什么麻烦的。小樊与外界沟通的渠道主要靠手机，他有微信，我们俩还留了微信。

　　时间不早了，我要继续上路了。临走忽有些不舍，就和小樊留了张合影。小樊见我对抻面感兴趣，特意为我表演了抻面，他十分熟练，几下子便把一团面抻成了一大把面条。

邓丽君的《甜蜜蜜》

从王秦庄走出来，不久就进入了天津城区。北运河在天津站附近汇入海河，海河两岸风光旖旎，风格迥异的海河桥，岸边异国情调的古建筑，真是漂亮。顺着沿河风光带走向南运河的起点，这一路上真是享受。徒步运动的好处是可以思考，一边走，一边看，一边想。那天下午，我一路浏览着海河风光，小樊的身影却不时浮现，也许是因为这美丽的城市是千千万万个小樊、千千万万默默无闻的农民工建造的吧？！

邂逅小樊后，我们还时常有微信联络，有时他会忽然问上一句"你们走到哪里了？"有意思的是，小樊会时常谈到邓丽君，甚至会在微信上给我发邓丽君的歌曲，看得出他非常喜欢邓丽君。一天我忽然想起，邓丽君祖籍就是河北大名。当然，我也知道小樊喜欢邓丽君更多的不是因为与她是"老乡"，而是因为她的歌。邓丽君是世界华人华语工业化时代的首席歌手。邓丽君唱出了工业化时代人们的感受和向往，无数经典的歌声或激荡或抚慰着人们的心灵。

"甜蜜蜜，你笑的甜蜜蜜，好像花儿开在春风里……"记得有一次在曼谷湄南河的游船上，一船人绝大多数是大陆游客。那天和往常看到的情况是一样的，大陆游客成群结队而来，呼朋引类，高声谈笑，一上船便冲向自助餐，顿时风卷残云。酒足饭饱之后，游船前甲板的节目就开始了，在美艳的泰国舞女、歌手带动下，大家不一会儿便进入了狂欢状态。忽而一位泰国小姐用纯正的普通话唱起了《甜蜜蜜》，顿时又是一片欢腾!

哎呀!那一刻我忽然对这首耳熟能详的歌曲有了新感受。是啊,看着这一群忘形的同胞,他们那么开心,生活真是太美好啦!用摇曳在春风里的花儿形容此刻人们荡漾的心情多么贴切,多么生动!

小樊也喜欢邓丽君,我没问过他听《甜蜜蜜》时的感受,但我想也许另一首歌更适合他的心境:"云河呀云河,云河里有个我,随风飘过,从没有找到真正的我。一片片白茫茫遥远的云河,像雾般朦胧地掩住了我,我要随着微风飘出云河,勇敢地走出那空虚寂寞。"

希望邓丽君的歌声能够抚慰小樊的孤寂,希望小樊好运,能凭自己灵巧的双手创造甜蜜的生活。

探访华西村

改革开放后,中国社会发生了巨大变化。在农村地区原来的人民公社体制改为乡镇体制了,实行家庭联产承包制。但改变人民公社体制后,保留下来了一些集体所有制,这些保留的集体经济实体有的还取得十分耀眼的成绩,成为一个个的明星村,如天津的大邱庄、西双塘,山东的南山,河南的刘庄、南街,江苏的华西,浙江的滕头,等等。几乎全国各地都或多或少有这样一些明星村。作为专业人士,我一直关注这些明星村,曾去过不少地方走访调研。走读运河路上,这样的明星村自然也是关注的对象。在天津,我们专门走访了大邱庄和西双塘。渡过长江来到苏南境内,我们专门安排了半天时间走访了闻名遐迩的华西村。

华西情结

早在"文革"期间上中学的时候就知道"华西村",那时华西村的事迹居然进了中学课本。华西村带头人吴仁宝带领华西村的"贫下中农"战天斗地成为一个"农业学大寨"典范。大约是1994年，我第一次去华西村，有幸受到了吴仁宝书记的接待。那天他十分耐心细致地为我们讲解华西村的奋斗史，特别有意思的是吴书记一口浓重乡音，外人完全听不懂，他有个高挑漂亮的孙女跟在身旁，一句跟一句十分熟练地把爷爷的话翻译成普通话，看样子这些话已经翻译无数遍了。爷孙俩的双簧不时引来听众会心的笑声。

几年后，我们在华西村召开了一场研讨农村集体经济道路的学术会议，会议自然得到了华西村的资助。此时很有名气的华西金塔已经落成，我们的会议就在金塔里举行。吴仁宝书记也是会议的参与者，他周到热情地招呼大家，恪尽地主之谊。

记得他专门谈了我们所在的"华西金塔"，他说金塔落成后，招来了不少议论，说这幢建筑不土不洋、不古不今。吴书记说，这就对了，中国特色、中国道路就是这个样子的。当年的记忆还很清晰，吴书记站在金塔顶楼的平台上指点脚下的华西村民居住的漂亮的连排别墅群，他还特意谈到因江南多雨，村中建有总长达10公里的雨廊。可惜当我第三次来这里的时候，吴书记已经不在了。

这一次来华西村前，有消息称华西村上市公司高负债，这也引起了我们对华西村经济状况的关注。

为了更真切了解中国，了解一个不经装饰、素面朝天的中国，我们在走读运河路上采取了一种"三无模式"，即无接待、无陪同、无身份的访问。以往的考察、调研总会有不同程度的陪同，当地接待部门和干部介绍情况，陪同参加座谈会、访谈，等等。这种有当地机构与干部介绍、陪同的方式肯定会在一定程度上影响调研的真实性，因为调研、访谈对象会因当地干部的当事人身份而心生顾虑，会按"政治正确性"而提供"社会赞许性"的标准答案。另外，根据我们的经验，即使没有陪同，调研者的官方身份也会在一定程度上导致"政治正确性"及"社会赞许性"应答模式的开启。因此，我们在走读运河路上从不与当地党政机关联系通报，完全以民间人士身份进行所有调研走访活动。

华西缺钱了

来到华西村因没有任何事先的联系和通报，自然按当地规矩被引到了华西村旅游接待处。在接待处有一张长长的单子介绍村中种类繁多、别出心裁的各式游览项目，一位热心的女导游详细地向我们一一介绍，她指着村后小山向我们力荐"山上游"，顺她手指方向看去，村后小山上竟有座颇有些像天安门的建筑，她甚至还建议乘直升机鸟瞰华西村全景。

我们客气地对导游说还是上"金塔"看看华西的村容村貌吧！我们谢绝了诸多游览项目让导游略有失望，但她还是很礼貌很专业地给我们介绍华西村的今昔。尽管那些内容很熟悉，但我们还是很钦佩导游的敬业精神，认真地听她讲解。

不一会儿我们便来到了"金塔"，没有想到上电梯时遇到了麻烦。原来华西村的游览项目是"园中园"模式，就像北京的颐和园除去进大门要购票，里面的德和园（大戏台）、佛香阁等还要单买票。我们上"金塔"时，同来的三位司机也跑来想一起上去看看，但被开电梯的小姑娘拦住说他们没买票，我们说等从楼上下来再补票并一再请她放心，可是小姑娘执意不肯，坚持不见门票决不放人上电梯，我们一群人站在不大的电梯里看他们交涉十分尴尬。

一时间我气上心头又无法发作，只好对司机们说：你们走吧，走吧！有什么好看的？！硬是把他们给"轰走了"。

上到"金塔"顶层一股浓浓的商业气息扑面而来。商户五花八门，有卖纪念品的、起名的、写藏头诗的，各式柜台把不大的空间挤得满满的，营业员们卖力地推销，屋里相当嘈杂。这是我第二次上金塔，从金塔看下去，华西新村尽收眼底。前一次来金塔，吴仁宝书记兴致勃勃地带着我们在顶层平台上走了一圈，讲华西村的奋斗史，讲华西人的精神，讲华西的未来，一切都恍如昨日。再来华西，再上金塔，味道真的是变了。给人一个再明确不过的信息是：如今的华西是真缺钱呀！

"集体经济"之惑

联想到来之前坊间盛传华西上市公司的负债率问题，看来此事确非空穴来风。与我同来的朋友中正好有一位著名的民营企业家，我们回去的路上聊了一路，他作为一个大企业家对公司治理、企业文化了如指掌，其中三味体验多多。

华西村等改革开放以来涌现出来的明星村，其他出名的还有河南的南街村、山东的南山村、浙江的滕头村、北京的留民营村以及我们走读运河路上访问过的天津的大邱庄、西双塘，等等。它们都是以发展第二产业乃至第三产业致富扬名的，这些所谓明星村其实都是成功的企业，它们是一种保有集体分配和公共生活方式的企业。它们从原来农村集体经济及村庄的基础上转向市场经济发展起来，冠之以"村"只是过去名称的沿用。

既然是企业，它们的组织结构、运行机制以及分配制度、企业文化本质上都要符合和遵循市场经济条件下的现代企业制度的基本规律及其要求。但这些明星村之所以成为被社会舆论格外关注的"明星"，恰恰是因为它们宣称的"集体经济"和"共同富裕"。总体市场经济条件下，会有计划经济时代遗留乃至幸存下来的"集体经济"吗？

与我同来的企业家谈了他的看法。他说：怎么可能呢？！你想想，华西村原来300多户人家都是"集体经济"的原始股东，按一家一户表决能做什么事呢？！实际上，除了形式上的"股东大会"之外，华西村企业的决策权一定是掌握在村以及企业的领导班子手上。这和其他任何企业不会有什么区别。

明星村的奥妙

多年来，作为一个专业人士，我当然不能忽视中国改革开放以来依然保留了集体经济元素和共同富裕理想的那些"明星村"。说起来，还是我的老领导李铁映院长要求我关注这类问题的。记得刚调到社科院没多久，忽然接到院里电话，说李院长在山东龙口的南山村召开一个会议要我参加。那还是第一次听说山东的南山村，真是孤陋寡闻了！赶到南山一看才知道院里来了不少大牌学者，会议主题是研讨南山集体经济和共同富裕模式。铁映院长还特意提醒我说，研究中国政治不要总待在北京，政治学所应该多到这里来。

从那以后，我一直记着铁映院长的要求和嘱咐，开始关注和研究这类"明星村"，10多年下来，我大概也跑了十来个这样的村庄，我甚至还给自己设立了个课题，叫"新村研究"。

但是，华西村、刘庄、南山村等，包括我们走过的西双塘村，在改革开放年代仍然保持了集体经济并且迅速富裕起来了的这些"明星村"，究竟靠什么秘诀做到了以前未能做到的事情呢？这些年这样的村走多了，逐渐地悟出了其中的奥秘。其中也包括在华西村受到老吴书记的开导。

改革开放后的华西村以及所有新村显然不会再延续过去的清心寡欲式的生活模式，而大力倡导和追求"富裕起来"的生活，由此带来了经济发展的强大动力，一时间人人勤劳，个个争先，"猪往前拱鸡往后刨"，社会生产生活呈现一派热气腾腾的景象。

人类经济社会发展的全部经验表明，经济迅速发展，财富迅速增加，一定会带来人群的分化以及由此进一步导致人与人之间的矛盾与纷争。如果是这样的话，当然就不会有这些备受瞩目的新村、明星村了。明星村怎样防止发展进程；新时代条件下，实际上是防止收入与物质财富不均衡地向居民个人和家庭集中。既要鼓励居民追求财富和富裕生活，又要防止财富的不均衡分配和居民间差距拉大，如何同时达到这两个目标呢？这就引出了所有新村得以成长和维持的制度关键——控制个人分配与消费。应该说，控制分配与消费是中国当下所有"新村"之所以"能"的奥秘所在。

1994年，我第一次到华西村，记得吴仁宝书记亲口对我们讲，他说：华西村已经富裕起来了，现在如果把华西村的财产变现，全村男女老少包括抱在怀里的娃娃，每人可以分得现金88万元。你们想想，这么多的钱怎么能分呢？！他言下之意是财产分到个人名下，好好的集体经济马上散了。我当时就想，书记说得对呀！江南赌风甚盛，过去我家里有个来自安徽的小时工常在我妈妈面前抹眼泪，她在北京辛辛苦苦挣的钱让家里游手好闲好赌的老公都输掉了。吴书记说，这钱一定要掌握在集体手里！

后来在长期观察中，我逐渐发现和明白了这些明星村保持集体对个人资产控制的不同方式的制度安排。我发现，各路明星村个人资产控制的方式大致可以分为两类：一类是华西村为代表的分配控制型；一类是南山村为代表的投资控制型。

资产控制两策略

华西村为代表的"分配控制"策略。从20世纪80年代开始，吴仁宝老书记创立了一种"二八开"和"一三三三"

华西村分配方式。所谓"二八开",是指企业完成集团公司年初制定的目标后超额盈利的部分,20%留在企业投入再生产,80%用作奖金分配。奖金分配遵循"一三三三"原则:10%奖给厂长,30%奖给厂经营班子,30%奖给职工,结余的30%留在企业作为公共积累。与之相适应的是建立相应的"股金"积累制度。华西村民的收入由"工资+奖金+福利"构成,奖金实际上并不发给职工,而是作为股金投入企业,第二年开始按股分红。时间越久,股金分红越多。华西村的这套分配制度的实质,就是人们概括的"少分配、多积累,少拿现金、多入股"的基本原则。通过这种特殊的分配制度,华西村把分配到个人手上的大量经济剩余又重新投入了生产,一来增加了积累和投资,二来更为重要的是控制了个人可支配财产的扩大,从而在一定程度上解决收入差距扩大问题。

南山村为代表的"投资控制"策略。与华西村通过"分配—入股"方式控制实际分配的略为复杂的管理策略相比,南山村将经济剩余直接转入投资的管理策略来得更加简单直白。从消费角度看,南山村在很大程度上保持着集体生活方式,全体居民的生活消费由村企业全部供给,特别是老年人可以集体居住或部分时间免费生活在敬老院。当然,村民的生活消费是有着统一简朴标准的,北京的留民营也是这种方式。

与南山村简朴的生活水平与方式形成鲜明对照的是南山的设施。山东龙口的南山村在很大程度上是以建了一座远近闻名的"南山大佛"著称。南山村以村南一座小山得名，2000年后发展起来的南山村斥巨资打造南山景区，景区以佛教文化为主题，随后建设南山大佛。出了南山村向南走不远就可以望见小山顶上一座突兀的大佛。这座大佛十分了得，高达38米多，坐落山顶更显雄伟。走近一看，这座青铜巨佛建造得精美绝伦，让人很难想象是出自农民与村庄之手，再过500年，这绝对是个盖世文物、世界文化遗产。

南山的精美还远不止大佛。走去大佛的路上，起伏的丘陵上是芳草如茵的高尔夫球场，南山村建有多个国际水准的高尔夫球场吸引大批日本、韩国以及中国台湾地区，甚至东南亚国家的球友来此打球、度假。南山村居然还有一座非常漂亮的音乐厅，其设施、设备与装饰绝不输于北京、上海的那些最棒的音乐厅。

在南山，几天走下来，到工厂、大佛、音乐厅、酒庄、国际学校以及村民的住宅、俱乐部、养老院走访一圈后，我忽然意识到：南山无论做什么，只要做就一定是最好的、最高档的。南山的带头人宋作文先生虽纳纳不善言，但他绝对打造出了一个精品南山，甚至极品南山。

明星村与"克里斯玛"

人们关心新村现象，关心这类新村能否长期存在下去，代代相传。这也是我关心的问题。而问题的核心是当第一代创始人退去之后，这种管理模式、运营方式乃至企业文化能否延续。虽然是一个个的村庄，村庄领导阶层的交接和传承与我们研究的政治继承在道理上也有相通之处。这也是我作为政治学者关注于此的重要原因。

新村的继承有个普遍的现象,就是子继父业。我走过的这些新村,凡是有继承的,无一例外都是儿子接班。华西村、南山村都是如此。更有意思的北京的留民营村,当老张书记退休后,他的儿子已经是当时大兴县委组织部的副处级干部了,但留民营村的继承问题实在解决不了。无奈之下,大兴县不得不把小张派回村里兼任书记。小张书记大概是行政级别最高的村支书了。

另一个带有普遍性的现象是,新村领导层的子继父业似乎都不如第一代老书记干得辉煌,至少没有出现青出于蓝而胜于蓝的现象。新书记无论个人魅力、工作能力以及实际业绩似乎都逊于上一辈。像现在的华西村就遇到了不小的困难,南山村也遇到了不小的麻烦。这样的问题又把人们的目光带回到老一代创业者身上。老一代创业者为什么如此成功、如此卓越?

每当想到这个问题时,"克里斯玛"这个有些玄奥的字眼就会浮现于脑海。"克里斯玛"原为巫术中的一个概念,克里斯玛(Charisma)是巫术文化中某种特殊超自然的人格特质,它使人具有支配力量,而被支配者就会产生对它完全效忠和献身的情感。《新约·哥林多后书》中就有这样的描述,摩西、耶稣都是这种具有非凡号召力的天才人物。到了中国改革开放的年代,那些大大小小的明星村、新村的带头人虽事业格局不是很大,但他们似乎都是具有克里斯玛人格的乡村领袖。在华西村,在吴仁宝先生身上,我似乎明白了"克里斯玛"究竟是怎么一回事。

再一次登上华西金塔,再一次鸟瞰华西新村,与十几年前相比最大的变化是,在华西新村也就是吴仁宝先生给我们指点过的,建成于20世纪90年代的那一代华西村民居住的连排别墅式的住宅群的西侧,又出现了一小片宽大漂亮的别墅群。我们问讲解员,这片别墅是干什么用的?讲解员的回答是:集团领导和高管们住的。我马上想起以前来华西村时专门去看的吴仁宝先生的住房。华西成名很早,70年代就是集体经济的典范,华西村共建了三代"新农村",即60—70年代、80年代,直至90年代也就是现在我们看到的连排别墅式的村民住宅。但是,当全体村民包括吴仁宝先生的儿子们都住进"新农村"后,吴先生和老伴儿居然依然还住在建于70年代的老平房之中。

抚今追昔,我一下子理解了究竟什么是"克里斯玛"。吴仁宝就是华西村的"克里斯玛"。看来,"克里斯玛"至少具备两个特质:

第一,"克里斯玛"是创业者,是事业的领路人。以吴仁宝而论,华西村的崛起,华西村经历的风风雨雨都是吴仁宝带领着华西人一路走来的。吴仁宝是他们的领路人,是担当者,是华西人遮风挡雨的墙。一句话,吴仁宝是华西事业、华西人民美好富裕生活的缔造者。这是吴仁宝威信的第一个来源。

第二,"克里斯玛"是奉献者。如果创造了事业和生活之后,创立者独享成果,他的威信就会消失。而"克里斯玛"的神奇就在于,当他创造了一切之后,他把一切给予了他人,给予了人民,他却依然故我,甘之如饴。这是"克里斯玛"之所以为"克里斯玛"真正的奥秘!他含辛茹苦、栉风沐雨,带领人民走出困难,牺牲付出,然后丝毫不取,两袖清风。这在中国文化中就是至圣之人啊!

华西村有许多管理制度、体制机制,但发挥根本作用的是吴仁宝,是"克里斯玛"。华西人说到底是相信吴仁宝的,一切制度、体制机制,一切得到执行的政策措施,归根结底源于大家对吴仁宝的信任。这就是"克里斯玛"的作用。

吴仁宝以及"吴仁宝们"的继承者什么都可以继承,就是继承不了"克里斯玛"。因为,他们不是缔造者,他们的头上没有创业者的神奇光环。他们甚至也很难成为奉献者,即使现在华西村的当家人吴协恩书记搬回他父亲的老房子,有作秀的嫌疑不说,华西村作为一个现代企业集团,其高管阶层是聘请来的专业管理团队。他们住在村西的高档别墅里,他们是按劳取酬、按效益拿钱的专业人士。他们不想也不可能去扮演什么"克里斯玛"。

一代传奇吴仁宝老书记走了,华西之行让人惆怅。临走时,天边夕阳正红,一代人的梦想与神话正与夕阳一起归去,留下的是现代化,是一个现代化的华西。

求医记

新冠肺炎突如其来，一时间人人自危、个个掩面，中国忽然变成了"口罩社会"，中华大地一片寂静。然而，与17年前的"非典"时期相比，中国毕竟发生了很多变化，通信技术大发展，4G手机普及，把人们带入了"自媒体"时代。于是，人们蜗居在家避疫之时，手机进一步成为人们最亲密的伴侣。窗外世界冷冷清清，手机世界空前繁忙。人们漂流在微信流量的大江大河之中，足不出户，思想在飞翔；人不见面，群聊天下事。

新冠肺炎是公共卫生的一场灾难，自然人们高度关注我国医疗卫生问题。有关医疗机构改革，公共医疗卫生服务体系建设，成为网络上的热门话题。一贯主张医院公立、反对民营化的学者们也借机发起了医院公私之辩。医疗卫生体制改革问题因疫情再次凸显出来。就我个人而言，因身体健康，几十年来几乎没和医院打过交道，所以对医疗机构没有多少直观的了解和感受。但网上关于医院公立还是民营的热烈讨论，倒让我想起三年前我们徒步考察京杭大运河时的一桩往事。

2017年春，我们团队从北京出发，沿京杭大运河徒步考察。我们称之为：走读运河。不觉间几年过去了，走读运河成了我们人生中最重要的一段经历。尽管事先我们在路线规划、后勤保障以及徒步运动能力、意志品质方面做了不少准备和详细安排，但毕竟要野外连续行走两个来月，这其间总会遇到各种各样的问题和困难。现在回想起来，我们运河之行的最大危机是在山东梁山的一次队友患病，它几乎断送了我们行程。

五千年的中国故事有一半都在这条贯穿南北、连接华夏、沟通国家的大运河上。比如说，中国古代四大文学名著都与这条运河有关。其中《水浒传》就是以宋代水泊梁山为故事发生地的。梁山县也是我们跨过黄河后的重要一站，团队在梁山县特意停留一天，顺便考察走访一下梁山遗迹，寻访梁山故事。

梁山的下一站就是济宁了。靠近济宁的地方有个著名的南旺镇，那里是闻名于世的古代水利工程——南旺水利工程所在地。南旺是京杭大运河的"水脊"，即京杭大运河的制高点。南旺水利工程是控制运河南北流量，使槽船翻越水脊的复杂的控制水位和船闸系统。因那天的计划行程比较远，又要经过南旺镇顺便考察，我和队友夏伟平等人很早就先行出发了。记得那天天气晴朗，早上很凉爽，我们一路快速行进。时近中午的时候，我突然接到赵主任电话，他询问我们的位置，问我们怎么一直与你们联系不上？！言语中透着焦急甚至埋怨。我有些奇怪，赵主任一贯从容不迫，待人一贯和蔼可亲，今天是怎么了？我便问出了什么事吗，赵主任焦急地说，司机小谢今早突发阑尾炎，现在梁山医院，准备马上转去济宁救治。他要我们尽快赶到已经临近的南旺与他会合，然后赶去济宁安排对小谢的救治。

得知这个意外消息，我们也格外焦急，以最快速度赶往南旺镇与赵主任会合，然后乘车赶往济宁市第一人民医院。在去济宁的途中，赵主任才告诉我们详细情况。

原来那天凌晨，小谢几天以来的腹痛加剧。小谢是个退伍军人，身体非常结实，人也特别好，一路上跑前跑后，工作十分尽力。前几天他开始腹痛，因怕影响行程一直没说，悄悄地忍着。那天早上剧痛难耐，实在忍不住了，早上4点多他叫上同行的白玛师父去当地人民医院急诊求治。小谢他们一早5点来钟就到了医院，但院方以医生没有上班等各种理由敷衍，没有采取任何诊治措施。实在不行，早上快8点的时候，小谢他们在医院打电话给赵主任告知情况。赵主任等人正准备出发，不见其他人正在纳闷，得知消息大惊，赶紧赶往医院。

赵主任等人赶到医院时已经近上午9点，这时距小谢到医院求治已经过了近4个小时。赵主任等赶到后马上询问小谢，小谢主诉右下腹部以肚脐至胯骨尖中间点为中心剧痛。此时小谢头上冒着豆大的汗珠，体温很高。赵主任他们马上意识到，这可能是急性阑尾炎发作。我们团队的"总管"郑祥和"舰长",因为他当过海军,做过舰艇艇长,被我们升格为"舰长",他急切地问一位路过的护士。怎么这么长时间你们没有采取措施?!护士看病人亲属来了好几位便说:测体温。郑问:怎么测?护士答:去那边拿体温计。郑祥和气得要命,但也顾不上争辩,跑步去护士台取体温计。到了护士台,里面的护士眼睛也没抬说:5元钱押金!郑祥和没有5元,便给了她10元。直到现在郑祥和的那10元钱押金还在那个医院呢!取来体温计一量,小谢体温39℃多。

这时,一位挂着副主任医师胸牌的男医生走了过来,询问了一下,讪讪地说道:看样子是阑尾炎。赵主任这时已经忍无可忍了。眼看主任要发作,郑总管马上拦住,力劝主任冷静,现在可不是发脾气的时候,赶快想想怎么办。赵主任冷静了下来,他估量了一下形势,这家当地第一医疗机构竟如此态度,怎么能放心在这里诊治呢?!情急之下,赵主任想起了一个线索。

两天前赵主任接到一个陌生电话,来电人自我介绍是济宁一家商会的陈会长,听说赵主任一行走读运河十分仰慕,希望能在济宁接待走读团队。我们走读运河,形式上是徒步运动,实际上是对中国国情一次穿越式的田野调查,是在用"脚底板做学问"。既然是社会考察,就要避免"社会鼓励"和所谓"政治正确性"。因此,我们的走读运河采取了所谓"三无模式",即无接待、无陪同、无身份的探访模式,以避免因接待、陪同和身份等因素对社会观察、田野调查的干扰。一路上我们不事声张,谢绝了许多接待和陪同,沿途遇到路人和访谈对象一律自称是走路的、旅游的。我们因在乡间行走，随身携带一柄登山杖，以在野外防野狗之用，因此常常被误认为是"钓鱼的"，遇到这种情况我们也默认。今天遇到这种突发情况，赵主任急中生智想起了未曾谋面的济宁陈会长。

当着那位副主任医师的面，赵主任拨通了陈会长的电话。陈会长听了赵主任的简要说明，立即表示马上把病人转送济宁，他立即安排济宁最好的医院、医生接诊。他一再表示，一切由他安排，务必请赵主任放心。赵主任听后，立即决定马上出发去50公里以外的济宁。那位副主任医师也表示最好送济宁就医。临上车时，他忽然对赵主任讲：你们走运河大道，路况好，车速快。赵主任后来对我说：这是这位医生人性的灵光一现。

我们赶到济宁第一人民医院已经是下午了。小谢因临时入院没有来得及住进病房，暂时躺在住院部楼道里一张行军床上。下午5点多，必要检查全部完成，手术也安排就绪了。这时一位个子高高的年轻医生走了过来，他自我介绍是一会儿手术的主刀医生，他胸牌显示也是一位副主任医师。他俯下身蹲在小谢床边，向小谢和我们说明有关情况，他扼要地讲解对病情的检查和判断、微创手术方案以及可能发生的意外情况和对应预案。这位年轻医生态度和蔼，从容镇定，说话简捷，显得十分干练。最后，年轻医生问小谢和我们是否全部听懂了他所讲的意思。我们表示没有问题。他站起身说：好，我们去手术室吧。小谢躺上手术车，我们一直把他送到电梯口。电梯门关上时，我低头看看手机，时间是17点59分。

趁着小谢做手术的工夫，陈会长给我们张罗当晚住宿，还简单地安排晚饭给我们接风。吃完饭已经晚上8点多钟了，这时传来消息，小谢的手术已经结束，非常顺利，请我们放心。大家如释重负，当晚睡了个踏实觉。陈会长等商会的朋友盛情邀请我们在济宁多逗留两天，顺便参访一下这座因运河而兴的城市。

京杭大运河全长1800公里，纵贯中国两大气候带，横跨五大水系。济宁是运河上南北方干燥和湿润地带的分界线。济宁湖泊、河道已经有了南方的味道，济宁以南是大运河通航河段，货船可直达杭州。济宁以北不通航。京杭大运河至今仍是中国东部地区南北走向的黄金水道。在济宁，我们第一次看到了运河上的货船，小则800吨，大的有1200吨。下面的微山湖上更见到了蔚为壮观的10多条货船组成的大船队。水运运费仅是陆路运输的1/10，如果京杭大运河北方河段能够通航，那将对北方高速公路、桥梁起到多大的保护作用啊！将产生多大的经济效益啊！同时对保护环境、降低能耗也大有裨益。

小谢的手术十分成功，术后第三天就出院了。陈会长给我们介绍，济宁第一人民医院是山东省重点医院之一，尤其是它的微创手术水平在山东首屈一指，许多济南的病人都要来济宁做微创手术。那天他放下赵主任的电话，马上打通了济宁方面医院的电话，得到了院方全力配合。在小谢来济宁的路上，医院方面已经开始做准备，安排了最好的医生给小谢做手术。我们在感激济宁医院的同时，也由衷地佩服陈会长的古道热肠和神通广大。在济宁逗留三日,小谢夫人来济宁接他回家休养,我们又上路向南继续进发了。

常言道:读万卷书,行万里路,结万人英。在中国腹地沿京杭大运河行走千里,一路上我们读大地之书、读社会之书、读人性之书。现场有神灵,魔鬼在细节。这种日本学界称之为"现场主义"的社会调查方法,是社会科学研究不可或缺的。做了一辈子学问,读过不少文字之书,学过不少各色理论。但产生这些文字和理论的社会实践、社会经验是什么?如果没有这种田野调查,现场感受,对那些理论的了解与理解也许只能永远停留在纸面上。

譬如,中国社会学的开路人费孝通先生的重要理论概念"熟人社会""差序格局"等,我们早已耳熟能详。但是,中国的熟人社会究竟是什么样子?现今的表现如何?其实,我们并不大清楚。在济宁的经历着实让我体会了一把"熟人社会"中的"人熟好办事"。我们在梁山医院那个陌生环境里备受冷落。而因为陈会长的关系,小谢在济宁医院享受了一次高规格的医疗待遇。如今在社会上行走,做事,人熟不熟还是两重天。

但是,随着中国工业化、城市化、现代化进程,传统社会结构也在发生变化。陈会长是20世纪80年代改革开放之初,背井离乡,来山东济宁闯天下的。他刚来的时候,一文不名,两眼一抹黑。那时,他在济宁绝对是个"陌生人"。但是,他凭着刻苦勤奋、待人诚恳、忠实可靠、舍得助人,在积累物质财富的同时,也积攒下了人情、人脉、人力资本。

几十年社会变迁，几十年个人打拼，小陈变成了老陈，打工仔变成了会长，陈会长也从生人变成了熟人。他在一定程度上改变了济宁商圈的差序格局，从边缘嵌入了中心。与陈会长的邂逅让费老的理论概念从书本上站立起来，活生生地走到了我们跟前。

到济宁的第一个晚上，白天行走几十公里，加上一场惊吓，真是有些乏了。但躺在床上，我脑子里还是想着白天的事。我想到了梁山的医院和那里的医生、护士。白天，我听到赵主任和郑祥和的描述，真是十分气愤，我想这哪里是什么人民医院？！那里的医生、护士别说职业操守、道德了，简直就是没有人性！但是，到了晚上，冷静下来再想想，我忽然同情起那些医生、护士了。

近一个月以来，我们沿着大运河一路走来。这条千年流淌着财富的中国古代经济大动脉，曾经帆樯如林，一派繁华。而如今随着中国工业化、城市化进程，新的产业格局、商业格局出现，物流、人流、资金流、信息流变迁，大运河昔日的辉煌早已湮灭。走在河堤上，穿行于村镇间，我们渐渐看清了今日中国腹地、中国以种植业为主的18亿亩"红线"之内的情境。这里是经济的末梢、管理的终端，这里是一个素面朝天的中国。

这里的人民又如何呢？我不说普通农民、工人、贩夫走卒，我说说干部、公务员以及教师、医生、护士这类专业技术人员、知识分子。坦率地说，他们的待遇相当寒酸。当然，人也不只是在乎物质待遇，只在乎金钱。人，特别是专业技术人员，也许更在乎事业，更在乎事业带来的成就感，更在乎实现人生价值。但是，梁山医院的那些年轻医生，他们能有多少事业？他们能够通过自己勤勤恳恳、兢兢业业的努力，最终获得事业成功，实现人生价值吗？说实在的，恐怕希望不大。

现在与工业化、城市化进程中社会结构性变动基本趋势相一致，所有资源都在向中心城市、向发达地区流动、集中。别的不说，就拿基层社会的病患资源说吧，一个经济不发达地区的县级医院恐怕也只能是看看常见病、慢性病，拿个药、打个针。真有大病，患者恐怕马上想到的是去大城市的大医院。今天我们不就是这样吗？！我想到那位梁山的副主任医师，我不知道他有没有机会做外科手术，能有多少机会。这种情况下，人们又怎能苛求那些医护人员能够多么敬业，能够有多高的医护水平？！

想到当前新冠疫情中有关医疗机构的公私之辩，还真没辩论到点子上。在我看来，我国医疗卫生体系如果有问题，其主要问题是医疗资源不均衡，是医疗资源向发达地区、向中心城市、向超级大医院的过度集中。这种现象与趋势，一方面造成基层医疗资源的闲置与浪费；另一方面加剧了中心城市、大医院的过重负担。这种分化趋势，使得我们这么一个世界人口大国本来就不富裕的医疗资源分布更加失衡、更加紧缺，同时也促使医疗领域腐败滋生，并加剧着医患矛盾。

我们应该更多地考虑，通过改革提高我国医疗卫生资源的均衡性，通过逐渐建立分级诊疗体制纠正医疗资源过度集中趋势，消除制造超级大医院的"马太效应"，以及导致基层医疗机构枯萎的恶性循环。

有一些爱谈论医疗卫生体制改革的学者，非常推崇古巴的医疗体系。前年我去古巴访问，顺便了解了古巴的医疗卫生体制。其实，古巴居民享有的医疗卫生服务，远远不及国内传说得那么神奇。古巴经济毕竟困难重重，国家对公共医疗卫生领域的投入十分有限。但古巴的分级诊疗体制却非常合理、十分智慧。它在投入非常有限的情况下，有效地向广大居民提供了基本医疗服务。

古巴现在实行的是三级医疗服务体制。第一级是家庭医生。居民日常保健和普通疾病首先由各自的家庭医生负责。一个家庭医生大约服务 100 个居民。一般情况下，没有家庭医生允许，居民不能去医院看病。这样，古巴居民 80% 的医疗、保健问题就在自己家里解决了。第二级是社区医院。家庭医生无法解决的医疗问题则会批准病人到社区医院就诊。社区医院是综合性医院。第三级是专科医院。社区医院无法解决的严重疾病或疑难杂症，按疾病类型由社区医院推荐到专科医院治疗。古巴没有类似我国的这种医院分级的"三甲制度"，没有我国各大城市中人满为患的超级大医院。古巴的分级诊疗制度比较好地解决了医疗资源均衡分布问题，合理有效地最大限度地利用了有限医疗资源为居民服务。这也许对我国医疗卫生体制改革有所启发，甚至可供我国学习借鉴。

淘宝记

走读京杭大运河的路上趣闻轶事真不少。有件事现在想起来还忍俊不禁。

郑祥和，是我们走读团队的保障团队负责人。他是我的好友，也是走读运河的发起人——乐清人大赵乐强主任的中学同窗。人如其名，祥和兄不仅为人谦和，还相当幽默。我很早就认识祥和，但一直没有把他和"赵主任同学"这个概念挂上钩，他面相十分年轻，前些年看上去简直就像个小伙子，这些年有点老成了。祥和有个爱好——收藏。运河之行走了两三周后，我们逐渐适应了连续的艰苦跋涉，走得轻松了一些，大家的话也多了起来。祥和不时地说起他的收藏经。

北方运河沿岸是平坦的华北大平原，是以种植业为主的农村地区。我在《穿越时光隧道》那篇散记中写过，华北地区的传统乡村依然停留在一种半自然经济的状态。华北平原上半自然经济的一个特点就是乡村中没有人在外就餐，自然村中没有餐厅。走过千里，走过的村庄总有上百个，但我们在村庄里连个饭摊都没有见过。初走运河的一个月里，我们还保留着午餐的习惯，如果中午时分正好经过集镇，幸运的话可以找个小饭馆，囫囵上一顿。但如果赶不上集镇就绝对找不到饭馆了。

办法都是在没办法时才想出来的。我们发现，运河沿途的小村庄里几乎村村都有卖食品和日用品的小商店，一律被称为"小超市"。这类"小超市"都是"前店后家"模式，即与农家住宅连在一起，有人来店主出来招呼一下，没人时就忙家务去了。既然与住家相连就有热水，于是一碗泡方便面，加上两根火腿肠，就成了我们的标准午餐。

一天中午时分，位置大约是在出了河北故城往夏津渡口驿的路上，我们进了一个比较大的村庄的一个比较大的"小超市"。因为比较大，店里的女主人一直守在那里。这是一间约有中学教室那么大的一个房间，各类包装食品、蔬菜、副食品、日用品以及烟酒糖茶之类满满当当摆了一屋子，高大的货架一直顶到了屋顶。

算账的时候，我无意间看到柜台后面顶天立地塞满各色商品的大货架上面有许多年代看似很久的各种白酒，有的落满厚厚尘土，显然在这里已经存放了多年。这时，祥和就在我身旁结账。我忽然联想到，这个穷乡僻壤的小超市里的各种酒类，虽然不是什么名酒，但已经存放了很久，这些酒一来价格低廉不宜造假，二来尽管廉价但毕竟有年头了，也算是陈年"古董"了，说不定还有一些"绝版"的地方白酒，也可以收藏一下。我把想法跟祥和说了，祥和也觉得有戏。

于是，我脸上堆起笑容跟女主人搭讪，问起这些白酒。女主人说，这些酒的确放在这里有年头了。我们一听，觉得有门儿，更来了精神，提出要买一些。女主人脸上闪过一丝诧异，但还是殷勤地准备给我们拿酒。我们指着货架上面几层满是灰尘的酒瓶子说，越陈越脏的那些尽管拿来。女主人搬来板凳，站上去拿了两瓶。我一看女主人颤颤巍巍的样子怕她摔了，连忙叫她下来。我自己爬上货架，挑了起来。我们拿下了不少脏兮兮的酒瓶子，擦一擦一看，果然有些时间很久了，记得有几瓶还是改革开放初期的，有产于20世纪70年代的白酒，产地有河北邯郸的，也有山东本地的，居然还有一瓶北京的二锅头，仔细一看是1984年产的。我们顿时来了兴致，心中暗喜：哈哈！淘到宝啦！1984年的二锅头那该有多香啊！我们兴高采烈地精选了7瓶产地不同、类型不同的白酒。

挑好了酒，我请女主人算账，没想到她说给80元吧。我心想，这乡下农妇真是实诚。我这当作收藏品买，她却基本按原价卖。我和祥和连声拒绝，说太便宜了。女主人还是坚持卖80元钱，祥和硬是塞给了她200元钱，我们拿着酒转身赶紧走了。

我们接着上路了，因为淘到了宝，心情大好，脚步也轻快了许多。我一边走一边与祥和聊起了收藏。我高兴地想到这岂不是发现了一种淘换陈年白酒的模式吗？！我们沿运河一路走下去，都是偏僻的农村，村子里小超市里存有许多无人问津的白酒，货真价实，说不定还真能找到一些珍品呢！我们越说越兴奋，为自己的发现感到由衷的高兴。

大约再走了两天，我们终于到达了临清。临清是南运河的起点，临清以下就进入了大运河的第三段——鲁运河。从北京出来走过北运河、南运河，加在一起约500公里，京杭大运河已经走过了1/3啦！临清是京杭大运河上的重要节点，是当年隋炀帝开凿的永济渠由向东转向北方的转弯处。运河转弯处自古都是漕船停泊、商贾云集之地，故有"富湾穷嘴"之说。大运河第一湾——北京的张家湾，在明清两季曾盛极一时。临清又以运河钞关而闻名，钞关就是运河上收税的关卡。临清钞关始设于明宣德四年（1429年），宣德十年（1435年）临清钞关升为户部榷税分司，由户部直控督理关税，下设五处分关。万历年间征收税银8万3千余两，多于京师崇文门税关，居全国八大钞关之首，占全国税收的1/4。

临清还有一处名胜就是舍利宝塔，它与北京通州燃灯塔、扬州文峰塔、杭州六和塔并称"运河四大名塔"，为运河沿岸标志性建筑。记得那天傍晚时分，我与夏万卷兄一起走进临清，远远地就望见了临清舍利塔，我们不顾疲劳在古塔旁流连多时。

走读运河，连续的长距离徒步运动，也是一种极限运动。与马拉松不同，马拉松的极限意义是生理上的，是人体循环系统的极限运动。而连续长距离徒步是心理意义上的极限运动。心理疲劳、焦躁与畏惧的心理体验，也是相当折磨人的。到了临清算是行走运河的一个心理上的段落。天气渐暖，大地染绿，草长莺飞，轻风拂面。一路风尘，一路颠沛的倦怠似乎一扫而空，心情轻松了许多。

那天晚上，我们忽然有了想"喝几口"的感觉。我拉上祥和，几位找了一家大排档式的餐厅，这样的餐厅在临清有许多。临清毕竟是个地级市，我们投宿在临清全季酒店。这家经济型酒店干净舒适整齐，酒店大堂里有自助的现磨咖啡，颇有点洋派，是典型的城市白领酒店。我把全季酒店看作一个城市迈向"中产化"的标志。吃饭的时候，我忽然想到是不是开一瓶我们买到的"古董酒"尝尝，于是挑了两瓶试喝。开瓶之前，我们还说没关系，后面我们一路"淘宝"，这样的"古董酒"肯定还有的是呢！

可是，打开第一瓶后，我们马上愣住了，怎么没有酒味？！难道运河上的风与土让我们的味觉麻痹了？！再仔细品尝一下，坏了！酸的，甚至有股臭味！哎呀！不对啦！一种不祥的感觉袭上心头，难道这尘封多年的酒也是假的吗？！我想了想，北京二锅头假酒甚少，20世纪80年代更没有拿廉价的二锅头造假的。于是，我们决定再开那瓶我很珍视的1984年二锅头试一试。哎！二锅头打开，不用喝，一闻便知是地地道道的假酒。老实说，我们都傻在那儿了。哇塞！这偏僻小店里，居然卖的净是假酒！我们忽然明白了那位女主人当时踌躇的神情！又气又愧，我拿起这两瓶"酒"，又到车里找出剩下的5瓶，走到街上的垃圾箱旁边奋力把它们摔了进去。

后来几天的路上，"假酒事件"成了大家的谈资，嘻嘻哈哈的倒也挺解乏。哂笑之余，我在想这个经验可谓"另类国情"。这个经历启发我们在后面的路上明白了一个道理：现代化、现代生活，其实还没有真正进入中国乡村地区，主要是尚未工业化地区的乡村。这类乡村表面上是中国现代生活的一部分，但却是个模拟版的"现代化"——假冒伪劣冒牌货伪装起来的现代生活。

大运河的悲歌

闻名遐迩的京杭大运河有着辉煌的历史、灿烂的文化。然而大运河有辉煌灿烂的篇章，也有阴霾黯淡的段落。近代历史上，大运河承载和见证了中华民族积贫积弱、任人欺凌的屈辱与悲哀。

两年前走读京杭大运河路上，我们了解了不少大运河在近代以来经历的战火与劫难的历史。自1840年开始，中国走向了衰落，中国社会逐步堕入半殖民地半封建的深渊。第一次鸦片战争、第二次鸦片战争、八国联军侵华战争，这三次战争是中国近代史上三次浩劫，国运从此衰微。这三次战火都掠过了原本风光旖旎的大运河，把运河两岸变成了兵燹之地。

京杭大运河在中国历史上有着极其重要的经济、政治、文化意义，这里就不一一赘述了。在经济、政治、文化之外，其实运河最本初的意义是在军事方面。中国历史上那些有名的运河大多首先是出于军事目的开凿的。里运河，即今天京杭大运河从扬州到淮安的那一段，是大运河最早的河段。里运河有2500

多年的历史。春秋末期，吴王夫差征齐开凿的邗沟，便是里运河的远祖。今天大运河最北端的北运河，起源于秦始皇为支持北方军事行动开凿的直河。战国时期的郑国渠以及后来灵渠的故事，就更是脍炙人口，令人耳熟能详。隋炀帝开辟的贯通南北的大运河，其北段永济渠修建的重要目的就是为了征高丽。

近代以来，中国走向衰落，备受西方列强侵略凌辱，可叹京杭大运河也随之交上了厄运。尤其是北运河，我们一路走在北运河河堤上，近代史上那些熟悉的事件与地名便随着脚步接踵而至。还没出北京，走在京杭大运河上游的通惠河，途径通州八里桥、张家湾等地，这些可都是闻名近代史的大战之地。

改变近代中国命运的第一次鸦片战争、第二次鸦片战争、八国联军侵华战争三次战争中的重要战略意图，都是要切断中国南北漕运，都与破坏中国经济大动脉密切相关。

1840年第一次鸦片战争中，英国海军从广州，经东南沿海一路北进，最后进入长江口，攻取了镇江，从而取得了军事上的决定性胜利。一支跨越重洋远道而来的海军舰队居然能够一举打败偌大的中国，这令今人多少有些费解。其实英国海军取胜的奥秘在于，占领镇江切断了长江以南对北方的漕运。当年漕运中断成为迫使清政府停战求和的重要原因。

第一次鸦片战争对泱泱大中华来说，也许至多算是个"肘腋之患"。但20年后和60年后，英法联军、八国联军两度攻占首都北京，这可就是要命的"心腹大患"了。1860年的英法联军和1900年的八国联军，两次进攻北京的路线是一样的，都是选择从天津登陆，再沿北运河和通惠河一路打到北京城下。选择这条路线，首先是可以水陆并进，运输便利，距离也比较近。然而更为重要的战略意图是要攻取运河漕运供应首都及京畿地区的物资储备区。

京杭大运河的北部河段，即南运河和北运河汇集在天津海河。南、北运河分别是海河的两条支流，北运河从北向南，南运河由南向北，分别汇入天津海河。北运河的水量小于南运河，加之今天津北辰一带地势较高，要以大换小更换漕船，因此这一带历史上自然成为物资储备和集散之地。运河漕运，在北方受水量影响极大，一般规律是"丰运""枯储"。在丰水期，采用大船加紧运输。明清时，运河漕船大者能达到35吨。在枯水期，则将南来物资储存于天津地区。为了提高漕运效率，明、清两季在南北运河汇集地的天津修建了大量的仓库群，同时也作为供应首都及京畿地区的物资储备区。这些大型仓库群主要是位于今天津北辰区的北仓和附近的南仓，以及位于今天津东丽区的军粮城。

当年英法联军和八国联军，在天津登陆后都把首个战略目标确定为攻取南仓、北仓及军粮城。英法联军和八国联军攻占南仓、北仓及军粮城后，立即切断了京杭大运河对首都及京畿地区的漕运供应，同时就地获取了战争物资给养。英法联军入侵时，法军首先占领了军粮城并建立兵营，成为日后进军北京的军事基地。八国联军进攻北京时，非常迅速地占领了南仓、北仓一带的仓库群，打了清军一个措手不及，随之迅速瓦解了北京清政府的战斗意志。当联军打到北京城下时，尽管联军规模不大，但北京城内粮食等物资供应极度匮乏，完全无法坚守。慈禧太后只得带着光绪皇帝弃城而去、望风而逃了。

2017年3月，我们迎着料峭春风，从北到南纵贯中国腹地的徒步考察，每步向前都是春，步步脚下长知识呀！

丁宝桢杀奸臣

——天下第一菜的来历

每到山东德州，我总想起一道人间美食以及它与德州的关系。这里说的不是闻名遐迩的德州扒鸡，而是堪称"天下第一菜"的宫保鸡丁。

宫保鸡丁出自清末的一桩奇案。慈禧太后主政后重用在"辛酉政变"立下汗马功劳的太监安德海。安德海巧言令色，善逢迎又不露痕迹，深得慈禧欢心。逐渐地，安德海变得骄横跋扈，甚至挑拨慈禧与同治皇帝载淳的关系以获其利。他的个人生活更是骄奢淫逸、荒谬绝伦，他甚至娶起了"媳妇"。

同治八年（1869年）七月初，安德海以为同治皇帝大婚做准备赴江南采办为名，出京游玩敛财。安德海乘两艘太平船沿京杭大运河扬帆南下，一路招摇。到达山东境内的德州时正值生日，安德海命令大船靠上码头庆生。他在船上挂起宫中带出的龙袍，挂起三足鸟旗，暗示钦差身份，在船上吹吹打打，引得大批百姓在岸上观看。消息很快传到了德州知州赵新耳中。赵新十分警觉，清朝因前朝宦官干政亡国的教训严格管治宦官行为，甚至在宫中树立铁碑警示。按清廷体制，严禁太监交结外官，也不得出京。钦差过境要"明降谕旨"，大臣出京军机处也要外发公文。赵新旋即快马奔赴济南通报情况。时任山东巡抚的丁宝桢是名噪一时的直臣，天不怕地不怕，他与安德海早有过节，对其专横跋扈十分不齿。丁宝桢一接报告立即密奏清廷军机处，并责令运河沿线官府严密监视安德海举动。北京方面，即将亲政的年轻皇帝载淳也对安德海痛恨不已，正好来了机会，悄悄御批责成山东严处违反祖制、擅自出京的安德海。丁宝桢得令后，立即在泰安捕获安德海并将其押赴济南，亲自连夜审讯。安德海不知死活，开始时居然敢藐视地方大员，丁宝桢痛斥安德海，判刑斩首，一代弄臣就这样被丁宝桢砍了脑袋。

消息传到北京，慈禧太后悔之不及，但人毕竟已死，太后也不愿意与皇帝和外臣结怨，只好哑巴吃黄连，暂时忍下这口气。后来，朝廷找借口把丁宝桢调任四川巡抚，调得远远的，也省得太后心烦。

丁宝桢这一调任，"宫保鸡丁"便应运而生了。丁宝桢原是美食家，爱琢磨烹饪，在山东时自然喜欢鲁中名菜酱爆鸡丁。到四川后，喜欢辛辣食物的丁巡抚，结合川菜口味，尝试用四川的郫县辣豆瓣酱加上蜀地特产的小粒花生烹制鸡丁，于是一道香辣酥嫩的辣酱爆炒鸡丁便诞生了。丁宝桢官声甚好，他去世后清廷追赠"太子太保"，人们便以丁宝桢的荣誉称号命名这道天下名菜——"宫保鸡丁"。有些饭馆的菜单上写"宫爆鸡丁"那是弄错了。

至于说到"天下第一菜",那是后话了。我想是这道菜太好吃了,众人太喜欢的缘故吧。记得多年前在美国学习时,一位美国朋友在中餐馆请吃饭,上来就洋腔洋调地说"宫保",我着实吃了一惊。如果较真儿论证宫保鸡丁是天下第一菜的话,至少还有三个理由:第一,有国家标准为证。现在考厨师,有一道必考的菜品就是宫保鸡丁。第二,有名人捧场。梅兰芳先生十分喜爱峨嵋酒家的宫保鸡丁,曾题词"天下第一菜",赞美宫保鸡丁。第三,说天下第一,那么在最高处吃这个菜也可算是第一,至少是第一高的菜肴吧?!大家也许还记得当年我国宇宙飞船上太空,宇航员杨利伟在天上吃了一顿饭,第一道菜就是宫保鸡丁。当时有媒体报道说杨利伟是四川人,因此喜欢吃这个菜,这显然不对,杨利伟是东北人。我曾就这个问题请教过权威人士,得到的答案是,在太空失重条件下,吃下去的食物会浮在胃的上部,不利于宇航员消化,所以考虑吃一些辛辣的食物刺激胃口,有助于消化。以上三个理由能否足以说明宫保鸡丁乃天下第一菜也?

饮水思源,品味美食也要念及美食开创者。丁宝桢作为美食发明者是要被感谢的。不过从今天的角度看,丁宫保之所以能够发明天下第一菜还有赖于他敢于担当的精神。安德海可是个不可一世的朝廷权臣,安德海违制私行,丁宝桢敢于揭发,敢于斗争,敢于将其斩首,那是冒了极大的风险的。念古思今,如今担当精神也是受到高度提倡与鼓励的,不过社会的规律是"缺什么补什么",大力倡导"担当精神"显然是因为担当精神不够,否则何须"大力倡导"?我们一路走来也听到了不少百姓们对基层干部搞形式主义、花架子的抱怨。中国很大,情况不一,这是重要的国情。由于这个国情,中国的社会治理一定是要因地制宜、分类实施的,忌讳"一刀切"、大呼隆。因地制宜,灵活运用,要求实施者从本地实际出发,考虑大局,权衡施治。这当中,责任感和担当精神是必不可少的。可现在地方基层干部顾虑甚多,许多情况下是在比比画画地做规定动作,击鼓传花,应付差事。干部不作为或搞形式主义假作为,苦的是老百姓,也给上面招惹了不少骂声。一些看上去老实巴交在地里干活的农民一张口就抱怨现在花架子多,净搞糊弄人的事。听了真让人无语。

吴棠治奢

——淮扬菜的来历

在走读运河的路上，我们在淮安和扬州多逗留了几天，以便对这里古来丰厚的人文景观和运河文化多一些感受，多做一些考察。

我们在淮安和扬州受到了当地朋友的热情接待。中国人的待客之道，自然免不了用家乡的美味佳肴款待远道而来的朋友。淮安和扬州人招待客人自然要用闻名遐迩的淮扬菜。在淮安、扬州的几天里，除了天天享用淮扬美味，当地文化素养甚高的朋友们还为我们讲述了淮扬菜的来历，让我大开眼界。

与中国菜肴的其他菜系，如鲁菜、川菜、粤菜不同，淮扬菜的形成有一个明显的起点。什么起点？淮扬菜居然起源于晚清的一次反奢侈、反腐败行动，那就是：吴棠治奢。

历史上的京杭大运河是中国经济社会的大动脉，意义丝毫不逊于今日之高铁、高速路。春秋时，前

486年，吴王夫差为讨伐齐国，开凿了连通长江与淮河的邗沟，即从今天扬州到淮安的这一段中国历史上最古老的运河。从此，扬州至淮安的古运河沿线便逐渐成为重要的战略要冲和繁华的富裕之乡。

到隋唐时期，隋炀帝以洛阳为中心，以邗沟和北方运河为基础，开凿出世界上最长的人工运河——通济渠和永济渠。通济渠从洛阳向东南连接扬州长江岸边的江都，永济渠向东北连接北方幽燕之地的涿郡。通济渠和永济渠构成了连通南北的隋唐大运河，形成了贯穿华夏腹地的交通与漕运的大通道。这条大运河是维系大一统的中华帝国的最重要的国家工程，为整个王朝提供了南北互济、沟通四方的战略通道。大运河使中华帝国从一个行政共同体，进而成为经济的共同体、社会的共同体和文化的共同体。京杭大运河对中华民族的形成，对于中国的统一，具有伟大的历史意义，堪称中国的根基。

隋唐大运河全线贯通后，使淮安、扬州一线成为连江、接淮、通海，东西南北互通的交通枢纽。一时间，淮扬一带商旅云集，物阜民丰。其中楚州港还成为重要的对外交往口岸，《娑罗树碑》上称其为"淮楚巨防，江海通津"。隋唐时期，日本13次遣唐使都是经由楚州回国。从事东北亚客货运输业的新罗人聚居于山阳、涟水的新罗坊，波斯、阿拉伯商人定居于马头镇、北辰坊等地。

到了元代，因定都北京，南北交通运输的需要进一步增加，加之隋唐运河因黄河泛滥受到很大破坏，忽必烈命郭守敬等人在隋唐大运河基础上，将通济渠上的淮安和永济渠上的临清南北向直接连通。由此形成了从杭州经镇江跨长江，经扬州、淮安、临清、天津直到北京的京杭大运河。

明、清两季管理全国漕运的最高管理机构——"漕运总督署"设在了淮安，这里成为全国税收、货物运输和人员往来的中心地带。淮扬一带自元代到明清成为全国最为繁华、最为富庶的地方，京杭大运河由此进入极盛时期。元、明、清三朝，通过京杭大运河，南方的稻米、丝绸、棉布、瓷器、竹器、香料等物资运往北方，北方的煤炭、棉花、木材等物资运往南方。京杭大运河还是最为快捷、舒适和安全的南北客运通道。更重要的是，自元以降，中央政府的税收主要来自运河沿线的九大"钞关"，如扬州、淮安、镇江、临清、张家湾等地的钞关。设在淮安的"漕运总督署"兼有中央政府的"税务总局""交通运输部""水利部"的重要功能。极盛时期的京杭大运河扬州、淮安一带，出现了令人炫目的繁盛景象。达官巨贾、富绅名士云集聚居，按我们的说法，那时中国最有本事的男人和最漂亮的女人都在这条伟大的运河之上，犹如今日之"北上广深"。五千年的中国故事一半以上都发生在大运河两岸。

那时的运河，舟楫云集，帆樯蔽日，千帆过尽，夜夜笙歌。有诗云："两岸烛龙照寒水，恰似星河落九天""腰缠十万贯，骑鹤下扬州"。经济繁荣带来了奢靡之风大行河上。有道是：白银如水，官衙如林，商旅如潮，名庖如云。饮食男女，人之大欲。中国文化特色的重点是在"饮食"方面。运河繁华之盛，突出地表现为饮食文化的大发展、大繁荣。当年从淮安山阳城到淮阴马头镇几十里的运河岸上，客栈、酒肆、青楼、茶舍连绵不断，素有"清淮八十里，临流半酒家"之说。淮扬运河沿线吸引来了各地烹饪高手，他们汇集南北美食之长，各显神通、竞秀争妍。据说，当年这一带餐饮业从业者竟达10万余人。

过去听说过"满汉全席"，以为是皇家最高规格的宫廷宴。走到淮安才知道，其实满汉全席与北京、与宫廷一点儿关系都没有。满汉全席诞生在淮安一处富商会所——清宴园，号称有上百道美味珍馐。有记载说，清宴园"凡买燕窝皆以箱计，一箱则数千金。海参鱼翅之费则更及万矣"。清人笔记所载：清宴园一碗驼峰要宰两三头骆驼，一品里脊肉要用活猪数十头，取其一块精华后，其余皆委之沟渠。

就在运河沿岸淮扬一带纸醉金迷、极尽奢华之时，国家的厄运正在悄悄来临。1860年英法联军攻占北京，火烧圆明园，国家大难临头。第二次鸦片战争后，举国上下一片哀痛，发愤图强之声此起彼伏。现在人们常说的"强国"，就是那时来到中国语境里的。

这时，与丁宝桢齐名的晚清两直臣之一的吴棠出场了。焚烧圆明园的烟火刚刚散去，1861年，吴棠出任漕运总督。吴棠上任于国家内忧外患、风雨飘摇之际。当年清廷最重要的财政收入来源——漕运税收大幅减少，河工、漕运腐败丛生，一片狼藉。同时，淮扬一带饕餮奢风依然炽热，这引来了朝野群愤，物议沸腾。吴棠面对这样局面，必须出手整治。

但淮扬一带已有百年奢风,积重难返,如何才能有效地治理?吴棠确实不同凡响,他想出了一个简捷便利却十分有效的妙招。

吴棠治奢,只出一招。他规定:淮扬一带不准远购山珍海味,唯以淮产常品飨客,接待贵宾亦然。也就是说,大运河沿岸淮扬一带,宴请宾客食材只能取自当地。然而,淮扬一带既不靠海也不近山,清宴园里的美味珍馐更是以山珍海味、异域珍奇为标榜。吴棠这一招给奢侈至极的吃喝之风来了个釜底抽薪。这真叫"一招鲜吃遍天"。吴棠这一行政措施得到了迅速贯彻落实,立竿见影、顿显奇效。很快,那个"销金窟"清宴园便垮台了,一时间淮扬一带奢靡之风大衰大减。

吴棠不仅治住了吃喝风,更为神奇的是,如今流行华夏的淮扬菜也由此而诞生。吴棠通过控制食材这一招治住了"舌尖上的腐败"。但数百年间形成的追求"至味"的淮扬饮食文化传统,却不是凭一纸行政命令就能够消除的。至精至美的淮扬饮食文化没有被消除,但却被吴棠改变了方向。从那时起,极其讲究美食美味的食客、厨师们就因地制宜,从淮扬本地的食材中,通过极其讲究的做工、调制和烹饪,创造了清鲜平和、浓淡适中、清新亮丽的新淮扬菜。

如今的淮扬名菜,如软兜长鱼、蟹粉狮子头、平阳豆腐、大煮干丝、三套鸭、白袍虾仁等,通通取自淮河流域最常见的食材,像河鳝、河虾、猪肉、鸭子、豆腐等。离开淮安,迎着春风,我们继续沿运河向南行进,走着走着,一抬头居然看到了"平桥镇"的牌子。我马上想起央视一档节目——

《舌尖上的中国》介绍过平桥豆腐。这里正是中国人的一大发明——豆腐的原产地。几乎天天出现在国人的餐桌上的豆腐，经过精心制作烹饪，变成了人间美味。那天晚上到宝应的时候，我们特意点了份平桥豆腐尝尝。

吴棠治奢无意间引出了名扬四海的淮扬菜。这可真是"有心栽花花不开，无心插柳柳成荫"。新中国成立后，淮安人氏周恩来总理建议把清谈美味的淮扬菜确定为国宴的主要风格。淮扬菜堪称中华第一菜系。淮扬菜出自百多年前的一场"反奢靡""反腐败"行动，其中也透露出了一个政治学、管理学上的重要原理：大道至简。

简则易，繁则难。有效的国家治理、社会管理一定是十分简约的治理策略与手段。中文词汇里蕴含着许多智慧，如简约、简捷、简易、简明，等等。简则易，简则捷，简则明！为什么有效管理措施一定是简约的呢？

其一，简则易。简约意味着管理目标明确、管理范围清楚。管理目标明确、范围清楚便易于操作和落实。如果管理目标多样、管理范围不清，就需要附加许多条件，就会变得不易操作，难以实施。

其二，简则捷。简约意味着低成本。任何管理都是有成本的。管理手段越少、越简捷，意味着投入的成本越低，成本越低就越便于实施。许多繁复的管理手段看似全面、看似严密，殊不知越全面、越严密就越复杂，相应地，投入成本就越高。当成本超过了收益，这样的措施就一定会不了了之了。这就是许多看似好的法律、政策无法奏效，最后无疾而终的原因。

其三，简则明。提出简约的管理目标和措施意味着找到了产生问题的症结和解决问题的关键。简约背后不简单，能够提出简明的措施说明了认识的深刻，说明了对规律性的把握。有针对性地解决关键问题，就叫作：一剑封喉。

江村三日

"开弦弓村"或许是个陌生的名字,但是说起"江村"或费孝通先生的《江村经济》,那可就是大名鼎鼎了。1936年,年轻的费孝通来开弦弓村养伤,并在此做社会调查。以此为基础,后来费孝通在伦敦政治经济学院写出了博士论文——《中国农民的生活》(*Peasant Life in China*)。这部英文博士论文后被译为中文时名为《江村经济》。《江村经济》堪称现代中国社会学的奠基之作,至少是之一吧。它为中国社会学乃至社会科学赢得了国际声誉,是国际学术界最早了解中国社会科学的一部著作。

由于费孝通,由于《江村经济》,原来这个江南水乡中的一个小小村落拥有了特殊的声望,它几乎成了中国社会学乃至社会科学的一块圣地,至少在中国社会学界,开弦弓村是无人不知、无人不晓的。

开弦弓村以及所在的七都镇、吴江区在为"江村"和费孝通感到骄傲的同时,越来越意识到了"江村"的文化价值以及可能给当地经济社会发展带来的潜在推动作用。吴江区将域内农村赋予了一个统一名称：江村。江村成了像徽派建筑那样的苏南地区的一个文化符号。七都镇在吴江区支持下设立了"江村综合提升专班"项目，意在把开弦弓村打造成一个新型文化小镇，开创经济发达地区乡村振兴的新典范。

"驻村教授工作室"是开弦弓村"专班"设立的一个子项目，意在吸引学术界人士来此驻村生活，仿照当年费孝通，让学者们来乡间一边休闲，一边做些调研，还可以读书、写作。这让人想起了古代书院的体制，也有点像寺庙里的"挂单"。非常荣幸，我竟然成了开弦弓村驻村教授工作室的第一位访问学者。2021年10月14日至17日，我应邀到此小住。三天里，我在开弦弓村生活，每天早起晨练，在村中散步，白天访问村中居民、商户，与村民、干部以及外来务工人员聊天，晚上独居工作室看书、思考，记笔记。三天时间虽短，但收获颇丰，密集访谈、快速阅读，狼吞虎咽接收到大量信息，加之联想、思考，确有胜读几年书的感觉。

水 乡

江南素有"水乡"之称，而苏南堪称水乡中的泽国，有的地方干脆以"泽"命名，如震泽、盛泽等就是此地名镇。这是一片与太湖面积相当的湖网湿地。2017年春，我们徒步考察京杭大运河时，在苏南沿环绕太湖东侧的京杭大运河行走，水乡风光让一行人流连忘返。

太湖东岸河道纵横，漾荡成群。这一带地名几乎都带三点水，是名副其实的水乡。我粗略地统计一下，太湖东岸的湖网区域带三点水的地名有20多个，计有：江、河、湖、荡、漾、港、溇、渡、浦、渎、洋、泽、淀、浜、湾、漕、泾、溪、沟、池、潭、滩、渚，等等。

在这些地名中，溇与港是最有地域特色的名称。太湖以东有72港、36溇之说，亦有"溇港文化"之称。所谓"溇"与"港"，特指太湖以东的排水渠道。太湖是中国第三大淡水湖。她哺育了中国最为富庶的鱼米之乡。太湖水域广大，多年前我第一次到太湖边上，只见烟波浩渺直通天际，水天相连之处呈一道弧线，宽广如同大海。太湖在江南平原的中心，地势低平，平均海拔只有三四米，太湖到东海的直线距离尚有100多公里。每逢汛期，排水泄洪是这里农业的命脉。从夏商时起，先民们便在太湖东岸开凿出一条条水道，将太湖之水引向湖东广袤大地，编织成纵横交错的水网。这个庞大水利工程系统，堪与灌溉天府之国的都江堰媲美。当地人把一条条太湖引水渠统称为溇港。溇与港的区别是，在浙江湖州地界上称"溇"，在江苏苏州地界上称"港"。在古代，浙江属于越国，江苏属吴国，想必溇港之称肇始于春秋年代吧？

太湖流域得天独厚的气候、水文、土壤条件，加之自古勤劳的人们世代的劳作，开渠排水、围圩造地，形成"十里一横塘、七里一纵浦"的太湖地区特有的塘浦圩田系统，变湿地为丰腴良田，造就了鱼米之乡。南宋时，便有民谚云："湖苏熟，天下足"。从那时起，太湖沿岸"围田相望，皆千百亩",男耕女织,水稻、蚕桑、渔业蓬勃发展,"稻米流脂粟米白,公私仓廪俱丰实",这里成为农产品和纺织品主产区,成为名副其实的国之仓廪。

江　村

开弦弓村便坐落在这片古来富饶水乡的沃土之上。开弦弓村因费孝通而闻名,费孝通学术思想得益于开弦弓村的滋养。我甚至认为,没有与开弦弓村的偶遇,世间也许就没有大学者费孝通。开弦弓村+费孝通,谓之:地灵人杰。

费孝通是个大学者,是当代中国社会科学界一位代表性人物。但即使这样大名鼎鼎的学者,一生重要学术贡献也屈指可数。在我看来,费孝通终其一生主要学术贡献有二:一是关于中国社会人际关系的理论概括,即人们熟知的"差序格局"的相关概念及理论;二是关于中国社会矛盾的理论,即"人地矛盾"是阻碍中国社会发展和贫困问题的根本原因。费孝通这样声名浩荡的大学者,主要学术贡献不过有二,可见科学道路有多艰难。无论在自然科学抑或社会科学领域,真正能有所发现、有所发明、有所创造谈何容易!

开弦弓村是费孝通学术成就的发源之地、滋养之地,对此费孝通念念不忘。从 1936 年到 2002 年,费孝通一生共 26 次到访开弦弓村,时逾 66 年。在开弦弓村通往费孝通纪念馆的路上,像好莱坞星光大道那样,镶嵌着 26 块纪念费孝通到访的石阶。

1935 年,广西省政府邀请清华大学人类学教授史禄国来广西大瑶山对当地少数民族做人类学调查。史禄国工作繁忙不能成行，便推荐他的学生费孝通代为调查。那时费孝通已经获得了赴英国留学的资格，而按当时人类学界的规矩，凡取得博士生资格的学生均应有一年的田野调查经历。费孝通接受了这项田野调查工作。为工作方便，行前费孝通与尚在北京大学读书的未婚妻王同惠成婚，是年10月，二人一起赴广西大瑶山。

十分不幸的是，当年12月16日，费孝通夫妇在调研途中因向导"先行不候"，而误入虎阱，费孝通身受重伤。王同惠竟在寻求救助路上不幸坠崖溺水身亡。费孝通挣扎爬行求生，幸运获救。后来在广西教育厅和友人帮助下，费孝通辗转到广州入医院治疗，翌年6月回家乡苏州吴江休养。

费孝通有个了不起的姐姐费达生。姐弟二人都是长寿之人，费达生年长费孝通7岁，姐弟同于2005年去世，费达生103岁，费孝通95岁。费达生早年留学日本入东京高等蚕丝学校制丝科学习，归国后立志实业救国。费达生回到家乡吴江四处宣扬推广新型养蚕技术。一次偶然机会，当时开弦弓村村长陈杏荪听到了费达生的热情演讲，便邀请她来开弦弓村办学建厂，发展桑蚕养殖。1924年，费达生来到开弦弓村办起了蚕业指导所。此后，她又创办了开弦弓生丝精制运销合作社，简称"合作丝厂"。听闻弟弟受伤，费达生邀请费孝通来开弦弓村休养。费孝通的故事由此发生。

姚富坤是开弦弓村的一个奇人。他多年研究费孝通并运用其方法继续研究苏南农村的社会变迁。社会学界一些学者称他为"农民社会学家"。姚富坤在研究费孝通早年生涯和学术经历时说过一句话:"有心栽花花不开,无心插柳柳成荫"。这句话确实很有见地。费孝通本人似乎也持这样的看法,他在《江村经济》著者前言中写道:"这本书的写成可说是并非著者有意栽培的结果,而是由于一连串的客观偶然因素促成的。"

事物发生发展总有其偶然性和必然性。费孝通学术成就的取得,其偶然性是大瑶山遇难,这是他人生一大转折,而必然性则很大程度上是因为开弦弓村。可以设想,如果没有在开弦弓村的休养和调研,费孝通很可能会沿着他原来的生活和学术轨迹成为一位人类学家。提出"人地矛盾"是中国社会基本矛盾的观点是费孝通一生最重要的学术成就,而这正是来自他对开弦弓村经济社会情况的现地考察和归纳总结。

开弦弓村紧邻太湖东岸,费孝通称之为"水乡深处"。这里正好是苏南自然条件最为优越、最为富庶的地方,但同时又是人多地少"人地矛盾"最为突出的地方。自宋代即有"湖苏熟,天下足"之说,但到了明、清,此说悄然变为"湖广熟,天下足"。明、清两季,洞庭湖流域以及广东已经取代了太湖流域成为中国粮食的主产地。明嘉靖朝,权臣严嵩主张将江浙一半农田改为桑田,嘉靖帝不放心地问:如果将大量农田改为桑田,农民吃饭怎么办?严嵩答:现在每年外省都要给江浙调拨粮食100万石。增加了桑田后,继续再增调粮食即可。

为什么江南鱼米之乡到明、清之时粮食不能自给自足了呢？并非粮食少了，而是人口增加了。费孝通在《江村经济》中记载，1935年，开弦弓村人口为1458人，人口密度达每平方英里1980人。这个数字是相当惊人的，因为当时人口密度已居全国前列的江苏省人口总密度为每平方英里896人。就是说，开弦弓村的人口密度是江苏省人口总密度的一倍以上。1936年，费孝通在开弦弓村考察时看到，在如此得天独厚的富庶之地，村民们的生活却是困难重重，勉强温饱。费孝通由此领悟："中国农村的基本问题，简单地说，就是农民的收入降低到不足以维持最低生活水平所需的程度。"

那么，为什么农民收入水平会不断下降呢？费孝通深入调查了开弦弓村的生产结构和农民收入结构。他直观地看到，江南农村的生产组织以及劳动分工是：男耕女织。后来费孝通解释说："苏南是一个农业开发历史悠久的地区，农业经济的发展吸引和积聚越来越密集的人口。为了解决人多地少的矛盾，维持住该地区的'天堂'之富，这里很早就在农业稳定发展的基础上产生了家庭手工业。'牛郎织女'的传说反映了夫妇之间的分工与合作，表明了农业与手工业在一个家庭内的有机结合。"他的这种认识正好得益于开弦弓村这个典型。当时，开弦弓村的产业有两块：水稻种植和种桑养蚕。1935年，开弦弓村水稻总产量折合成大米约为98万斤，全村人均约为600斤。开弦弓村有80%的农户养蚕，农户养蚕收入折合成大米600—800斤。开弦弓村有谚："吃靠田里，穿靠匾里"，也就是说，桑蚕养殖是村民们在水稻种植之外不可或缺的重要生活来源。

在开弦弓村现场观察启发了当时还是青年学生的费孝通，他认识到人多地少的矛盾是中国农村贫穷的根本原因。不仅如此，他根据对开弦弓村"男耕女织"现象的观察，进一步指出了解决人地矛盾的根本出路。他在《江村经济》最后一章"中国的土地问题"中写道："最终解决中国的土地问题的办法不在于紧缩农民的开支而应该增加农民的收入。因此，让我再重申一遍，恢复农村企业是根本措施。"

费孝通的重要学术贡献直接来自田野调查，使用的是"观察—归纳法"，这是社会科学一种重要研究方法。西方经济学中的产权理论很大程度上就是从牧场和渔场过度开发的现场观察中归纳、总结出来的。费孝通的幸运之处在于他遇到了一个正确的地点——开弦弓村。在正确地点，他又运用了正确方法：观察—归纳法。第一个"正确"是客观的，第二个"正确"则要归功于他的主观。他后来总结说，"开弦弓是中国国内蚕丝业的重要中心之一。因此，可以把这个村子作为在中国工业变迁过程中有代表性的例子"。正是这种考察地点的代表性、典型性，使得事物的本质与真相浮出了水面，本质与现象、表象与真相几乎重叠，使观察者一目了然。孕育出中国伟大学术思想的主客观条件、偶然与必然因素，在1936年的"江村"碰头了。开弦弓村真乃中国社会科学的一块福地。

费孝通

开弦弓村因费孝通而闻名，费孝通因开弦弓村而出名。

在来开弦弓村小住之前，我对费孝通的主要学术思想还是有所了解的，而这次来村里小住主要收获是，对费孝通这个人以及他的研究方法的了解和理解。

费孝通的人生以及学术生涯经历了许多曲折和磨难但终获成功，可谓"艰难困苦玉汝于成"。从自身原因看，我以为费孝通的成功主要得益于三方面因素。

向实求知，做时代学问。不同时代有不同学问，不同时代有不同做学问的方法。费孝通生活在一个大动荡、大变革的时代。而他始终关注时代，关注时代问题，深入社会、深入生活，从社会实践和人民生活中发现问题，研究问题，解决问题。变动时代是实践走在理论前面的时代，这样时代的学问必然要以实践为导向，学者要向实践者学习，向实践求知识。中国古代战国时期，秦国因商鞅变法而崛起。《商君书》中提出"以吏为师"。"以吏为师"并不能将其简单理解为以当官的为榜样，谁官大谁手里真理多，而是在提倡向国家治理实践的操作者学习。向实践求知，向有实践经验的人学习，主要是用观察法、归纳法，而主要不是采用演绎和推论方法。观察法和归纳法是变革时代科学方法论的时代特色，费孝通正是这样做的。对实践进行观察和归纳从而生产出原创性理论，这是费孝通成功的关键。

善于观察，见微知著。乔布斯说过，他很幸运在很年轻的时候就发现自己真正喜欢做什么。事业要成功，一要执着，二要擅长。而执着首先来自兴趣，擅长就是有天赋才能。"兴趣+才能"是事业成功的充分必要条件。松下幸之助创办松下政经塾为日本培养政治人才，他选择学生的首要条件就是学生必须是充满好奇心之人。凡事有兴趣，万事皆文章。费孝通正好就是一个这样的人。

为什么要到现场观察？因为"魔鬼在细节""现场有神灵"。在事物现场有大量的迹象与细节，捕捉到那些关键细节才能找到通往真相之路。费孝通恰好是一个具有敏锐观察能力的人，只要他到达现场就会捕捉到那些能够把认识导致真相的细节。在开弦弓村费孝通纪念馆里有一张1936年他本人拍摄的照片。这是一张费达生开办的工厂排水的照片。"圩"是太湖流域农田的特色。因为地势低洼，太湖周边特别是东岸农田、村庄需要建起围堰，然后不断向外排水以解决内涝。这种围起来的田地被称为圩。现在开弦弓村还可以看到，居民房前屋后的小块菜地都被高高堆起来，周围设沟以排水。这可以说是一种小型的圩。当年农人最苦的活计就是踏水车排水，一天到晚踏水车简直累死人。彼时开弦弓村一共被分成了11个圩，其中只有费达生工厂所在的圩用机械排水。工厂有一台燃煤锅炉提供动力的抽水机，费孝通拍下一张抽水机抽水的照片。他发现开弦弓村只有这个圩里的村民有不少空闲时间，他们甚至有时间打牌赌博。费孝通进而意识到，农业劳动生产率低下和人口众多造成的内卷可以通过发展工副业得以解决。他认定，农村发展工副业是解决人地矛盾的根本之道。

勇于发现真理，敢于坚持真理。学界有句话说：做学问先学做人。费孝通的学术生涯对此做出了经典注解。在开弦弓村，睹物思人愈发使我意识到，费孝通之所以能够发现真理做出成绩，与他的人格、性格颇有关系。我甚至想，如果没有那份耿直与执著，费孝通也许做不出那么一番伟大的学术成就，至少他的学术影响力、现实影响力会打许多折扣。

通观费孝通一生，他是一个率真坦诚的人。实事求是、直面现实，不虚妄、不矫饰、不逢迎，是社会科学工作者最基本的也是重要的素质与品格。费孝通正是这样做的。他有一说一、严谨细致、执著到有些固执。最先发现费孝通这种品质的是他的恩师、他的贵人，英国伦敦政治经济学院的导师马林诺夫斯基。马林诺夫斯基在为费孝通的博士论文《中国农民的生活》出版所作的序中指出：来自积贫积弱、处于衰落之中的东方大国的费孝通有着强烈爱国情怀，"费博士是中国的一个年轻爱国者"，而在他的书中"我们能够发现著书的道德品质，请允许我强调提出这一点。虽然这本书是一个中国人写给西方读者看的，文字中没有特殊的辩护或自宥的流露。相反，倒是一种批评和自我批评"。他指出："作者的一切观察所具有的特征是，态度尊严、超脱、没有偏见。"马林诺夫斯基非常赞赏他的这位弟子的正直与高贵。

马林诺夫斯基没有看错。后来费孝通起伏跌宕的一生以及不懈的学术耕耘都一再证明了，费孝通勇于探索真理，更敢于坚持真理的正直品质与高尚人格。

费孝通在《江村经济》中提出人地矛盾是中国社会基本

矛盾的观点，在当时是特立独行的。关于近代中国社会危机与衰落的原因，从孙中山到毛泽东，当时主流观点认为，主要问题在于土地占有不均，在于社会的阶级分化与对立。孙中山主张"平均地权"，毛泽东主张发动阶级斗争，推翻剥削阶级统治。当然，费孝通是赞同这些的。但是，费孝通进一步看到了导致贫困和阻碍进步除了在生产关系领域中的这些问题，更为深刻的问题还在生产力领域，而农村工业化才是解决问题的根本。费孝通在《江村经济》最后一章"中国的土地问题"中明确指出："我们必须认识到，仅仅实行土地改革、减收地租、平均地权，并不能最终解决中国的土地问题。""最终解决中国土地问题的办法不在于紧缩农民的开支而应该增加农民的收入。因此，让我再重申一遍，恢复农村企业是根本措施。"应该说，中国农村、农业、农民的根本出路在于乡村工业化，这是正确的观点。但这在当时以及后来很长时间内并未被主流意见所认可。而费孝通始终坚守这一观点，并为此付出了代价，受到了不公正的待遇。

1957年3月，在当时的国内政治气候下，费孝通以既兴奋又轻松的笔触写下了《知识分子的早春天气》一文，并在《人民日报》发表。是年4月末至5月中旬，费孝通再次来到了阔别21年的开弦弓村。他还带来了一个由七八个人组成的调研小组，住在村里20多天，认真细致地对开弦弓村的经济、社会情况进行调查研究。回到北京后，他写下了《重访江村》并于当月在《新观察》杂志上发表。

费孝通重访开弦弓村的意义丝毫不亚于他于21年前的首

访。再次来到开弦弓村还来不及体验故地重游的情愫，费孝通就被带入了现实的场景当中。《重访江村》开始部分记录下了他刚刚进村的一幕：见到乡亲们"拉着手不肯放。说什么好呢？问大家生活吧：'日子过得可好？'许多老婆婆抢着回答：'好是好了，就是粮食——'说到这里就有人插口了，'刚见面就讲这个，改天再谈吧。'"粮食，这个主题词在重访江村第一时间便深深印入费孝通脑海。令费孝通疑惑的是，中国革命已经胜利，新中国已经成立，已经实行了土改，农村甚至已经实行了合作化，而在开弦弓村，"粮食"怎么居然还成了问题？！

这次来村小住，村里特意安排我到当年费孝通重访开弦弓村住过的周荣根老师家搭伙吃饭。在周家我们谈到了许多往事。当年费孝通一行工作起来可谓废寝忘食。现在房子已不是当年的了，但在我们每日吃饭的圆桌旁有一张窄窄的老式条桌，那就是费孝通在周家时用过的。周老师说他父亲曾告诉他，费孝通带来了一台手摇计算机，每天放在条桌上计算村里经济及村民收入的各种数据。

重访开弦弓村，费孝通的主要发现是，虽然解放后实行土改和实行了合作化，虽然稻米产量比21年前有了很大增加，但开弦弓村人均收入并没有增加，甚至在一定程度上还不如21年前。稻米产量增加了，但村民们甚至吃不饱。一个沉重的事实是：土改、合作化果真没有解决农村的贫困问题，没有带来农民生活水平的实质性提高。开弦弓村的现实情况，证实了早年费孝通博士论文里的观点！但是，他并没有为此感到一丝高兴，他被深深触动和震撼了。

耿直的费孝通本着真正学者的道德操守，把重访江村的调研发现如实写出并公开发表了。他当时也明白这些观点可能有些"政治不正确"。为此，在《重访江村》的开头，他做了好多铺垫，预设了前提，试图为其观点提供某种保护。那夜，我坐在"驻村教授工作室"里翻看《重访江村》这一段时，不禁哑然失笑。

从1936年到1957年，从1957年到1978年，各是21年。可以说，这两个21年是费孝通一生及学术生涯的两个重要阶段。第一个21年里，费孝通提出了平生最重要的学术思想并被证实。第二个21年是费孝通沉默隐忍的21年。在那21年的艰辛岁月里，费孝通用他的沉默与隐忍坚持着他的观点。21年后他的坚守为真理增添了光辉，他的忍辱负重增强了真理的说服力。

作为政治学者，对于费孝通我还有个看法。重复一下我对费孝通学术思想的认知，关于中国人社会关系的学说和关于中国社会基本矛盾的学说是他一生最主要的学术成就。如果非要从所谓的学科上划分，费孝通这两大学说，前者属于社会学，而后者则应该属于政治学。但费孝通一概被称为社会学家。我想这与费孝通在英国学习时的专业和后来工作所属的学科范围以及他的门生弟子大多是社会学专业出身有关。但我本人认为，费孝通对中国政治学以及对中国工业化、现代化的贡献远远超越了社会学的学术范围，甚至远不止于社会科学的理论层面。

姚富坤

费孝通的成功与成就并非仅仅依靠一己之力。费孝通在一定程度上开创了当代中国社会科学的一种学术风格和研究范式，对当代中国社会学起到了奠基作用。但这种作用应该说费孝通有一半，中国社会科学界、社会学界的共同努力是另一半。前人的奠基作用，在很大程度上是后人传承赋予的。没有传承和发扬，前人的价值就会慢慢消磨乃至消失。在这个意义上，费孝通奠基了中国社会学，中国社会学成就了费大师。

1979年3月30日，邓小平在理论工作务虚会上的讲话中提出，政治学、法学、社会学以及世界政治的研究，我们过去多年忽视了，现在也需要赶快补课。[①] 由此，我国哲学社会科学领域中这四个学科得以恢复或重建。40多年过去了，这四大"补习生"补课补得怎么样？在我看来，社会学的重建和恢复发展是非常成功和出色的。中国社会学发展的成功之处在于，在前人开拓基础上，在中国社会实践发展的根基上，形成了中国社会学大大小小的学术共同体。学术共同体是学术生产的土壤和工厂。正是这些学术共同体把中国社会学推上了专业化水平，使中国社会学成为一个具有独立概念体系和方法体系的学科。

---

① 中共中央文献研究室编：《三中全会以来重要文献选编》，人民出版社1982年版，第105页。

在中国社会学界无数学人中有一位相当特殊，这就是被称为农民社会学家的姚富坤。我见到姚富坤是四年前第一次到访开弦弓村的时候。2017年春天，徒步考察京杭大运河的路上，我们在苏州停留了三天。这三天里我们特意访问了两个有特殊意义的村庄——江阴华西村和吴江开弦弓村。在费孝通纪念馆我见到了十分消瘦、人称"姚老师"的姚富坤。那次接触时间不长，但我感受到这位姚老师不仅十分了解费孝通的学术——这些通过书本大部分是可以了解到的，他更知道许多费孝通文章著述背后的东西，这给我留下了很深印象。

第五次来开弦弓村，我确定的第一个访谈对象就是姚富坤。在村中逗留的三天里，我俩谈话不少于10小时。姚富坤是本村人，他的父亲于新中国成立初期在震泽区开弦乡当过乡长。1975年，姚富坤在村里担任农业技术员一直到今天。自改革开放后费孝通"三访江村"开始，姚富坤参加了历次接待工作，记录下了全部访问活动。自那时起，他向费孝通学习，刻苦自学社会学知识，成了一位费孝通学术的传承者。他继续了费孝通对开弦弓村以及江南经济发达地区农村社会及工业化的研究工作。2010年，姚富坤与人合作出版《江村变迁——江苏开弦弓村调查》一书，堪称《江村经济》的续篇。

住村几日里，通过交谈我感觉姚富坤确实十分了解费孝通，理解费孝通的学术，他甚至可以说是费孝通的一位忘年交。他向我谈起费孝通与他交往时的诸多往事，费孝通和他说过的许多心里话。费孝通桃李满天下，倒不多姚富坤这么一个未进师门的学生。但姚富坤的价值或许又是费孝通的许多门生弟子所不及的。这就是他对于开发费孝通的精神文化价值所起到的独特作用。

"差序格局""人地矛盾"这些学术概念体现了费孝通的科学价值。费孝通筚路蓝缕、开启山林的学术道路以及为此经历的坎坷磨难,则体现了他的精神价值。在很大程度上,费孝通的一生堪称近代以来中国爱国知识分子人生经历的一个缩影。费孝通的精神价值与其科学价值同样具有重要意义。开弦弓村的传奇就是费孝通精神价值的载体。

我原来一直以为姚富坤是开弦弓村费孝通纪念馆的馆长,第一次见他就是在纪念馆一间宽大的办公室里。这次来,他带我再一次参观了纪念馆。那天我们来得早,纪念馆还没开门,他带我走到一个小侧门前,拿出钥匙打开门领我进去。进去后他熟练地开灯,打开各种设备,那一切就像在自己家里。平时姚富坤大部分时间都在纪念馆里,但在这里他却没有任何正式职务和岗位。

姚富坤领着我在纪念馆里一边走一边看一边讲,渐渐地我感觉已经化入了开弦弓村过往历史当中,那些照片、展品似乎活了起来,我的思绪完全被拉入了几十年前的开弦弓村。而姚富坤似乎是在和费孝通对话、拉家常,姚富坤似乎是在用费孝通的眼光看今天的世界,他用费孝通的语气讲话。

在开弦弓村的几天里对我触动最大、引发我思考最多的,是费孝通的经历和他的精神,这些仅仅在费孝通的著作和文章中是不能完全感受和领悟到的。开弦弓村、费孝通纪念馆,复原了那百年的风雨沧桑，带领后人走过前辈的心路。费孝通纪念馆不是为一个人树碑立传，它是一个时代的路书，它是一座精神的丰碑。

也正是在这个意义上，我也更了解和理解了姚富坤。

周 会 计

周会计叫周春燕，是开弦弓行政村唯一的会计，也是村委会委员。她是当年接待费孝通重访江村的周家的第四代。周会计是个"80后"，正好赶上改革开放，是中国农村工业化时代成长起来的第一代人。

就像费孝通说的，当代中国的社会问题都与工业化有关。当代中国社会科学总体上是以中国工业化为背景的，是工业化时代的学问。费孝通学术的要点之一就是工业化对于中国农业社会的意义，以及中国农村如何走工业化道路。今天开弦弓村以及整个苏南地区已经实现了工业化。2017年，我们走读京杭大运河时看出了一个知识，即中国乡村可以区分为工业化区域的乡村与未完成工业化区域的乡村，这补充了原来我们只知道中国有城乡差别的知识。在走运河的路上，我们竟然还发现了中国南北工业化区域乡村与未完成工业化区域乡村的明显分界线，这条界线就在苏北淮安与扬州接壤的地方。

那天我们从淮安启程沿京杭大运河向宝应进发。宝应在扬州最北部与淮安接壤，两地以运河支流上的一座桥闸——运西闸为界。运西闸南面那个村子叫"春光村"，一到春光村景象大变。一个月前，我们从天津静海区著名的九宣闸出发后，在华北大平原上的乡村行走了1000多里，这是以种植业为主的"18亿亩红线"内的农村地带，我们路过数以百计的村庄。在这千里农村地带，村中无餐馆、镇上无旅馆，田野里鲜见设施农业，想投宿必须到县城。这说明千里农村地带的商品化、货币化程度很低，我们称其为"半自然经济地带"。春光村里的景象与运西闸北面截然不同，我们看到了辞别九宣闸后在村庄里的第一家"农家乐"——"大兵餐厅"。这村子里居然还有连排的超市，超市里有了本地生产的品牌日用品和食品。我们终于看到了"绿茶"饮料而不是"缘茶"，看到了"康师傅"方便面而不是"康食府"……田野里景色也变了，到处是成片的设施农业。这里依然是农村，但这里是中国工业化区域的农村。

费孝通的学问是中国行将进入工业化时代的学问，而今天可以告慰他的是，中国已经初步实现了工业化，行将进入后工业化时代。不同的时代有不同的学问，假如费孝通先生今天还健在，他会做什么样的学问呢？再访开弦弓村他会关注什么呢？我想他首先会关注已经实现工业化的开弦弓村的治理问题，因为这是现在最显而易见的问题。费孝通做学问的方法是现场观察法，是从表象出发探求真相。这也是我们今天运用的方法。

作为政治学者，关注和研究当代中国政治制度是我们的必修课。在当代中国四大政治制度中，基层群众自治制度是改革开放以来创制的新制度。基层群众自治制度的主要内容是农村群众自治，其主要形式便是村民委员会。这次村居，我自然也会顺便了解一下苏南村民自治以及乡村治理。周会计就成了我的观察对象。

在农村，村两委，即党委会（党支部）和村委会，是整个国家社会治理的终端，即治理主体与治理对象相交的界面。从中央到地方，从地方到基层，村之上的各个层级都是治理的决策和传导部门及其环节，整个治理体系的政策措施最终要靠村两委实施。好比一辆汽车，汽车有动力系统、方向系统、传动系统、制动系统以及安全系统等，但汽车行驶最终是靠轮胎与路面作用，轮胎与路面相交摩擦是汽车运动的界面。在农村，社会治理是通过村两委实现的。按开弦弓村党委副书记谭玉根的话说就是：我们是面对群众的。是呀，所有的干部、公务员都有下级，唯有村两委没了下级，他们是整个国家治理体系的终端。

开弦弓村两委一共8人。村党委会有书记、副书记、纪检书记、组织委员和宣传委员共5人。村委会有村主任，由党委书记兼任，还有一名副主任和两名村委会委员。周春燕是分管村会计工作的村委会委员，另一村委委员分管农业。因为开弦弓村的特殊性，在村两委之外还有一个由七都镇派驻村里的机构——"江村综合提升专班"。专班体制是近年来经济发达地区加强基层建设和治理的一种新机制。当前基层治理任务十分繁重，现有村两委实在无法顾全。为了加强村级组织和新农村建设、乡村振兴，一般由镇政府负责设立"专班"，派遣到村负责专门项目。专班与村两委的分工是：专班负责专项任务，两委负责日常管理。

目前七都镇派驻开弦弓村的"江村综合提升专班"的任务是打造经济、社会、文旅全面发展的特色村庄。专班共有7人，他们单独办公，带有专项经费，颇有点"二村委"的味道。专班对于开弦弓村的整体村容村貌进行统一设计、包装、改造，在村里建立了俱乐部、图书室、小剧场以及其他一些公共设施。我所居住的"驻村教授工作室"就是专班建立和运营的，驻村期间，学者的食宿费用由专班提供。

现在的开弦弓村是前些年合村并乡时由原来开弦弓村和其他3个自然村新组建的行政村。开弦弓自然村有421户，户籍人口1622人，开弦弓行政村有734户，户籍人口2841人。这4个自然村比较分散，最远的两个自然村相距3公里。

开弦弓村，在农牧渔业方面，有水稻种植、水产养殖、特色农产品种（养）植、桑蚕养殖等。在工业方面，村里有4家纺织厂。在第三产业方面，有综合市场、旅游民宿以及房屋厂房租赁等。经济发达加之人口密集，使开弦弓村的日常管理工作非常繁重。村两委一共8人，平均每人要管理355人。如今最令基层头疼的是来自上级单位下派的海量任务，现在是任务重头绪多、要求高难度大、时间紧督查严，搞得村干部每日从早到晚脚打后脑勺，疲于奔命，穷于应付。

拿周会计来说吧，村里734户2841人，农业、渔业、工业、商场各类经济活动活跃，加之村民的家庭、个人财务税收等业务服务林林总总，反正就是周会计一人负责。在我印象里，周会计总是骑着一辆小电动车到处跑，一会儿在村委会、一会儿去工厂、一会儿上银行、一会儿跑村民家……一天到晚很难停住脚。我在她家搭伙，几天里没见她和大家一起吃顿安生饭。我问小周累不累、烦不烦？她说：还好，书记、副书记更忙。她说，只要周末能休息一下，陪陪孩子，就很知足了。我真是很佩服小周的工作精神。我跟其他驻村干部开玩笑说，小周是这村里的哪吒，那个小"电驴子"是她的"飞火轮"。

其实，比起超负荷的工作，村干部们更受到待遇问题的困扰。这些年苏南经济发达地区公务员待遇有了很大改善，乡镇主要干部一年下来至少能拿二三十万元，区一级主要干部能拿到四五十万元。但是，真正处于管理界面上，每天要"面对群众"的村干部就差得远了。

我国实行基层群众自治制度，村级管理机构属于村民自治组织。因此，村干部不是公务员，也不是"事业编"，甚至不是政府聘用人员。那么，他们算什么呢？在当地从待遇上来说，他们分别叫"定工干部"和"误工干部"。

以开弦弓村来说，村书记夏志骁是下派干部，属于事业编。而村两委其他7人目前都是"定工干部"。定工干部的薪酬待遇确实十分复杂，我问了几次才基本搞清楚。定工干部的薪酬标准由镇里根据一套相当复杂的考核体系确定，而且是一村一策，一年一核。2021年，开弦弓村定工干部核定年薪酬基数是8.3万/年。不同岗位村干部薪酬计算是基数乘一个系数，如村书记是$1×1.35$，副书记和其他村委是$1×1.15$。这样算下来，周会计每年从村里拿到的薪酬一共是95450

元，谭副书记也是这个数。定工干部如此，误工干部待遇就更低了，其薪酬核定标准是定工干部的60%，其核定公式是：$(1 \times 1.35) \times 0.6$。除此之外，即使村集体有钱也绝对不能给村干部发放任何额外报酬。这样算起来，开弦弓村两委班子除书记外，每人每个月才能拿不到8000元钱！这要明显低于本村全劳力居民的平均收入水平。按村干部自己的话说，这点钱不够养家。不要忘了他们可是一天忙到晚的全职干部呀！更不要忘了这里是苏南富庶之地呀！他们干点什么不能挣得更多？！

村干部薪酬背后蕴含着一个深层次问题。改革开放40多年来，我国农村情况发生了很大变化，社会治理体系也发生了很大变化。在基层群众自治制度建立之初，村委会确实是一个村民自治组织，其职能、责任、权利、义务等很大程度上是根据本村具体情况自定义的。而当下，在农村尤其是经济发达地区的农村，村两委实际上已经转变成为基层政府的派出机构，其工作任务、职责范围、赋予资源以及薪酬待遇等都是由乡镇政府规定、下派和督促检查的。而在这种情况下，村干部的身份却没有任何变化，他们连政府雇员都不是，也不受劳动法的保护，他们在乡镇政府除核发的薪酬之外没有"五险一金"的社会保障。这一现象在提醒人们，我国四大政治制度之一的基层群众自治制度已经发生了重要变化。

因工作需要，长期以来我一直关注中国党政干部、公务员待遇问题。这次驻村我也在明里暗里观察，同几位村干部谈及过此事，也得到过一些回答。但是，坦白地讲，我并不认为我真正了解和理解这种现象以及干部们的行为，我权当他们是"志愿者""发烧友"吧。

钱镇长

在中国广大农村地区社会治理体系中，村庄是政府与社会接壤的界面，村两委是政府与社会的连接器。村两委，既不是"政府"，也不算"社会"。从政府角度看它是治理工具，在村民眼里它代表政府。村两委背后是乡镇，乡镇党委、政府是中国五级政府体制中的末端，又是治理体系中的前沿。

与村两委相比，乡镇拥有决策权并握有一定资源。因此，乡镇可以说是乡村治理的发动机和指挥所。乡镇虽然权力不大、资源不多，但事情多，事难办。在公务员系统里，乡镇干部肯定是坐办公室最少的"行动派"，有点像警察中的刑警和交通警。尽管权力小、资源少，但社会治理实际成效往往取决于乡镇这一级。在中国社会治理舞台上，乡镇干部出场最多，离"观众"最近，扮演着关键角色。

在七都镇干部中，我最熟悉的是副镇长钱锋。我第一次和他认识不是在苏州而是在上海。2023年9月的一天，钱锋带着几个人来上海找我，谈开弦弓村的综合提升问题。而我不是这方面的专家，自然帮不上忙，但他们这种不耻下问的敬业精神着实令我感动。那天一见面，钱锋就拿出七都镇地图摊在桌上，就着地图讲七都。我历来主张"脚底板做学问"，常年做田野调查，自然离不开地图，未到一地先看地图。钱锋看图说事儿，让我顿生好感。盛情难却，当月我就第四次访问了开弦弓村。

开始和钱锋交往,我有许多疑惑。他个子高高的,人很干练帅气。看相貌、听口音,他肯定不是本地人。他的谈吐透露出见多识广,其观念和话语更像是在大城市知识分子圈里的人。从工作能力、作风看,他也不像地道的基层干部,至少应该在大机关里工作过。随着交往增加,我对他有了进一步了解。

钱锋是科班的警察出身。他本科考入沈阳刑警学院,在校期间,被送到英国大学联合培养。他进入了北爱尔兰贝尔法斯特奥斯特大学。作为一个警察专业的学生,贝尔法斯特可真是个好地方。他在奥斯特大学拿下了比较刑事司法专业本科文凭。后转到伦敦布鲁内尔大学获得了国际法专业的硕士学位。回国后,他公考考回了母亲家乡的苏州市公安局,被分配到派出所"办案队"。2014年,因工作需要他被借调到苏州市编制办帮忙,中间又被借调到北京中组部的中央编办。他的父母在北京工作,本来也可以想办法留在父母身边,可他觉得北京并不适合他,还是回了苏州。回到苏州正好赶上2018年大部制改革,他被提拔为苏州编办体改处副处长。在旁人看来,他年纪轻轻的就成了市政府机关的处级干部是令人羡慕的。但是,钱锋并不想沿着科层制体系中晋升阶梯一步一步往上走,相反他要求下基层挂职锻炼。2020年初,他来到七都镇挂职副镇长,一下子喜欢上了这个地方和这个岗位,干脆转了留任。

钱锋这样的履历和经历多少让人感到有些异样,他和那些通常在党政机关见到的谨慎精明的年轻人相比,至少在志趣上大相径庭。我原以为钱锋这样的年轻人是干部队伍里的奇葩。但在开弦弓村,特别是江村综合提升专班里,我发现在钱锋周围有一群和他志趣相投的年轻干部。这引起了我很大的兴趣,想了解他们。

在交谈和观察中,我渐渐地对这个年轻群体有了一些感觉,慢慢地似乎也解开了心中的一些疑惑。在传统意义上,追求进步、积极向上是好青年的标准。对于公务员来说,那就是谦虚谨慎,努力工作,不断进步。公务员"进步"台阶就是职级,从股级、科级、处级、局级、部级……逐级向上。但"钱锋们"似乎不持这样的价值观和审美观。那天和一位家境不错的女干部聊天,她流露出这样一种看法,在她看来,如果把更高职级当作目标,工作就成了手段,久而久之,工作本身就会失去意义,沿着科层阶梯一步步向上会成为重点。但"进步"终点在哪里呢?现实点看,对基层干部而言,实际上是没有"终点"的。她的这种感觉让我想起了一句歌词:"一路上好风景没仔细琢磨,回到家里还照样推碾子拉磨……"我觉得我有点明白了,他们是不甘心在科层制阶梯上"内卷"一生。他们是想"活出一个自己的人生",他们并不想栖息于职位、地位光环之下,而想自己发光、自带光芒。

来到基层,来到村里,脸贴到地上,脚踩进土里,没了"面子",没了虚妄,剩下的也许就是事情和事业。山重水复之处,才是事业生发之地。对于年轻一代来说,也许只有这里才是属于他们的天地。这也让我联想到一直在思考的"后现代"问题。

　　什么是"后现代"？工业化带来了物质财富丰裕，物质丰裕渐渐地祛除掉人的"物化"。一场以追求个性化高峰体验为核心内容的价值观革命悄然来到。以物质与财富定义和标识的传统价值渐渐消解，代之以个性化高峰体验为追求和志趣的价值观。"你吃了吗？""你发了吗？""你升了吗？"，正在被"你玩了吗？""你跑了吗？""你开心吗？"所取代。这或许就是"后现代"，这或许就是支撑"钱锋们"在江村、在七都终日奔波而自得其乐的精神动力吧？

瑷珲腾冲行

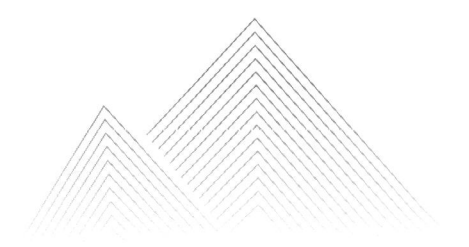

四川阿坝纪行

（2022年4月2日—5日）

文明的地理界限

2022年夏天，我去内蒙古锡盟（锡林郭勒盟）做瑷珲腾冲线的分段考察，现在在四川阿坝州（阿坝藏族羌族自治州）考察，两地都是少数民族自治地区，也都是历史上发生过民族战争的地方。中国历史上北方草原游牧民族与内地农耕民族一直冲突不断。阿坝州是藏区，清代发生过著名的大小金川之战。联想、对比之下，有不少感悟。

瑷珲腾冲线也是一条"民族线"，大致划分了古代华夏的主体民族汉族与少数民族的界限。这条界限是因为历史上民族间不断的冲突与战争，加之地理、气候等自然因素的影响，逐步形成并被固定下来的。上千年的历史表明，汉族与少数民族都很难超越这条横亘在农耕民族和游牧民族之间的界限。

关于这一点，2022年在内蒙古大草原上行走数日时，我就体验到了。当时我意识到，在冷兵器时代，草原是属于草原民族的。草原地域广阔，道路隐藏于水草深处，饮水、补给等问题，非当地人无法解决。草原骑兵机动性强，自带补给；而农耕民族的步兵行动缓慢，后勤补给消耗巨大，一旦进入草原，真正能够投入战斗的部队有限，甚至无法与草原骑兵交战，很快就会被拖垮。远的不说，1449年的土木堡之变，明军就是被瓦剌军的灵活机动打败的，而那时明军甚至还没到达张北草原呢。大小金川之战也是这样，装备精良、拥有火器的数万清军对使用冷兵器的几千藏兵。有时候清军感觉藏兵就在附近，可就是找不到，捕捉不到战机，最后被藏兵拖垮。即使到现代，苏联和美国在阿富汗似乎也是遇到了这种情况。

看来民族之间、文明之间是有着难以突破的界限的，真的是合则两利，斗则两伤。

水能——中国的宝藏

即使在经济全球化、经济金融化的今天，自然资源仍然是一个国家安身立命的依靠。美国长期雄居世界霸主地位，与其优越的自然条件与资源密不可分。尼克松曾说过：没有美国就没有资本主义。1988年夏天，当我走过美国中西部的阳光地带时，多少明白了尼克松这话的意思。美国中西部极其优越的土壤、气候条件让美国拥有了世界近一半的粮食剩余。俄罗斯多年来遭受西方制裁打压，虽困难重重但依然能屹立不倒，丰富的油气资源给了俄罗斯不少底气。

那么中国有什么呢？相对于庞大的人口，中国的自然条件、自然资源算不上优越丰厚，但中国拥有世界第一的水能资源。这是上苍赐予中国人最大的恩惠。水能，是中国未来持续发展的重要资源。

和中国的许多事情一样，水能资源在中国的分布是不均衡的。中国水能主要蕴藏于西南部的三条大江上，即大渡河、雅砻江和金沙江。这三条江河的水能资源至少占全国水能资源总量的70%以上。瑷珲腾冲线，是集中反映中国自然资源分布与经济社会发展不平衡性的"基本国情线"。大渡河、雅砻江和金沙江，正好与瑷珲腾冲线相随相伴，映带左右。改革开放以来，中国西南进行了水利水电大开发，几十座大型水库拔地而起，遍布三条大江的高山峡谷之中。三江水电梯级开发提供的强大电力支撑了中国工业化进程，支撑中国成为世界产业基地。

昨天真是怀着激动的心情来到了向往已久的双江口水电站工地。双江口水电站是大渡河在建的最大水库，它将建成高达315米的世界第一高坝。双江口水库大坝是土石堆坝，坝基上下游距离竟达1600米，而坝顶宽仅有16米，是梯形坝基的1%。大坝土石方量达到惊人的4000万立方米，建成后最大蓄水19亿立方米，水电装机总量200万千瓦。

双江口水库之所以建如此高大的水坝，还因为它是南水北调西线工程的取水口。西线工程是南水北调三条线路中的最大工程，对于缓解北方干旱起着关键作用。西线工程先将长江上游金沙江、雅砻江两江之水汇集到大渡河双江口水库，然后由此出发把长江之水调达黄河上游。双江口水库及南水北调西线工程将对中国未来经济社会持续发展，调整中国经济社会发展不平衡发挥历史性的巨大作用。

2022年4月3日一早我们就赶到了双江口水库工地。目前水库已经导流，坝底基坑正好达到正负零，地下防渗墙也已完工，大坝土石堆砌即将开始。两年以后大坝就将从我们脚下一直长到315米高的半山腰。水库建成，高峡出平湖，当惊世界殊。

三江水利水电开发对当地经济社会发展起着重大推动作用。仅以阿坝州的金川县论，目前金川县域内就有双江口和金川两座大型水库在建工程。几年前工程开始后，金川县的一般公共预算收入立即就翻了一倍。两座水库建设在当地给藏汉民众创造了大量就业机会，有的是直接参加建设工程，工地上大批的司机和辅助工都是从当地藏民中聘用的，同时水库工程还推动了金川县服务业的大繁荣。水库建成发电后，水电税收将会成为金川及阿坝州的财政主要来源。提起水库建设，阿坝州从上到下都乐呵呵的。我们在马尔康和金川也说是工地上的人，看来也颇受欢迎。

双江口公司的李总陪同我们参观，我们一会儿下到山谷里的基坑，一会儿跑上半山的观景台，雄伟壮观、绵延几公里的水库工地尽收眼底。我忽然想起，2004年调查大渡河瀑布沟水电站因征地拆迁引发的大规模群体性事件的往事。我第一天到达瀑布沟水库工地，也正好赶上水库基坑建好。那天瀑布沟建设公司的涂扬举总经理陪同我调研。我们也是一会儿去基坑，一会儿去观景台，上上下下跑了半天。

后来我二次到访瀑布沟，那里已经是大坝高耸，一泓天水。涂总如今已经升任大渡河水电集团的董事长。我对双江口公司的李总说，三年后我一定来参加水库竣工的盛典。伟大的时代，伟大的工程，伟大的水电人。以涂总为代表的水电人是值得敬佩的。他们常年甚至一辈子在高寒的深山峡谷之中，为全中国人，特别是东南沿海、内地发达富裕地区的人们，送去光明、送去温暖、送去动能。他们是这个时代的英雄，虽然工作艰苦，但他们人人都拥有一个壮丽的值得骄傲的人生。记得建党九十周年的时候，我们专门邀请涂总来单位讲了一堂党课。我针对单位里的年轻科研人员，商定了党课的题目：《伟大的时代，壮美的人生》。

金川之战的历史启示

今天是从昨天的历史里一路走来的。今天的阿坝州与清乾隆年间的两次金川之战有着深厚的历史渊源。这十几年来，我多次来四川阿坝、甘孜（甘孜藏族自治州）、凉山（凉山彝族自治州）等地调研，自然要做做当地历史人文方面的功课。这次来大渡河流域考察，金川县是重点考察对象。昨天一早去乾隆御碑参观。大渡河金川水电站公司段斌总经理特意邀请了一位教授级的老先生为我们讲解。老先生讲起金川之战如数家珍，脉络清晰又细致入微，让我们大有收获。

清乾隆十二年（1747年）至四十一年（1776年），清廷发动了两次征伐大金川土司的战争。两次金川之战是清朝两百多年历史上的重大战事。两次金川之战,清廷虽然勉强取得了胜利,但也付出了巨大代价,大大消耗了国力。

大金川位于清代川康地区藏汉交界的前沿地带,是汉区进入藏区的大门。大渡河畔的金川以出产金沙而得名。清康熙、雍正年间,清廷在西部边疆用兵,征用金川地区的藏兵参战。金川藏兵剽悍勇猛,屡立战功。雍正年间,为表彰金川藏兵并牵制当地其他土司,川陕总督年羹尧奏请朝廷授予部落首领莎罗奔大金川安抚司职衔。大金川经济富足,藏兵勇猛,土司莎罗奔颇有韬略。加之金川域内信奉笨教,使土司兼具精神领袖地位。大金川不断做大做强,在川康藏区"一枝独秀"。

乾隆十二年,势力日盛的莎罗奔土司夺取了小金川土司泽旺的印信,侵犯明正土司,甚至攻打清军,颇有一统川康藏区的气势。是年,乾隆帝派出名将,时任川陕总督的张广泗率军征讨大金川。张广泗曾在云贵地区平定苗族叛乱,素有盛名。但进讨大金川时,张广泗却懈怠轻敌。他依讨苗时的老经验,以为金川藏族也会像云贵苗人那样,大军一到闻风而降。张广泗率三万大军攻打总人口不过三万、藏兵不过三千的大金川,自信胜券在握。可他万万没有想到,在川西高原之上、深沟峡谷之中,被金川藏兵打得损兵折将,师老兵疲,久久无功。气愤不已的乾隆皇帝将张广泗革职解京问罪。

乾隆帝在中南海瀛台亲审张广泗。张广泗当面顶撞乾隆皇帝并辩称:藏人据守坚固的碉楼,无法攻取。乾隆帝盛怒之下，竟处张广泗以极刑。

处死张广泗后，乾隆帝重新启用雍正时名将岳钟琪为总兵讨伐金川。乾隆十四年（1749年），土司莎罗奔请降，第一次金川之战平息。

乾隆三十五年（1770年），大金川土司郎卡病故，土司一职由其子、莎罗奔的孙子索诺木承袭。次年（1771年），野心勃勃的索诺木便联合小金川土司僧格桑再次发动反清叛乱。

乾隆帝命温福、桂林从汶川和打箭炉（今康定），分东北和西南两个方向夹击小金川。索诺木派兵助僧格桑击败了清军。乾隆三十七年（1772年）五月，桂林被黜，乾隆帝以阿桂代桂林。阿桂率军从雅安向北翻越夹金山，出其不意快速攻打夹金山北麓的小金川。十二月，清军攻占小金川美诺官寨，小金川土司僧格桑逃奔大金川。战事暂告平息。

次年六月，战事又起，小金藏兵夺回美诺官寨，大败清军，清军损兵三千，主帅温福战死。小金之败震动朝野。乾隆命阿桂为定西将军，调集驻扎北京香山附近自第一次金川之战后特训的健锐营、火器营精锐，以及黑龙江、吉林满族八旗劲旅，总兵力达7万人之众，再征金川。

为我们讲解的老先生告诉我们，第一次金川之战后，乾隆帝掠三千金川藏民来北京，落户在香山附近正黄旗、正红旗、正白旗一带，即今天的红旗村和植物园。清廷命金川藏民在香山脚下广建藏式碉楼，清军组成了健锐营，在此训练蹬城作战。健锐营就是一支善于攀援作战的山地特种部队。现在在香山植物园内曹雪芹故居附近，还有保存完好的数座碉楼。我的岳父母是红旗村人士，记得岳母给我讲过，她从小就在那些"梯子楼"里玩耍。

清军还在香山脚下组建了另外一支精锐部队——火器营，并专门研制了"九节炮"和"威远将军炮"等先进火器。九节炮是一种拼装火炮，炮筒分为九节，可在运输时拆开，使用时拼合安装，适合山地机动作战。威远将军炮则是一种臼炮，可用抛物线弹道发射爆炸弹，对碉楼、山寨等建筑物有很好的杀伤效果。这两种攻坚火器在后来的金川之战中发挥了关键作用。

阿桂再次挂帅出征金川，这回他改变策略，采取了稳扎稳打、步步为营的战法。阿桂率大军围困大小金川，先破小金川，再围大金川。阿桂大军围困大金川土司勒乌官寨长达两年。前天我们特意围着金川县城完整地走了一圈，其周长不过3000米，当年大金川土司的勒乌官寨就位于现在县城的中央。大金藏兵居然能在此长期固守，可谓强悍。

乾隆四十年（1775年）八月，清军终于攻破勒乌官寨。索诺木率亲随冲下官寨山前的大渡河，乘羊皮舟逃至下游的葛尔崖堡寨再守，直至次年正月才被清军攻克。索诺木被押往北京，后被凌迟处死。

从乾隆十二年（1747年）至四十一年（1776年），前后29年，清廷发动了两次征讨金川之战，第一次打了3年，第二次打了近5年。清军前后动员的总兵力超过20万人，耗资9000万两白银，而当时处于鼎盛时期的清廷每年岁入也不过7000万两白银。两次金川之战大大消耗了清朝的国力。据说，清廷在第二次金川之战时，不得不在江南富绅中卖官鬻爵，以筹集军饷支持金川战事。

如果说，历史上的金川之战有何经验教训的话，民族地区的矛盾与冲突须格外谨慎小心对待，应为第一教训。一国之内少数民族多处边疆。边疆与内地，乃至世界上的"外围"与"中心"之间，有着文明差异，搞不好就变成"文明冲突"。以上国心态对荒蛮之邦事，必有差错，一旦演化为"文明冲突"便极难处理，不好收拾。金川之战后，清廷改金川地名为崇化，既是要番邦遵从教化之意，亦有些许反思的意味。

由金川之战联想到当代诸多国际政治问题。自20世纪80年代以来40年间，苏联、美国两个超级大国，先后都在小小的、在其眼中的荒蛮之境——阿富汗陷入困境，最后被搞得狼狈不堪，草草退兵。这与乾隆年间金川之战何其相似。

看来历史经验教训还是要好好汲取的。大国面对错综复杂的民族矛盾、宗教纷争，确应小心谨慎。有些看似弱小的对手，也足以拖垮大帝国。

晨思：红军长征在阿坝

在常年调研中，我一直奉行"现场主义"，即采取"现场观察法"进行现地调查研究。所谓"现场观察法"就是要到事发现场做观察和研究。搞调查研究为什么要强调去现场？从客观方面讲，主要有两个理由：一是在现场具体环境下，会获得许多现地知识，我把它叫做Local knowledge。而这些现地知识对于了解和理解相关事件会有所帮助；二是搞调查研究，我们常说"魔鬼在细节"，也就是说，调查研究要从细节入手，而在现场细节是最多的。如果不亲自到现场做调查研究，那么你获得的信息和资料实际上是经过别人取舍的"二手货"。这次来阿坝州做考察，再一次体验到了现场观察法的魅力。

来阿坝州考察，是我们瑷珲腾冲线考察的一部分。因疫情关系，从2022年开始，我们采取了分段考察的方式。待疫情过后，再做全程考察。瑷珲腾冲线是标识着中国自然资源、经济社会发展不平衡性的一条"基本国情线"，也是中国未来工业化、城镇化、信息化和现代化发展的新边疆。对瑷珲腾冲线的考察是全方位、多层次的，涉及经济、社会、文化等诸多领域和层次。从文化层次看，"红色文化"肯定是其中应有之义。

以前，曾多次来过川西的阿坝、甘孜等地，对于当年工农红军长征时在当地的事迹有一定了解，况且，因专业背景自然对党史并不生疏。去年因一项课题，我阅读了不少关于红军长征的书籍，还特意买了两大本红军长征的专著。但说实在的，我对红军长征的史实还是有不少模糊之处。比如说，红军为什么要"爬雪山过草地"？红军是怎么"爬雪山过草地"的？其实我并不是很清楚。

4月2日一早，我们从成都出发，经过5个小时车程，来到了阿坝之行的第一站——马尔康。当天下午2点，我们来到卓克基的土司官寨。马尔康、卓克基，以前学党史时就听说过这些地名。卓克基土司官寨是当年著名的"卓克基会议"举行的地方。这里有一个红军长征纪念馆。那天，非常荣幸，阿坝州的蔡副书记百忙之中，来到卓克基红军长征纪念馆见我们，还亲自为我们讲解。以前，就认识蔡书记，他很有水平，尤其是说话出口成章，给我留下深刻印象，我很是佩服。我们在红军长征纪念馆参观了一个多小时，这个不大的纪念馆展览水平很高，尤其是对红军长征中过雪山、草地的情况介绍得十分详尽清楚。当然，这也是与当年红军长征过雪山草地基本上都是在阿坝域内有关。

参观过红军长征纪念馆后，我们又来到土司官寨参观卓克基会议旧址。卓克基土司官寨在阿坝州非常出名，这是一座历史悠久的藏族部落首领的住宅。藏式的部落首领住宅兼有住宅和堡垒之用，与欧洲中世纪的那些城堡相似。清代大小金川之战，大金川土司据守自己的官寨达两年之久。卓克基土司官寨规模宏大且历史悠久。公开资料上说，卓克基官寨建于清乾隆年间。而实际上我们到现场看到介绍，这座官寨竟然始建于13世纪70年代。那时，按中国的说法是南宋末年，按西方的说法是英国大宪章的时代。确定《大宪章》为英国法律的亨利三世去世那年，这座城堡就开始建筑了。

1935年7月1日，红军进驻卓克基时，土司惶恐逃跑了。当时中央红军的领导机关便住进了这里。中央及红军主要领导人毛泽东、周恩来、朱德、张闻天、王稼祥、博古等6人，一人一间依次住在官寨三层西侧。博古住在最外面靠楼梯口的那一间，毛泽东住在最里面土司的书房，条件应该是最好的一间。看来遵义会议的成果，已经体现在领导同志宿营房间的安排上了。当时，周恩来仍在重病中。毛泽东等6人就是在官寨里一间较大的房间里召开了政治局常委会。这次会议的主题是研究红军进入藏区后的民族政策。同时还分析了两河口会议后张国焘及红四方面军的动向。这次会议十分重要，此前红军长征的战略方针，是极力避免进入藏区。周恩来还专门签署过文件，指示红军要避免进入藏区。而在泸定越过大渡河后，红一方面军不得已翻越夹金山，取直线进入了藏区。这时就不得不面对进入藏区的形势，不得不制定新的政策。事后证明，这次会议制定的方针与政策挽救了红军，使红军得以在阿坝藏区立足，并筹集到了大量粮食等军需物资。

在马尔康、卓克基以及后来到金川的两天里，红军长征爬雪山、过草地这段最艰苦、最重要历程的情况，似乎一下子清晰了起来。这真是得益于这种现场感。我意识到，红军长征的这一段征程过去之所以搞不清楚，主要是因为有时空上的混淆。第一，红军第四、第一和第二这三个方面军，是在不同时间、分不同路线先后进入阿坝及甘孜藏区的；第二，三个方面军在阿坝地区停留了很久，特别是红军分为左、右两路军分头行动，张国焘指挥的右路军南下以及百丈关战役失败后再度北上，以及红二方面军在阿坝地区的行动，三个方面军的分分合合，使得红军在阿坝地区的行动显得十分复杂。

以红军过雪山而论，红一方面军长征中第一次爬雪山是翻越夹金山。1935年5月29日，红一方面军夺取了位于甘孜州的泸定桥，主力跨越大渡河。这时向北的进军路线有三条，一条是走雅安方向的比较好走的路线，但这里有川军刘文辉的第二十四军把守，无法通行。另一条是更加靠西的康定方向路线，但路途遥远，而且要穿过更多藏区。再有就向正北方翻越雪山，以最短路线出其不意地直接进入阿坝地区。这是一条最短、最快的路线，但要翻越雪山。这条路线正是当年阿桂率清军进攻大、小金川的路线。阿桂军翻越夹金山出其不意地直抵小金川。我猜想毛泽东一定知道这段历史，既然当年阿桂军能够成功翻越夹金山，红军应该也可以。这是红一方面军第一次翻越雪山。红一方面军在两河口会议后，再次翻越梦笔雪山到达卓克基。在长征途中，红一方面军、红四方面军曾多次翻越雪山。

过去多少有些不明白为什么红军总要翻越雪山。阿坝、甘孜地处川西高原，此地雪线是4000米，即4000米以上山峰都是终年积雪。这次在阿坝州行走才明白，除去马尔康、大小金川等河谷地带，川西高原上都是雪山。沿大渡河、雅砻江行走，举目四望，周围是雪山环抱。

这次在阿坝州考察，才知道在阿坝是红军长征路上最为重要、最为关键的一段征程，归纳起来有三个"最"。

第一，阿坝是红军长征途中驻留最久的地区。红军长征途中在阿坝州驻留总时长是16个月，近一年半的时间。红军在阿坝境内先后发动土门战役、松潘战役、包座战斗等大小数十次战役、战斗。中共中央在阿坝域内召开过10次政治局会议，包括两河口政治局扩大会议、卓克基政治局常委会、毛儿盖政治局会议、巴西政治局会议等，这些都是决定中国革命和红军命运的生死攸关的会议。即使到了今天，站在纪念馆里，在会议旧址，还是让人心潮起伏，感慨万千。

第二，红军长征中，最为困难、最为凶险、损失最为惨重的一段征程在阿坝。红一方面军在突破层层封锁、克服千难万险到达阿坝时，已经是疲惫不堪，战斗力几近丧失。红一方面军爬雪山、过草地的重要原因之一，也是由于战斗力的极度减弱。红一方面军到达阿坝时，已经是衣衫褴褛，弹尽粮绝。连红四方面军见到中央红军都大吃一惊。红一方面军出赣南中央苏区时有8万之众，到达阿坝时只有2万人左右，而最后走出草地达到巴西时，仅剩不足7000人。红四方面军到达理县时，兵强马壮，有8万之众。但南下百丈关一战腰斩，牺牲了4万战士。湘江之战、百丈关之战，是中国工农红军在长征路上的两次腰斩。红四方面军走出若尔盖草地时，又损失近半。中国工农红军在阿坝绝地逢生，逃出了生天。阿坝是红军的重生之地，又是红军的伤心地。

第三，阿坝是红军长征途中得到最大补给和得到人民最大支持的地方。当年红军在阿坝地区创立了根据地，甚至建立了"格勒得沙共和国"，藏语是"人民共和国"的意思。当时阿坝根据地的总辖地域不过6万平方公里，人口仅有20余万人，人均粮食400斤左右，人均牲畜两头。而在一年多的时间里，红军在这里筹得粮食2000多万斤、各类牲畜20万头。没有阿坝藏民的支持，红军断然走不出生天。毛泽东后来在延安对斯诺说：我们唯一的外债，就是拿了番民（藏民）的粮食。① 后来毛泽东对从阿坝参加红军的天宝说，当年藏民对红军的支持是"牦牛革命"，意思是阿坝藏民用牦牛支持了中国革命。邓小平1952年在西南军政委员会第一次会议上就说：那时吃就是政治，吃就是军事。红军北上把藏民搞苦了，将来见面要赔礼。

在阿坝短短的四天一晃就过去了。瑷珲腾冲线从阿坝、甘孜、凉山这三个少数民族自治州穿过。中国工业化、现代化的"第二波"将在这里发生。就像当年美国历史学家费雷德里克·杰克逊·特纳（F. J. Turner）所说：向西！向西！向西！中国工业化、城镇化、现代化的"新边疆"就在这里。期待着阿坝的发展腾飞，期待着伟大的水电基地群建成，期待着一个新阿坝，期待着我们民族的复兴。

阿坝，不久我们还会再来。

---

① 转引自《毛泽东一九三六年同斯诺的谈话》，人民出版社1979年版，第102页。

重走红军路

瑷珲腾冲线四川南段考察行程记录

第一天：2023 年 4 月 6 日

路线：下午 14:00 从四川大学望江校区西门出发，经二环路、永丰立交上 G5 京昆高速，途径双流、新津、蒲江、雅安、荥经，于 18:30 左右抵达汉源县国电大渡河大岗山水电开发有限公司营地。

第二天：2023 年 4 月 7 日

路线：早晨 7:30 从大岗山营地出发，乘车前往安顺场镇，在中国工农红军强渡大渡河纪念馆前拍摄纪录片；8:50 开始沿大渡河右岸重走红军路，徒步 30 公里，于 16:00 左右抵达位于王岗坪镇的大岗山营地。

第三天：2023 年 4 月 8 日

路线：早晨 7:00 从大岗山营地出发，从大岗山水电站库区乘船前往泸定县得妥镇，耗时 30 余分钟，共计 20 公里；早晨 8:40 从得妥镇开始徒步 43 公里，耗时 9 个半小时，于 18:30 左右抵达位于泸定县城的泸定桥。

第四天：2023 年 4 月 9 日

路线：早晨 7:30 在泸定宏城酒店用早餐，8:30 从酒店乘车前往泸定县得妥镇，从得妥镇乘船返回大岗山水电站；早晨 10:30 从大岗山营地返回四川大学望江校区。

重走红军路——瑷珲腾冲线四川南段考察纪行

夙　　愿

1935 年 5 月，中国工农红军第一方面军的年轻战士们，从雅安石棉安顺场沿大渡河右岸连续两日强行军 150 公里赶到甘孜泸定桥。红军英雄飞夺泸定桥的故事，在我小时就深深地印在了脑海里。追寻红军的足迹，重走红军路，是我的夙愿。

2023 年 4 月 7 日、8 日，我们从石棉安顺场出发沿大渡河溯流而上走到泸定桥，重走红军路，终于圆梦。7 日一早，我们从安顺场"红军渡"出发，沿大渡河右岸徒步 30 公里到达王岗坪。这段路线现在是大渡河右岸的县道，当年红军走的肯定不是这样的公路。

1935 年 5 月 25 日，红军在石棉县安顺场强渡大渡河成功，但当时只搞到 3 条渡船，每船最多能乘 30 来人。红军有 2 万多人马要渡河，靠这 3 条船至少要一个月，这显然是不行的。红军当即决定快速奔袭上游 150 公里以外的泸定桥，大部队从那里渡河。27 日，红军一部沿右岸急行军 30 多公里到达今天的王岗坪一带。当晚得到情报，川军刘文辉部正在发兵前往泸定封堵。红军总部命令先锋部队以最快速度赶往泸定桥。

28日晨，红军出发，昼夜行军近120公里，于29日早晨赶到了泸定桥头。29日下午4时，红军从泸定桥西侧发动攻击，22名红军战士从铁索上攀爬过桥，夺取了泸定桥。

这些年，我们走南闯北满世界地搞调查研究。关于调查研究，我们讲究"脚底板做学问"，也就是注重地面考察、现场考察。行万里路读万卷书，读大地之书、社会之书、人性之书。2017年春季，我们沿京杭大运河徒步考察后，去大渡河沿当年红军长征路线考察的愿望变得更加强烈了。

2021年，我们开始了瑷珲腾冲线的地面考察。2022年和2023年，考察的重点是瑷珲腾冲线的四川段。瑷珲腾冲线在四川南段的走向基本上与横断山系东侧的大渡河重合或平行，从阿坝州的马尔康到甘孜州的泸定再到雅安石棉的安顺场是大渡河的中游河段，这一段的走势基本上与瑷珲腾冲线重合。2022年清明前后，我们去了阿坝州，从汶川、理县、马尔康一路到了大、小金川。2023年我们是接续去年的阿坝州的考察，到大渡河中游甘孜州和雅安一带考察。

2023年考察计划的重点就是沿当年红军从安顺场到泸定桥的线路做一次徒步考察，我们将其命名为"重走红军路"。这个活动得到了北京市徒步运动协会和国能大渡河公司的支持，大渡河公司大岗山水电站正好坐落在安顺场上游30公里处，这段正好就是1935年红军飞夺泸定桥第一天急行军的路程。国能大渡河大岗山发电有限公司为我们的活动提供了全面支持和保障，做了精心的安排。大岗山公司的李光华总经理等同志还同我们一起走了第一天的路程。石棉县融媒体中心派出摄影师拍摄记录了我们在安顺场的考察和出发仪式。

我们徒步的行程分为两天，第一天从安顺场到王岗坪，住宿在大岗山发电集团的营地。第二天一早，从大岗山发电站附近乘快艇从大渡河溯流而上到得妥镇的海螺沟大桥附近上岸。2022年"9·5泸定地震"完全毁坏了从王岗坪到得妥镇的沿河公路，这段约30公里的陆路已经无法通行了。这段路程我们只得改走水路了。一路上我们看到了两岸陡峭的山上因地震造成的山体滑坡连绵不断。有的地方一整座山从山顶到山脚完全垮下来，倒了半座山，场面十分骇人，让人真切地感受到了大自然的威力。我们看到一辆红色的载重大卡车停在半山路上，车的前面和后面的道路都被冲断了，而这辆卡车正好停在了一段几十米长的没有被冲毁的路上，地震发生时如果这辆车快几秒或慢几秒就没有了。这辆大卡车的司机实在是太幸运了。不过2022年9月5日那天有许多司机可就没有那么幸运了，当时一些行驶在路上的车辆被滑坡的山体掩埋或被冲进湍急的河流里。我们乘船上行时还曾看见河岸附近浅处的河水里露出的汽车残骸。

我们在大渡河上乘快艇走了20余公里，到达得妥镇附近。然后沿大渡河右岸的公路徒步北行43公里，最终达到泸定县城中部的泸定桥。那天傍晚，我们一步一步走到泸定桥头的时候，心中充满了喜悦和感动。一路看山看水，一路追寻红军足迹，追思红军壮举，心向往之，我们走过的是向红军英雄的致敬之路。

Local knowledge

什么是"脚底板做学问"?为什么要强调"脚底板做学问"?所谓"脚底板做学问"就是要求调查研究要到现场,讲究地面调查。为什么要求从地上走,要求到现场?其中重要的原因是在现场可以获得"在地知识"(Local Knowledge)。这次"重走红军路"就是一次现场考察和调研。

不到现场可不可以搞调查研究?当然也是可以的。但这种不到现场的调研,实际上是借助其他人的调查材料进行的,或者说,是一种案头的、纸面的调研。那么,间接的、案头与纸面的调研有什么问题呢?主要问题有两个:第一,他人的调研,因调研的目的、要求、水平等多种因素,无法满足你的特定需要。第二,更重要的原因是各种案头材料对于一个没有到过现场、缺乏现地知识的人来说,会产生理解困难,会产生大量歧义。没有到达过现场的人还容易根据自己以往的知识和经验对一些案头、书面获得情况做出判断和理解,犯所谓"想当然"的错误。总之,缺乏现地知识会导致许多干扰乃至误导。我们遇到过许多这样的情况,一些没有现地知识的人,在阅读案头及纸面材料时,会提出许多理解上的假设性问题。而这些虚拟的假设性问题,许多是出于想象的,而在现实中根本没有发生。这些多余的假设引导着人们产生歧义和误解。

现场调研,则可以因现地知识而避免许多不必要的乃至错误的假设与歧义,并且在许多情况下,现地知识可以使调研者的认识更加全面、更加具体，在许多情况下可以把调研者的认识直接引向事物的真相，即产生所谓的"直觉"。总之，现场调研、现地知识，是一把"奥卡姆剃刀"，可以帮助调研者去伪存真，除杂留纯，删繁就简。我的体会是，获取现地知识是调查研究的一种捷径。这次重走红军路，再次证明现场以及现地知识对于调查研究的必要性和重要性。

中国工农红军强渡大渡河和飞夺泸定桥的长征故事广为人知。但是，在我们没有身临其境，没有沿着当年红军足迹在大渡河谷地里走上150华里之前，我们关于红军巧渡金沙江、转战大渡河的认知其实也就是两个概念：安顺场和泸定桥，也许再加上一个"石达开"。在人们的一般印象中，当年红军强渡安顺场，再飞夺泸定桥，跨越大渡河，就取得了胜利。恐怕大多数人关于红军长征这一段的认知都是如此吧？！而当我们来到现场，当我们走过"红军路"之时，我们的认识大大地变化了，我们对于当年红军在大渡河流域的征战历史乃至对瑗珲腾冲线四川南段的认识变得立体丰满、深入细致。

有关红军转战大渡河的历史介绍中，一般都会提到石达开大军安顺场覆灭的故事。1863年5月，太平天国著名将领石达开率三万大军来到安顺场，结果未能渡过大渡河，最后全军覆没。以至于后来攻取泸定桥的红军先锋团政委杨成武故地重游时，曾写下对联：翼王悲剧地，红军胜利场。我们这次来号称"川西门户"的雅安汉源、石棉一带调研，到了这里我们才注意到，1935年红军长征进军四川，与72年前太平天国翼王石达开大军进军路线几乎完全一样。

四川西部有来自横断山系的三条大江：金沙江、雅砻江和大渡河。金沙江上游自南向北流到现在云南昆明以北元谋与四川攀枝花交界的一带，河流方向从总体上向东南转向西北。金沙江在这里形成了一个大转弯。雅砻江是金沙江最大的支流，也在这一带汇入金沙江。金沙江在这个转弯河段的下游水势逐渐平缓。当年石达开从云南进军四川就是在这个大转弯河段的巧家渡渡过了金沙江。72年后红军也是从云南渡过金沙江进入四川的。红军本想从巧家渡江，但四川军阀刘文辉的部队已有戒备，所以红军改走上游的皎平渡渡江。但是，无论是从巧家还是皎平渡渡江，渡江以后的路线都只有一条，就是先到四川的会理，然后沿雅砻江支流安宁河谷向北行至石棉，再进入大渡河河谷地带。这是这一带向北的唯一道路。石达开和红军的战略意图是一样的，就是从川西这条唯一通道进入成都平原及四川盆地。四川盆地西侧是高耸的横断山系，从川北的阿坝州、甘孜州绵延上千公里直到云南。大渡河沿横断山东侧自北向南在石棉拐向东南方向，在这也形成了一个大拐弯。安宁河谷与大渡河河谷是自川西进入成都平原的通道，所以，执有同样战略意图的太平军和红军时隔72年走了同一条路。

不同的是，石达开未能从安顺场渡江，而红军强渡安顺场又飞夺泸定桥，跨越了波涛汹涌的大渡河。如果我们不重走红军路，故事原本到此也就讲完了。而真正到达现场，获得了现地知识后，我们才知道原来故事远未结束，红军渡过大渡河并未脱离险境。我们从石棉向北徒步走进大渡河谷地后，才知道大渡河河谷地带原来是兵家的"死地"。

大渡河河谷，山高、谷深、水急，且荒无人烟、气候多变。两万多红军主力进入河谷地带后，完全没有立足之地，不用说军需补给，就连打仗都无法部署展开部队。在大渡河谷，不用打仗，只要堵住红军的退路，便足以困死红军。以前，我读到过蒋介石给国民党中央军和四川军阀的命令，他指示将红军困死在大渡河河谷之中。这次我们亲身走进大渡河河谷之中，我们才真正体会到了当年石达开和红军进入大渡河河谷地带的万分危急。

从安顺场一路走到泸定桥，我们充分领略了大渡河谷的地势与风光。大渡河两岸常常是万仞高山，许多地方陡峭的山峰直直插入水面，湍急的河水不时翻起白浪。当地人讲，只要有白浪翻滚的地方就无法船渡。走在河谷里抬头一看，时常能看到高高的雪峰，晴朗的时候还能远远看到横断山主峰海拔7000多米的贡嘎雪山。当年红军夺取泸定桥后，立即在泸定召开政治局会议，研究未来行动。经过评估，红军又一次采取了出其不意的行动。几个月前，红军"兵临贵阳逼昆明"，在做出向南佯攻昆明的姿态后，突然来了一个"反跑"，调头向北渡过了金沙江，史称"巧渡金沙江"。飞夺泸定桥并未使红军脱离险境，红军当时必须脱离大渡河谷地才有可能逃出生天。政治局会议决定，立即沿大渡河左岸向东急攻下游的汉源，然后突破了汉源附近的海拔近3000米的飞越关，从而一举跳出了大渡河的深谷地区。

红军虽然离开了大渡河谷，但此时经雅安去往成都平原的道路已被四川军阀堵得严严实实。红一方面军在渡过大渡河后，战斗力进一步下降，已经不可能再去冲击川军的封锁线。经过审慎的评估，红军只能选择另一招险棋，向西北方向翻越川西雪山，进入藏族地区。于是，红军使出最后的力气猛攻雅安北面的两个小镇——天全和芦山。突破天全、芦山后，再来一次"反跑"，向着成都平原的反方向翻越横断山系最东面邛崃山脉的雪峰夹金山，进入甘孜、阿坝藏区。

翻越雪山，进入川西藏区，终于使红军摆脱了离开闽赣中央苏区后的半年多来，在长征途中被国民党中央军和地方军阀的围追堵截，获得了长征路上难得的喘息机会。阿坝、甘孜藏区是红军在长征途中停留时间最长的地区。红一、红四、红二这三个方面军总共在川西藏区停留接近一年半的时间。

红军出其不意地翻越夹金山。说是"出其不意"，其实却是于史有据。在清朝乾隆年间，川西曾发生了"金川之战"。清朝自雍正帝开始在西南大规模实行"改土归流"政策，加强中央政权对少数民族地区的控制和直接治理，加强内地与少数民族地区的经济交流和人员往来，促进边疆地区的经济社会发展。但"改土归流"政策遇到了来自少数民族地区的土司阶层的激烈抵制和反抗。到乾隆年间便发生了金川地区藏族土司的反叛，引发了两次金川大战。在第二次金川之战时，乾隆启用后来被誉为金川之战第一功臣的阿桂主持西南军务。当年从四川盆地进入川西高原的道路只有一条，即沿岷江河谷地带从汶川到理县再到马尔康这条路，然后沿大金川河谷，即今大渡河上游河谷地带，再去大金川和小金川。这也就是去年我们考察所走过的线路。

这条道路很长且一路险阻，要长途经过藏区，且易守难攻。这也正是当年清廷攻打金川的艰难所在。而第二次金川之战，阿桂汲取了第一次金川之战张广泗的教训，出其不意，从南路的雅安出奇兵，选择邛崃雪山最低的一处垭口翻越了夹金山雪峰，只用10余天便直接攻到了大金川背后的小金川，最后取得了第二次金川之战的胜利。我想，稔熟历史的毛泽东以及川中将领朱德、刘伯承等必定知道当年阿桂的事迹。既然160多年前，阿桂可以率军翻越夹金山，红军应该也能走通这条路，况且当时是在6月份。

一路桔香到王岗

我们离开安顺场沿大渡河右岸向北出发。第一天的行走路线和距离，与当年红军奔袭泸定桥的先锋团相似。这段道路相对好走，30公里海拔就是上升了百十米。红军奔袭泸定桥的第一天也只走了30多公里，第一天宿营大致就在王岗坪至磨西一带。红军当天接到了刘文辉部准备派兵防守泸定的情报，于是立即决定强行军昼夜兼程赶往泸定桥。结果红军先锋团连续行军24小时，行程120公里，到达泸定桥。按今天的说法，这可是一次超级越野呀！而且不要忘了，当年红军走的是崎岖山路啊！红军的装备、补给是十分简陋和窘迫的。我们今天走在与当年红军路大致相同的路线上，走的是有许多取直的公路。遥想红军当年，"钢铁汉"的称号可真不是浪得虚名啊！

　　从安顺场到王岗坪的河谷地带还算比较宽阔，两岸大约有一两百米的河滩地。汉源和石棉的河谷地带遍植当地特产黄果柑。黄果柑是当地特产，据说只生长在这两县大渡河的河谷里。黄果柑是一种非常独特的桔种。黄果柑有两绝：花果同枝，果实熟后花方谢；熟果过冬，春花开时摘秋果。不知道中国乃至世界上还有没有这样的水果，真是很神奇。我们走在路上，道路两边遍植黄果柑。四月正是桔树开花时节，白色的桔花开满枝头，芬芳扑鼻。春天里，整个大渡河河谷弥散着浓郁的桔香。我们就这样一路闻着醉人的桔香走到了王岗坪。

　　非常神奇的是，盛开白色花朵的桔树上居然挂满了黄澄澄的桔子。黄果柑饱满鲜亮，煞是诱人。这果子可是去年秋天就结下了，在树枝上挂了整整一个冬天，来年春天桔树开花时候才到了采果的时候。我年轻时插过队，在果园里干过活儿，我知道树熟的水果是最好吃的。但城里人一般是吃不到树熟水果的，达到树熟，水果就无法储存和运输了。像苹果、桃子、梨这类水果到七八分熟就要采摘了。消费者吃到的水果大多是在储存时"后熟"的。但在树上挂了一个冬天的黄果柑春天才摘，那可是彻彻底底的树熟了。

　　在路上，我想可惜屈原老先生没到过四川，没来过大渡河，没有见过黄果柑，要不他老人家的《橘颂》不就更漂亮了？！《橘颂》中咏道："绿叶素荣，纷其可喜兮"。如果是"春华秋实共一枝"，岂不更美。

走在路上，有时路边枝头上的果子都探到了眼前，我们随手摘下剥开边走边吃。剥开橘皮就闻到一股清香，吃在嘴里更是酸甜适口。平时我不大吃水果，但黄果柑吃了还想吃。路上遇到在果园采摘的老姐姐，她们会非常热情地喊我们吃果子。我们说已经吃过了，她们会说再吃几个！我们开心得不得了。我们打趣地说，当年红军飞夺泸定桥的路上要有这黄果柑就好了。黄果柑，作为一种当地特色水果，得到了汉源、石棉两县的大力推广。这是这两县最重要的经济作物，近年来也被列入了扶贫和乡村振兴的工作范畴。我们在路上遇到了一个乡村振兴支持项目，就是黄果柑的加工厂。

现在大渡河河谷地带是雅安市和甘孜州扶贫、乡村振兴的重点地区。这一地区正如前面所说，是一个典型的贫困地区，山高谷深，气候寒冷，土地狭小。我一边走一边观察沿途的村庄，一个深刻的印象是农民更老了。2017年我们徒步京杭大运河，一路上我们就关注过农民、农村的老化问题。现在6年过去了，这次在大渡河沿途看到的农民更老了。当年我们观察大运河沿线从事种植业的农民基本上在60岁以上，现在看到的基本是在70岁上下。大渡河沿线的村庄地处山地，河岸平坦些的地方都种满了黄果柑，山坡上甚至很陡的山上，有不少开垦出来的小片玉米地。我看到一对70多岁的老夫妇，站在半山腰上与地面接近70°的陡坡上，用小镐头刨坑，点种苞谷。从下面看上去，那对老夫妇身子几乎是平贴在山崖上，仿佛挂在那里。我心想他们怎么能站得住脚呀？！

如此老化的农村和农民，真是中国"三农"事业的大问题。特别是像大渡河河谷地带的农村农业，受到地域、气候、土地等多种不利自然条件的严苛限制，实在是困难。像黄果柑品质优良并具有反季节性优质特色的水果居然也卖不出好价钱。地头收购价格每斤仅仅一两元钱。当地农民在山坡以及一些零散土地上种植的苞谷和蔬菜主要是供自用的。

第二天，我们从得妥去泸定就进入了甘孜州的地界。这里与第一天的石棉相比，山脚路旁的黄果柑基本上看不见了，看来黄果柑真的是只能生长在汉源、石棉两地。沿大渡河河谷向上游走，山更高，坡更陡，土地更狭小。山高坡陡、土地贫瘠，农业生产条件很差。泸定县全县粮食种植面积只有55000亩左右，乡村人口约58000人，人均耕地面积不足一亩。粮食生产以种植苞谷为主，粮食总产量在好年景可达12500吨左右，单产很低，不足500斤，可见土地贫瘠，耕种条件差。本地粮食的人均产量，乡村人均400多斤，如果加上城镇人口，人均就不足300斤了。本地粮食生产不能自给自足，基本上是乡村人口自产自销。在这种农业生产模式下，大部分青壮年农民只能出外打工，乡村只能留下老幼病残。我们路上走访了一个农户，户主是个中年人，这在乡村中相当罕见了。他说以前也在外面打工，近来经济不景气，不得不回家在公路旁开个小店。他夫妇二人只有一亩承包地，有一搭没一搭地种着，收入主要靠路边小店。

大渡河河谷地带的"三农"问题与全国种植为主的农村地区是一样的。只不过因为这里自然条件差，人地矛盾更加突出，所以整体上显得更加落后。我国的"三农"问题的症结在于农业生产商品率低,而传统农民、老龄化农民居住在农村,又是农业生产商品率低的根本原因。这是一个怪圈,一个死结。这一路上,我们一边走,一边看,一边想。2017年走读京杭大运河,那里是中国以种植业为主的"18亿亩红线"的农村。因是种粮食的耕地,不能改变其用途,就使得农业升级变得更为困难。这次重走红军路,看到西部贫困地区的情况,更使我相信,我国农业的未来,乡村振兴的路径,首先在于结束传统农业,而结束传统农业就要"清空"农村,要让传统农民、老化的农民离开土地。只有这样,新的生产要素、新的生产方式、新的生产主体才能进入农业和农村,才能改造传统的"三农"。当然,这样做并不容易。现在的问题也许是行动或是等待。如果现在有所行动,中国农业的改造和发展就会快些,但要付出很大的代价。如果现在不行动,那就意味着要让时间去解决问题。现在的在乡农民是最后一代传统农民,他们正在老去。当"最后的农民"消失在数千年来耕作繁衍的土地上后,人们才会知道未来的"新三农"是个什么样子。也许这一天的到来并不十分久远了。

大渡河上新一代

1935年,英勇无畏的红军战士,在大渡河畔谱写了一曲英雄壮歌。"为有牺牲多壮志,敢教日月换新天",当年红军战士奋斗、牺牲,为的是我们民族的解放和人民的幸福。如今80多年过去了,大渡河水依然翻着浪花、湍流奔涌,但它已经变成了一条金河银河,变成了中国工业化、现代化的动力之源。如今大渡河上还成长起了新一代的建设者。

大渡河河谷山高、谷深、水急，这正是水力发电的宝地。上天赐予我们中华民族最大的财富之一，就是中华大地上的水能资源。中国是世界上水能资源最为丰富的国家，而且是一骑绝尘。中国的水能集中于中国大陆三大台阶中第一台阶到第二台阶的"阶梯"地带，这就是横断山系。横断山系中流淌着三条大江：金沙江、雅砻江、大渡河，这三条大江正好与瑷珲腾冲线映带左右。金沙江、雅砻江、大渡河的上中游河段所蕴藏的水能，占到了中国全国水能资源一半以上。

以大渡河来说，大渡河干流河道1062公里，总流域面积7.77万平方公里。这里降水丰沛，多年平均降水量为1300—2500毫米，多年平均流量为每秒1500立方米，多年平均径流为473亿立方米，与黄河相当。更为重要的是，大渡河谷地带山高谷深。这在当年对于强渡安顺场、飞夺泸定桥的红军来说是千难万险，但对于水力发电则是得天独厚。狭窄的河谷、巨大的落差、丰沛的水量，这可是天赐的水电宝库。大渡河全流域水能资源理论蕴藏量高达3459万千瓦。大渡河干流的双江口至铜街子不到600公里的河段，天然落差竟达1827米，水能蕴藏量达1748万千瓦，占全流域水能蕴藏量的50%以上。

我们重走红军路的第一天，从石棉安顺场步行到达王岗坪，当天就住宿在地处王岗坪的大渡河集团大岗山发电站的营区。大岗山发电站是大渡河集团目前的主力电站之一。大岗山发电站大坝为混凝土双曲拱坝，坝高210米，坝宽仅100

多米，装机总容量为260万千瓦。大岗山大坝是世界上抗震标准最高的混凝土拱形坝。大岗山发电站自2015年投产发电以来，累计输送电量720亿千瓦时，相当于2200万吨标准煤的发电量。

如今对大渡河正在展开全流域的水能开发。2020年，大渡河干流规划形成了3库28座梯级水电站的开发方案。流域总装机约2700万千瓦，设计年发电量约为1160亿千瓦时。年发电量相当于节约3526万吨标准煤，年减排二氧化碳9238万吨。目前，大渡河干流已经建成14座水电站，投产装机约1744万千瓦，年均发电量757千瓦时。

大渡河水能开发还给当地经济社会发展和提高各族人民生活水平做出了重要贡献。以大岗山发电站来说，2005年开始建设，2015年发电投产，累计缴纳各种税费共计35.25亿元，其中向所在的雅安市累计缴纳各种税费26.35亿万元，向甘孜藏族自治州累计缴纳各种税费8.9亿元。同时，大岗山公司通过工程、物业、交通保障等多种途径为王岗坪地区提供了80多个正式工作岗位，另外提供了400多个临时性就业机会，造福了当地民众。

大渡河水电人背井离乡，常年工作、居住在大渡河河谷的高海拔、湿寒地区，工作环境相当艰苦。但他们用自己的艰苦奋斗和牺牲精神，为我们国家和亿万人民特别是东南沿海经济发达地区的人民送去了动力、送去了光明，冬季送去温暖、夏季送去清凉。他们是中国工业化、城市化、现代化的功臣，他们每个都有值得自豪和骄傲的人生！他们堪称英勇无畏的红军的后来人！

2022年9月5日，泸定大地震破坏了从王岗坪到得妥的公路，大渡河公司的大岗山发电站距离震中不远，受到了地震影响。大岗山附近也发生了严重的山体滑坡，道路崩坏。

然而就在地震发生的一刹那，大岗山员工中瞬间涌现出了新的时代英雄。2022年9月5日中午，地震突发。当时，大岗山发电站值守员徐博海正在地面厂房工作。地震发生，山摇地动，徐博海被震波甩到了墙上。徐博海从地上爬起来，立即不顾一切地冲向地下的中控室，因为那里是整个电厂的心脏。在余震的剧烈晃动中，徐博海以最快的速度跑进了中控室的应急指挥室，他马上抓起电话，向上级报告："我是大岗山徐博海，我们这里发生地震，刚刚电站重合闸正常启动，目前设备正常运行。"上级调度员询问："后面可能还有余震，你们那边是否需要先撤离？"徐博海回答："不需要。只要我还在，就一定能接起电话，如果后续电话无人接听了，那么应急指挥中心和我就都不存在了。"

那天在大岗山，我见到了徐博海。他个子不高，表面看上去就是一个普普通通的小伙子。然而，当地动山摇的地震袭来，他本能的反应是冲向工作岗位。他风淡云轻的一句话，反映出他誓死坚守工作岗位的决心和勇气。这真是英雄气概啊！我们通过地震发生时的现场录像看到，当时不止徐博海，多个录像记录下许多年轻职工，从地面、从食堂、从其他工作场所，拼命地向地下厂房奔跑，没有人犹豫，没有人畏缩，他们真是好样的！看着他们在黑黢黢的隧道里奔跑，我的眼睛里含满了泪水。我在想,当年不畏生死、浴血奋战的红军战士不就是具有这样的英雄气概吗?!为中国的独立、自由和解放,英勇奋斗、流血牺牲的红军战士们,他们若在天有灵,一定会为今天的"徐博海们"感到骄傲和宽慰。革命自有后来人,当年红军的鲜血没有白流,红军的热血依然在当代有志青年的心中流淌,中华民族的勇气和骄傲自有后来人!

包头行：稀土之都印象

——"瑷珲腾冲线"内蒙古西段考察纪行

2023年六七月，北京大热。正值暑期，又到了密集调研的时候。说来也巧，今年我与内蒙古的缘分又加了一层，三四月，内蒙古自治区和呼和浩特市分别邀请我去为他们的学习实践活动授课，讲的就是调查研究。授课时自然会结识一些当地的新朋友，其中包头雷殿军副市长热情地邀请我去包头参访。2021年春、夏，我们在黑龙江和内蒙古东部沿瑷珲腾冲线做地面考察，在内蒙古我们驱车2000多公里走过了锡林浩特和霍林郭勒的大草原。近期得空便安排了去包头调研，去内蒙古西部继续瑷珲腾冲线考察。

一、水一样平的土默川

这次是点状调研，我们先从北京乘高铁至呼和浩特再到包头。内蒙古是我多年在国内调研去得较少的地方，更没有到过呼和浩特以西的地方。7月25日傍

包头行：稀土之都印象——"瑷珲腾冲线"内蒙古西段考察纪行

晚，我们从北京北站乘高铁踏上了旅途。蒙古高原夏日傍晚落日很迟，车过呼和浩特时正是高原黄昏最漂亮的时刻，碧空澄明、绿野亮丽。呼和浩特以西是内蒙古土默特左、右旗，过去听说这个地方，"文革"中许多北京知青到此插队落户，在这儿留下了他们的青春、汗水和泪水。

车窗外原野美丽景色紧紧吸引着我的目光，这里竟是如此平坦的土地，极目远望，土默特川像水一般平坦。我原以为京杭大运河流过的华北平原是世界上最为平坦的平原，全长1800公里的京杭大运河的平均落差只有不到20米，但很显然土默特川更加平坦，简直就是"水平"。

上网查了一下，原来土默特左、右旗的土默川，就是传说中的敕勒川。"敕勒川，阴山下，天似穹庐，笼盖四野"。原来这里是当年金戈铁马的地方，中国古代历史上的瑷珲腾冲线就是在这里啊！从呼和浩特到包头这一路，还纠正了我的一个错误的地理概念——河套。我原来以为"河套"就是从宁夏到内蒙古再到陕西、山西的黄河"几"字弯圈住的地方称为"河套"。而实际上，黄河"几"字弯外侧的内蒙古从巴彦淖尔到土默特左、右旗都属于河套地区。土默特川这一带被称为"前套"，巴彦淖尔那一带被称为"后套"。总的来说，河套就是黄河上中游的一大块冲积平原。

包头正好在黄河"几"字弯顶部的正中间。包头在蒙古语中意思是"有鹿的地方"，蒙古语为：包什坎。包头是一座工业城市、移民城市。新中国成立之初，苏联援建的包钢等一批重工业企业选址在包头地区，大批来自全国各地的援建工程技术人员、工人以及家属来到包头，包头这个城市迅速发展起来。如今包头是内蒙古自治区最大的工业城市。

二、包头第一印象

夜幕降临时分，我们到了包头。我们谢绝了接待方的安排，特意选了火车站附近的经济型酒店住下，以便就近观察包头社会和包头人的日常生活。

7月26日一早，我起来晨跑。这既是日常习惯，也是观察了解一个城市、一个地方的一种方法。

我常年奔波于调研路上，晨跑或徒步往往是每到一地调研的开始。我管这叫"丈量城市"。一日之计在于晨。晨跑的好处是脚踏实地，可以就近直观地了解一座城市、一个地方的面貌和人们的日常生活。如果是乘坐交通工具，则难免"走马观花"，只能做点状观察，而不是一条线或一个面。别小看晨跑，哪怕是5公里也能看到不少东西。如果是一些不大的城市，跑10公里就能看到城市的一角。有一次在马尼拉进行6公里的晨跑，从穿过贫民窟最后跑了马拉卡南宫，简直是从地狱跑到天堂。事后，接待方知道了此事，十分后怕，一再告诫我千万不能乱跑。其实，如果从安全角度考虑，在一个城市里晨跑比起其他活动方式恰恰是最安全的。我在世界上许多乱得出名的地方晨跑，从来没有感觉到过不安全。

包头不愧是内蒙古第一工业城市，整个城市规划得井然有序，道路宽阔，横平竖直。虽然地处高原干旱地区，但包头的绿化做得很好，路边的行道树已经长大。清晨在无人的街头、在绿荫之下跑步，真是无比惬意。包头在城市绿化上有个大手笔，就是号称中国第一城市草原的赛汗塔拉绿地。我们在第二天早上专程去了这块位于包头市城区的天然绿地，我们环绕赛汗塔拉步行了10公里。这片位于市区的草原面积达1万2千亩，是包头名副其实的绿肺。

从大模样上看，包头城市面貌宏伟，格局开阔，甚至不输给呼和浩特。但是，如果细看那些通衢大路背后的小街背巷，包头还是一个颇为"粗糙"的城市。从城市细部看，它在一定程度上与华北地区的县级城市水平相当。根据我的观察，中国经济发达地区的二、三线城市的生活品质有一些明显的标志，如星巴克咖啡店和全季酒店。我甚至把星巴克和全季酒店称为"中产城市"的标牌。可是堂堂中国北方工业重镇包头，居然只有一家全季酒店，而我们在包头的三天里更没有在街头看到过星巴克。我上网查了一下，包头只是在一些大的购物中心里有十来家星巴克店。星巴克、全季这类"中产城市"的标志物，实际上反映了一个城市人力资源的结构与档次。这类标志物的缺乏在一定程度上反映出了城市的产业结构和品位。仅从这一点判断，包头还是一个以加工业为主的城市，还够不上研发及服务业的重要城市。在这点上包头与东莞有点相似。

三、固阳秦长城

来到包头调研的第一天日程，我们安排了探访秦长城。这些年考察瑷珲腾冲线，我们有一项新的发现，甚至可以说是对这条反映和显示中国经济社会发展不均衡性的基本国情线的一项新认识成果。这就是：至少自秦以降，在华夏空间中，人口分布的不均衡性是一直存在的。而且古代的农耕民族与游牧民族的分界线是移动的，时进时退，南北摆动。这意味着，瑷珲腾冲线的形成除了人们熟知并公认的地理地形、气候等自然因素外，还有重要的社会、政治、军事因素。进一步讲，古代的瑷珲腾冲线实际上就是史上闻名的万里长城。长城是中国古代人口分布以及农耕与游牧两种生产方式、两种社会形态的分界线。

万里长城始于秦代。秦长城，就自然成为我们考察与研究古代瑷珲腾冲线的一个重点。迄今为止，秦长城保留最多也最完整的地段就在包头的固阳县境内。26日上午，我们怀着兴奋的心情出发前往固阳。路上，我们先跨过了包头北面的昆都仑河。歌唱家吕文科有一首经久流传的名曲——《走上这高高的兴安岭》，歌中唱道：清啊清的昆都仑河（呦），我在那里饮过马（呦）……原来昆都仑河就在包头附近。可惜多年干旱，如今的昆都仑河几乎完全干涸了。

上午10点多钟，我们来到了固阳秦长城的山脚下。接待我们的是大名鼎鼎的"长城守护者"落和平。落和平是个传奇人物，他原本是一名保护长城的志愿者，20年如一日守护秦长城遗址。20年的岁月不知不觉间把落和平变成了一位长城保护和文物专家，现在他已经是固阳县文物管理所的所长了！见到落所长，我们非常高兴，客套话没说两句，他就如数家珍地给我们讲起了秦长城。

秦长城始建于公元前214年，即秦始皇三十三年。秦始皇委派大将蒙恬在原战国时代秦长城、赵长城和燕长城的基础上修建。据说，蒙恬家三代都是戍边将领。实践出真知，蒙恬深谙长城在冷兵器时代农耕民族防范和对抗游牧民族骑兵袭扰的重要战略意义。时至今日，秦长城在固阳山岭之中默默驻守了2000多年，有些地段保存得依然相当完好。

与明长城不同，秦长城选址并不是在山脊顶端，而是沿山脊前端展开，形成外高内低之势。这样既可以借助山势，又可以节省建筑材料，也便于士兵上下城墙和沿线活动。与汉、宋、明长城不同的还有，秦长城是取材于山间的石板堆砌而成。这也是它更为坚固耐久的原因。烟墩，是秦长城重要的组成部分。烟墩建于长城内侧山岭的各个制高点上，起到观察和通信的作用。与一般人的印象不同，自古以来，长城内外农耕民族与游牧民族的征伐并不是在长城沿线均衡发生的。在多数情况下，游牧民族的骑兵很少发动翻越山岭长城的攻击作战。事实上，历史上的主要战争都发生在长城沿线那些便于大部队大规模行动的口隘，如太行八陉，古幽州的张家口、喜峰口、八达岭，山西的大同、偏关以及雁门关等地方。中原王朝的守军也不是沿长城均匀布防，而是集中精锐于各个重要战略通道。

长城的主要军事价值在于限定战场，以制约草原骑兵的机动性，发挥中原步兵优势与之进行阵地作战。烟墩，可以起到即时侦查的作用，及时发现对方军事动向，便于做好防御与出击的军事准备与调度。到了明初，长城沿线就有"守城不守墙"的说法，将主力部队集中于长城内的各个边镇之内，在长城内外依靠有利地势地形，与入侵的草原骑兵进行阵地攻防的集中作战。所以，烟墩一直为历代长城所沿袭。到了明长城更多情况下是把烟墩与长城筑为一体。这就是今天人们在北京八达岭等地的明长城上看见的烽火台。但山西偏关那一带的明长城烟墩仍然是独立建造的。

中国历史上自战国、秦以降，一直到明，大多数朝历代几乎都修长城。历史上主要的长城为：秦长城、汉长城、宋长城和明长城。在这四道长城中，汉长城最靠北，有些地段深入到了现在的蒙古国疆域。因此，汉朝也是中国历史上疆域最为广大的时期。宋长城最靠南，宋朝则是中原王朝疆域最小的王朝。北宋长城在太行山以西，在雁门关一线。而太行山以东，以今雄安附近的白沟河为界，以今白洋淀水域的湿地为依托，形成所谓的"水长城"。此外，还在这一带构建了大规模藏兵地道，号称"地下长城"。明长城则处在汉长城和宋长城之间，其地形地貌特征最为明显，基本上是沿着蒙古高原的前沿以及依托太行山、吕梁山修建。明长城也与地图上的瑷珲腾冲虚拟线走势最为接近。

从秦、汉、宋、明的四道长城可以知晓，中国古代的农耕民族与游牧民族的界线并不是严格依照特定地理地貌与气候条件确定的，而是有相当大的进缩空间。以山西、内蒙古地段而论，当中原王朝强大，具有足够的政治、军事实力的时候，它就可以把农耕民族的疆界推上蒙古高原。而当中原王朝孱弱时，幽云十六州，即大同平原以及华北的海河流域，也可以变成辽、金的放马之地。历史上的"瑷珲腾冲线"因中原王朝和游牧帝国的强弱而大幅摆动，进退达数百公里。

以长城以及长城的进退摆动标识着历史上农耕民族与游牧民族关系背后的民族间的征伐，就是古来长城内外的战祸连连。长城的历史也是一部中华民族的政治史。而这部起伏跌宕的政治史结束篇章却也在当今内蒙古，在锡林郭勒的多伦。在那里，中华民族结束了2000年来围绕长城的民族冲突、征战的历史。中华民族的成长在多伦翻开了新的篇章。

时至清初，1691年即康熙三十三年，康熙帝利用初步击退喀尔喀蒙族噶尔丹部和调解喀尔喀蒙族内部矛盾的时机，召集多个蒙族部落在今内蒙古锡林浩特的多伦举行会盟。多伦会盟通过请罪、众议、赦免、赐宴、封赏、大阅、建寺、编旗的一系列形式化解了蒙古族内部各部落之间的矛盾，稳定了蒙古族社会秩序，同时加强了清廷的集权，初步解决了2000多年来蒙古高原上的游牧民族对中原的威胁，初步建立起了和平互济的民族关系。

康熙号称大帝，真不是浪得虚名。他的文治武功在中华民族成长史上产生了深刻影响。他深刻认识和总结了国家的治理之道，正确把握了在一个多民族国家中处理民族关系的实践。多伦会盟之际，康熙大论治道："帝王治天下，自有本原，不专恃险阻。秦筑长城以来，汉、唐、宋亦常修理。其时岂无边患？明末，我太祖统大兵长驱直入，诸路瓦解，皆莫敢当。可见守国之道，惟在修德安民，民心悦，则邦本得，而边境自固，所谓众志成城是也。如古北、喜峰口一带，朕节巡阅，概多损坏，今欲修之，兴功劳役，岂能无害百姓。且长城延袤千里，养兵几何，方能分守！"这是千年来中华民族实现团结统一政治经验的最重要、最深刻的总结。

那天从秦长城回来，抚今追昔感悟良多。晚上再读陆贾的《新语》："秦始皇设刑罚，为车裂之诛，以敛奸邪，筑长城于戎境，以备胡越，征大吞小，威震天下，将帅横行，以服外国，蒙恬讨乱于外，李斯治法于内，事愈烦天下愈乱，法愈滋而奸愈炽，兵马益设而敌人愈多。秦非不欲治也，然失之者，乃举措太众，刑罚太极故也。"由此联想到千年之后，康熙之论：民心悦乃邦本。是呀！安民、悦民、富民真乃治国真谛呀！民心悦出太平。经历千年征伐磨难，中华民族终于搞明白了相处之道，统治者也搞清楚了治理之道。至康熙以及乾隆时期，中华民族内部农耕民族与游牧民族之间的征伐总算告一段落。古来长城才算完成了历史使命。其真谛便是：化干戈为玉帛，变战场为商场，解仇恨为交融。自清以降，走西口，闯关东，中华民族实现了大流动、大融和。

这几年考察瑷珲腾冲线，在山西、内蒙古的长城沿线行走寻访，每每走到边贸通道，如杀虎口、野猪口、偏关和今天的秦长城，盘桓于边墙与互贸的马市，听着王二妮的《走西口》，总是心怀感动。

四、中国稀土看包头

瑷珲腾冲线，是未来中国第二波工业化、城市化的希望之地。在我们看来，内蒙古包头就属于瑷珲腾冲线地带上的一个值得重点关注和进一步开发的目标城市。

包头是中国最早的钢铁工业重镇之一。包头钢铁厂是第一个五年计划期间苏联156个援建项目中的一个。当年之所以选择在包头建设钢铁厂是因为包头附近有矿产资源。包头市境内的白云鄂博是中国重要的矿产资源富集地区，尤其是具有在中国极其珍贵的铁矿资源。中国是个缺铁的国家，白云鄂博铁矿是中国的国家宝藏。白云鄂博的矿产资源具有种类多、储量大、品位高、分布集中、易于开采的特点，已发现矿产74种，矿产类型14个。主要金属矿有铁、稀土、铌、钛、锰、金、铜等30个矿种，6个矿产类型。非金属矿有石灰石、白云岩、脉石英、萤石等40个矿种。另外还有能源型矿藏煤和油页岩等。

20世纪80年代以来，白云鄂博再一次爆发，成为中国稀土之都。白云鄂博焕发了青春，成为中国现代化的希望之地。白云鄂博拥有世界上最大的铁、稀土、铌等元素的共伴生矿床，探明稀土储量4350万吨，占全国稀土基础储量的

83.7%，是国家最重要的战略资源产地之一。稀土号称现代工业的"味精"，作为永磁材料、储氢材料、催化材料、发光材料、隔热材料、抛光材料等，广泛运用在冶金机械、石油化工、航空航天、军工装备等多种工业化领域。1992年邓小平南方谈话中曾说"中东有石油，中国有稀土"。那时，中国稀土探明蕴藏量占到全球近80%。当然，现在中国稀土在全球资源占有量中的比重已经大大下降了。现在中国探明储量大约占全球探明储量的25%。

作为中国的稀土之都，包头是在建的全国最大的稀土新材料基地和全球领先的稀土应用基地。2022年，全市稀土行业实现产值677.5亿元，2023年预计将达1000亿元。作为战略资源，包头稀土实现了"稀土资源—采选和冶炼分离—稀土功能材料—稀土终端应用"的全产业链发展。在研发方面，包头现有多个国家级创新平台、实验室和技术中心。应该说，包头已经形成了国内最大的集稀土生产、科研、贸易的完整工业体系。包头工业经济的发展，让人备受鼓舞。

7月27日下午，市里专门安排了半天，带我们参访了包头稀土工业区，重点参访了包头两家最重要的稀土企业。

英斯特稀磁新材料公司是我们参访的第一家企业。英斯特稀磁新材料公司是家年轻的企业，创立于2011年6月。但短短12年，英斯特已在全国有了10余家分支机构，在苏州建立了研发中心，在香港建了一家国际贸易公司，在越南有一家生产工厂。英斯特的主业是磁性器件终端应用技术开发。以前总是听说稀土材料，到底什么是稀土材料，稀土材料在工业产品中究竟有什么作用，真是不甚了了。这次到英斯特才真正看到了稀土材料到底是干什么用的。英斯特主要是钕铁硼磁材料的制作和应用，这是第三代稀土永磁材料。永磁材料对于现代电子产品是必不可少的，在各类电子芯片等电子元器件中广泛应用。英斯特国际化程度很高，是苹果公司在中国的重要合作伙伴。英斯特不愧是高科技公司，它的一线操作工人基本上都是大学毕业生，新入职的研发人员更多是具有专业背景的硕士、博士。一般研发人员的年薪可达20万元以上。

我们参访的第二家企业是天和磁材公司。这一家应该算是这个行业中的老牌公司，创立于21世纪之初。公司原在山西，由于原材料区位、政策补贴等有利因素，前些年将总部迁至包头。2012年，天和被认定为国家级重点高新技术企业。天和已上市，其拥有从稀土原料供应—毛坯生产—完成品加工—表面处理的稀土永磁生产的全产业链。

在天和磁材，我可以说是大开眼界。首先是见识了我国现代高科技企业的国际化水平。经济全球化时代的企业真的要做到全球化！天和的产品大量出口欧美，高科技产品出口首先遇到的问题就是知识产权保护。天和的出口产品要经过出口国的专利审查，为此，天和成立了知识产权及专利信息研究所，专门负责本公司专利在欧盟国家和美国等地的申请注册，同时负责研究本公司专利与欧美地区专利的关系，处理各种与知识产权有关的法律事务，以及防止和处理专利方面的纠纷。现在中国企业走向世界首先要从知识产权国际化起步，否则寸步难行。我们参观天和公司专利陈列时看到，企业申请注册的国外专利不仅有欧美国家，也有日本等国。公司网站上除中英双语外，还另设有日语和德语。

在天和公司另一个重要收获是了解了一些关于"碳达峰"和"碳中和"的情况。以往这方面的知识都是书本上的、媒体上的，今天算是实实在在了解到了一些实际情况。陪同我们的总经理重点与我们谈了这方面的情况，特别是有关碳税问题。她说，根据政府间的协议，中国"碳达峰"要到2035年，"碳中和"要到2050年。但那只是政府间的说法，欧洲企业可不管这一套。欧洲企业现在已经按"碳中和"的标准收取我们出口产品的碳税了。

从官方协定看，2022年5月16日，欧盟碳边境调节机制/碳关税（CBAM）的法规正式发布在《欧盟官方公报》上，标志着CBAM正式走完所有立法程序，成为欧盟法律，该计划规定2023年10月1日至2025年12月31日为过渡期，在此期间企业只须履行报告义务，即每年提交进口产品隐含的碳排放数据，不需要为此缴纳费用。2026年1月1日起，企业不但要报告每年进口产品的碳排放数据，还要支付对应的碳排放费用。CBAM涉及钢铁、铝、水泥、化肥、化工（氢）、电力六大行业的多种产品，核算范围包括直接排放以及钢铁、铝和化工（氢）以外的间接排放。

但实际情况是，现在天和出口欧洲的产品已经缴纳碳税了。现在欧盟的进口商就要求根据商品碳排放量购买CBAM证书，每吨碳排放需要按照欧盟碳市场的碳价购买一张CBAM

证书。近期欧盟碳市场大约以100欧元/吨的碳价为基准。天和公司作为博世、博格、沃尔沃等知名国际品牌的磁材供货商，根据第三方国际评估机构的估算，2022年天和公司所有产品生产形成了3.6万吨碳排放，其中，出口欧洲市场的产品折合碳排放约1.2万吨，这样就要缴纳几十万元的碳税。

现在因"碳达峰"和"碳中和"给中国企业，特别是给高科技企业及产品出口形成了很大的挑战和压力。当然也会由此激发出更大的优化生产技术及工艺，降低能源消耗和排放的动力。天和磁材目前正在千方百计地进行低碳转型。总经理给我们介绍，现在采取的方法包括：厂区顶部进行分布式光伏改造，尽快淘汰一批高耗能设备，工业用水的循环和再利用，甚至考虑从蒸汽中回收余热，等等。

包头是中国的稀土之都，应该是未来中国工业的新兴之地。但是，包头也有一些不利的制约条件。

首先是地域问题。包头地域偏远，远离经济发达地区，虽然有稀土行业存在，但仍然难以吸纳优秀人才，特别是一流的高端人才。人力资源问题是限制包头等瑷珲腾冲线上充满希望的新兴之地的第一"卡脖子"因素。人们常说，21世纪的竞争是人才的竞争，此话不虚，确实如此。但什么是人才的竞争呢？什么是影响人才竞争力的关键因素呢？这些年在国内外的调研逐渐让我明白了这个问题。

世界金融中心"纽伦港"有个说法，叫"不落地的中产"。在世界金融中心工作的那些高端人才可以在全世界任何有需要的地方工作，他们是"半空"中的人才。那么，这些人才究竟要到哪里工作？换言之，什么地方可以吸引到这样的人才？这里的关键早已经不是收入了，而是"生活"，即生活的品质。早些年一直参加杭州一年一度的"品质生活"论坛，那时其实就开始明白了这其中的道理。要吸引一流人才，事业不重要、收入不重要，高端人才到哪里都可以有事业、哪里都能拿到高薪，而关键是生活！

什么是生活？我的总结是：文化、教育、环境三大要素。简而言之，文化，包括城市的格调、文化艺术氛围，有没有历史文化遗产，有没有音乐厅、歌剧院，有没有红酒坊、雪茄吧，等等。教育也很重要，高端人才不仅要考虑自己，更会重视下一代。这意味着所在城市需要有良好的教育机构，要有品牌的大中小学，乃至幼儿园，等等。还有就是环境，主要是自然环境。"不落地的中产"重视健康，重视环境，平时忙碌辛苦，周末必定要有个去处，要有个"Weekend"。"周末"这个概念很被他们看中。周末要去郊外山川远足、骑行、路跑、自驾、高尔夫，等等。在我看来，只有具备了上述文化、教育、环境三大现代文明要素的城市，才能称得上"国际化城市"。包头，虽然有得天独厚的矿产资源和工业基础，但要有进一步发展，恐怕要做的功课还很多。

包头还有另一个短板，就是瑷珲腾冲线上多数地区都存在的水资源问题。瑷珲腾冲线，除去东端和西端的一些地区，如黑龙江和四川，基本上处于干旱、半干旱地带，处于400毫米降水带上。包头水资源十分紧张，农业、工业、生活用水常常是捉襟见肘。不过有个好消息，就是南水北调西线工程正在进行。2022年清明时节，我们在四川考察，到了川西阿坝州金川，参访了正在建设中双江口水电站。这是南水北调西线工程最重要的控制工程。南水北调西线工程计划将长江上游三条大江——金沙江、雅砻江和大渡河之水先调至双江口水电站。双江口在建的315米高的世界第一高坝，可以将长江之水自流引向黄河上游。南水北调西线工程三期计划，可将170亿立方米的流量调至黄河上游，这意味着黄河的常年流量至少将增加1/3。到那时，我想包头以及陕西、山西、内蒙古等省区的瑷珲腾冲沿线区域水资源状况将得到极大的改善。

我们盼望着那一天快点到来。

生活记忆

冰棍队

这几年因为考察瑷珲腾冲线，我常常跑内蒙古和山西。现在从北京出发乘高铁去内蒙古和山西很方便，距我最近的高铁站是清河站。今天去清河站乘车，无意中看见了清河站的老站牌。从北京去内蒙古和山西的高铁是在当年詹天佑设计的京张线基础上新建的，清河站也是在京张线老清河站基础上新建的。候车的时候，忽然想起了一段与这个车站有关的往事。

1976年春，我们响应毛主席"知识青年到农村去大有作为"的号召，奔赴农村插队落户。彼时知青插队已经接近尾声，多数情况下，各地城市都是就地安排中学毕业生插队落户。那年我们人大附中200多名毕业生被安排到近郊的东北旺人民公社就近消化，我被分配到东北旺公社上地大队插队。1976年3月26日，我们来到了上地村。

"上地"这个名字，在外人听起来多少有些奇怪。其实，"上地"是高地的意思。我们上地村庄及土地是一片高地，比周围高出4米左右。与我们相邻的清河公社车站生产队紧挨清河，地势低洼，可以种植水稻和蔬菜，而我们村因为地势高，就没有水田，也不能种植蔬菜，只能种大田和果树、林苗。

车站生产队因紧靠清河火车站而得名。它与我们只有一路之隔，但经济情况却有天壤之别。有一次我们在村东面玉米地里耪地，地头与车站生产队的田地挨着。歇息的时候，记不清是哪位跟我说，这个车站生产队是个"冰棍队"。我非常不解，我们两队地挨地，他们怎么会这么穷呢？！那位同伴儿说：穷？！他们可不穷！

那时人民公社的分配方式采取"工分制"，即评工计分制。拿我们上地来说，青壮年男社员一般每天可挣到10个工分，女社员一般是8个工分，我们男知青一般是5.5个工分，女知青是5个工分。每个工分的分值要到年底根据生产队全年的投入产出情况折合成货币计算出分值。每个社员全年所得工分总数乘以分值就得出了全年收入。

1976年，我插队的第一年赶上了上地大队的丰收之年。那年年底全大队决算，分值是2角6分，即人民币0.26元。在人民公社年代，这可是个了不起的收入啊！以青壮年男社员计，一天10个工分，当年分值0.26元，一天可挣人民币2元6角。一个月按30天计，每月可挣78元。要知道农民可是没有星期天的，一年从头干到尾，最多也就是过年那几天休息一下。那时，大学毕业生工资一般是56元，研究生62元。

可是车站生产队就惨了，被称为"冰棍队"！"冰棍队"

什么意思？就是每个工分分值仅仅3厘钱，一个壮劳力一天挣10个工分也就只有3分钱。那时，夏天的冷饮主要是冰棍。冰棍一般分两种：奶油冰棍和小豆冰棍，奶油冰棍5分钱一支，小豆冰棍3分钱一支。在车站生产队干一天，居然只能挣到一根小豆冰棍的钱。

我还是不太相信地问同伴儿，这不可能吧？一天挣3分钱怎么活命呢？！同伴儿笑了笑，说他们可不穷。他冲着不远的清河火车站那边努了努嘴儿，说就吃它！哦！吃车站？！他指给我看不远处的清河火车站货场。当年清河火车站主要是货运，供应北京市所需的各类生产生活物资。时近秋天，北京冬季取暖需要大量煤炭，煤炭主要从山西大同等地运来。清河火车站是煤炭转运的重要枢纽。我看到一辆一辆运输公司的运煤车从货场开出。那些运煤车装得满满的，也不苫上，一遇颠簸，煤粉便撒了一地。在同伴的提示下，我才注意到，在货场门外有几个妇女蹲在路边，路上摆了一些砖头。运输公司的车不管不顾地从货场里开出来，压在砖头上一颠，咣当一声、哗啦一下，撒下一片煤粉。车一过去，那几个妇女便抢上前来，连扫带铲，几下子便搞上了半桶煤。原来如此！"冰棍队"也有生财之道啊！真是靠山吃山，靠水吃水，靠着车站吃车站呐！想想也是，如果这样可以来钱，谁还愿意面朝黄土背朝天，一个汗珠摔八瓣儿，在土里刨食呀？！

想到这儿我有点失神儿。定定神儿，再看看眼前这座宏伟壮阔的清河新车站，往事早已化作云烟。1977年底，中国恢复了中断了12年的高考招生。我幸运地作为"漏网之鱼"

考上了大学，离开了"上地"。但那两年的经历却永远印在我的脑海里，变成了我人生的一部分。我与上地村当年的几位同伴儿还一直保持着联系，大家成了一辈子的好朋友。因为自己后来从事的专业的缘故，这些年我时常回想起当年的一些问题，比如，为什么同样在人民公社体制之下，有些地方，像我们上地大队，就搞得很好，而又有许多地方搞得就很差？这些年随着知识和阅历的增长，随着对一些问题观察思考的深入，渐渐地我觉得我想明白了这些问题。2017年，走读京杭大运河的徒步考察路上，我还专门做了一些考察和调研，比如，在天津的东、西双塘和大邱庄，在江苏的华西村，等等。

从上地村和车站生产队的比较看，我相信与全国当年的情况也相似，人民公社搞好搞坏的关键是人力资源的问题，关键在于公社以及生产队的书记、队长。走读运河考察江苏华西村时，我意识到了"克里斯玛"问题。吴仁宝式的具有奉献精神和组织能力的"带头人"，是决定人民公社体制运行效果的决定性因素。同理，当年上地村与车站生产队为什么有天壤之别？为什么我们队的庄稼长得绿油油的，车站生产队的庄稼长得无精打采的？想来想去，恐怕就是因为我们村有一帮优秀的"克里斯玛"。

当年上地大队有一位非常优秀的带头人。他就是我们的大队长许善垠。我刚来上地就听说过这位许"旅长"，"旅长"是许善垠的绰号。许善垠30来岁，面目俊朗，身材中等，偏高偏瘦，一头浓密的黑发，上唇居然留着一抹小胡子。给我印象最深的是他一身深棕色亮光光的皮肤。他往人堆儿里一站，绝对是最醒目的那一位。虽然身材消瘦，但他却有惊人的力气。拿铁锹活儿来说，我们挖土要用脚蹬一下铁锹，许旅长有时两手一推，铁锹便插入土中。真不明白他哪儿来的那么大的干巴劲儿。许"旅长"凡事以身作则，事事出众。作为村里的领导干部，他处事公道，平时话不多，但说出话来总能让人心服口服。现在回想起来，这位许"旅长"真有些魅力，就连我们这些小知青也愿意围着他转。跟他一起干活儿不累，似乎也不敢累。

"上地"为什么好？地好？水好？人好？俗话说，天时不如地利，地利不如人和。当年我们上地的"人和"，恐怕就是因为有许"旅长"一班优秀的带头人。但是，像许"旅长"这般优秀人物毕竟总是少数，是稀缺资源，可遇而不可求。我想，这恐怕就是"冰棍队"存在的原因。

翻译生活

本周我来到井冈山干部学院学习，了解90年前毛主席在井冈山开辟工农武装割据革命根据地的历史。尽管以前因为专业和工作关系，我对井冈山的历史有一些了解，但这次在现场的几天专门的考察和学习还是让我有了一些新的认知。回到我的专业和工作的层面，这些新的认知涉及政治学，涉及社会科学的方法论。

在井冈山革命根据地的武装斗争中，毛泽东形成了中国工农红军游击战的基本战略战术思想。他在井冈山的斗争中提出"敌进我退，敌驻我扰，敌疲我打，敌退我追"的游击战十六字诀，奠定了毛泽东游击战"战术大师"的地位。对毛泽东的游击战十六字诀我以前可以说是耳熟能详，这次来井冈山了解到这个十六字诀的来历及形成的过程。毛泽东的游击战十六字诀形成的过程启发了我，使我对社会科学的理论与概念形成有了新的体会。

井冈山地处湘赣边界，藏于罗霄山脉深处。清末民初，天下动荡，这里渐渐成为土匪出没、绿林栖身的法外之地。1921年12月，驻湖南的粤军一位连长朱孔阳，因不满上司克扣军饷，曾率部进入井冈山地区落草为寇。朱孔阳诨名"朱聋子"，盘踞一方，打家劫舍，很快就成为远近闻名的"山大王"。湘、赣两省不断派出官军进剿朱孔阳，朱孔阳利用熟悉地形环境等有利条件，机动灵活地在莽莽群山、密密丛林中与官军周旋，使官军疲于奔命，奈何他不得。朱孔阳把他占山为王，对付官军的打仗经验归纳成一句话："不需能打仗，只要会打圈。"

1927年10月秋收起义后，毛泽东率领部队来到井冈山。为了在井冈山落脚，毛泽东找到当时也在井冈山茅坪一带占山为王的袁文才。袁文才是当地一人物，大革命中他受当地共产党人的影响，倾向革命，并加入了中国共产党。1926年，他借北伐军进攻江西之机，发动起义占领了井冈山区域的宁冈县城，后转移到茅坪地区。毛泽东亲自做袁文才工作，与袁文才合为一军，后经袁文才介绍，又说服井冈山区域的另一支农民武装的首领王佐，大家合兵一处建立了占据井冈山的工农红军。

井冈山根据地建立之初，工农红军立足未稳，就遭到湘赣两省国民党政府的进剿和当地地主武装的袭扰，立即投入到与国民党军和地主武装的战斗之中。毛泽东这时初出茅庐，还没有多少武装斗争和军事指挥的经验。毛泽东在战争实践中学习战争，具有领兵打仗和游击战经验的袁文才、王佐是他的左膀右臂。如何在山峦起伏的井冈山打仗？土生土长的绿林好汉王佐,把朱孔阳打游击的体会——"不需能打仗,只要会打圈"告诉了毛泽东。天性聪颖的毛泽东对朱孔阳的口诀深以为然,他从一开始就意识到在大革命失败的背景下,四处"白色恐怖",敌强我弱,弱小的工农红军占据山野,开展武装割据,一定要识时务,要从实际出发。

在毛泽东来到井冈山后的两个月,1927年12月,红军准备攻打井冈山附近的茶陵,毛泽东对部队说:"战无常法,要善于根据敌我情况,在消灭敌人、保存自己的原则下,抛掉旧的一套,来个战术思想的转变"。[①] 他告诉大家:"从前井冈山有个'山大王'朱聋子,同官方的兵打了几十年交道,总结出一条经验,叫做'不要会打仗,只要会打圈儿'。打圈是个好经验,不过他打圈只为保存自己,不是为了消灭敌人,扩大根据地。我们改他一句:既要会打圈,又要会打仗。打圈是为了避突击虚,强敌来了,先领他转几个圈子,等他晕头转向弱出弱点以后,就抓住狠打,打的干净利落,打的要有收获,既消灭敌人,又缴获武器。""总之,打得赢就打,打不赢就走,赚钱就来,蚀本不干,这就是我们的战术。"[②] 他直接肯定和借鉴了朱孔阳的游击战经验。

1928年5月,朱德率部来井冈山与毛泽东会师后,湘赣两省国民党军向井冈山发动了第一次联合"会剿"。红四军主

[①] 黄宏主编、洪何秀副主编:《井冈山精神》,人民出版社2005年版,第176页。

[②] 中共中央文献研究室编:《毛泽东年谱(1893—1949)》上卷,中央文献出版社2013年版,第226—227页。

力采取集中优势兵力、歼敌一路的作战方针，南下黄坳，直奔五斗江，迂回拿山，攻克了井冈山区域的重要县城永新。几天后，毛泽东召开干部会议，会上他广引古今中外战例，结合红军这次战法，再次谈到了战术问题，首次正式提出了"十六字诀"，他说："白军强大，红军弱小，我们以弱斗强，只能采用游击战术。什么叫游击战术？简单说，就是'敌进我退，敌驻我扰，敌疲我打，敌退我追'的'十六字诀'。"①从此，"十六字诀"成为游击战重要的战术原则，载入军事史册。

毛泽东从实际出发，在自己指挥游击战的经验基础上，把原生态的游击战经验总结演化成为著名的游击战战术原则——"十六字诀"。这个过程是科学研究中从实践到理论提升概括的过程，具有重要的启示意义。我自己在政治学研究实践中也有类似的经历与体验。

2008年开始，我们开始做亚洲国家政治发展比较研究，在国内外、境内外做大量调查研究，民主政治以及选举问题是我们关注的一个重点和研究的重要问题之一。在这方面的调研中，研究选举中的"金钱政治"问题自然是回避不了的。我们在调研中发现，尽管社会整体制度有很大差别，意识形态乃至历史文化也有很大不同，但中国社会基层的竞争性选举同样存在着"金钱政治"的问题，甚至与西方国家选举中

---

① 黄宏主编、洪保秀副主编：《井冈山精神》，人民出版社2005年版，第177页。

的"金钱政治"毫无二致。对于这种现象需要进行理论概括，但是怎样概括呢？我一时间还抽象和概括不出确切的理论表达。

人的认识往往是从对发现进行描述开始的，当时我是这样描述选举观察的发现的：在我国基层包括村民委员会选举和市县人大代表选举中，在有竞争的情况下，候选人花钱不一定选得上，但不花钱一定没得选。我把这段话对调研当地的一位市人大常委会办公室主任讲了，我说这是我对目前基层竞争性选举中金钱作用的认识，但这还只是一种描述，还需要进行理论概括，并就此向他请教，谁知他脱口而出：金钱是选举的基础。这句话准确地定义了选举中金钱的作用，堪称一条政治学原理。至少我把这个理论概括看作一条政治学原理，当代中外所有竞争性选举中金钱的作用概莫如此。

事后，我时常想起这位主任随口说出的对选举中金钱政治现象十分精确的理论抽象与概括。我多少有些不解，关于这个问题我是经过研究和思考的，但一时间尚不能进行准确的抽象与概括，他一个实践工作者怎么能如此轻易地做出那样一个十分简洁的理论性概括呢？！在后来的调研中，还是这位主任有一次再次谈到选举问题时，他说现在参加市县人大代表竞选的基本上都是老板，这些老板都爱讲，出来选首先要金钱打底。"金钱打底"，原来这位主任有关"金钱是选举的基础"的概括是从参选人的口头禅中直接点化出来的，出处原来在此！

我从这两个事例中领悟到，社会科学的许多发现其实往往来自社会活动、社会生活中的一些"原生态"的认知。这些认知实际上已经是对事物本质、事物间关系以及社会活动规律性的一些初步的认识和概括,但如璞玉浑金还没有经过精雕细刻,没有经过普遍化和系统化提炼。进一步讲,社会科学研究的许多工作实际上是通过调查研究发现这些直接来自社会实践的经验以及初步的原生态认知,把它们在更广泛的观察和研究的基础上使之系统化、普遍化和理论化,用更加概括和准确的学术语言加以提炼和表达。

真理是朴素的,真理存在于生活之中,隐藏于事实背后。欲发现真理就要走进生活,关注实践,向一切有实践经验的人学习。如同捡拾美丽的贝壳,你一定要走到海滩上,走进生活你才会遇到真理,发现真理。理论工作、社会科学研究,在很大程度上就是要去遇到存在于生活中的真理,并把它们提炼出来。这样的理论工作可喻为:翻译生活。

平时与难时

当今的人特别是年轻人非常讲究人生规划。我年轻的时候没这个讲究，那时的说法是：革命战士是块砖，党要往哪就往哪里搬，一切听从安排。改革开放，人们进入了有自主性的时代。人生很大程度上需要自己设计、自己安排了。规划好自己变得很重要。但话说回来，设计好人生，规划好生活又谈何容易。

白驹过隙，日月如梭。一晃我都年逾花甲了，2022年这个时候去开一个会，散会告别的时候一位领导同志忽然感慨了一句：哎呀，房宁都60岁了！是呀！一直以来我给人的印象一直是一位"年轻学者"。虽然总的来说，我是个随遇而安的人，没有很强的自我意识和自我规划。但现在回想起来，我一路走来在不经意间也有一些规划和设计。这些规划开始起于不经意之间，而一直做下来就事实上成为一种规划并得以实现。

记得刚刚上大学时，我被选为班干部，担任班委会的学习委员,这学习委员我一干就是4年。班干部中学习委员和生活委员要经常在教室的黑板上写通知,这是学习委员和生活委员与其他班干部相比不同的工作特点。那时我们班有一个固定教室,平时上课和自习常在这个固定教室,因工作需要,我经常在班级教室的黑板上写通知。

有一天我偶然想到,我是上师范的,将来做老师要会写板书,也就是在黑板上写粉笔字,旧时不是有个说法,管老师叫"吃粉笔末的"的吗?我想我何不利用经常在黑板上写通知的机会练好自己的粉笔字呢?!于是,我每次在教室的黑板上写通知都十分认真,尽量写好、写整齐。

不知不觉4年大学过去了。在毕业之前,作为师范生,有一项重要的考验——毕业教学实习。这是对学生4年学习的一次综合检验,从学校到学生自然都是高度重视。教学实习成绩主要根据课堂教学,也就是要讲一堂课。课堂教学成绩评定中有一个权重很高的项目就是板书,我记得板书要占到课堂教学总成绩的20%。

当年我们大四进入毕业实习季时,忽然间许多同学意识到自己不会写粉笔字、不会写板书!于是,一夜之间全校所有教室里只要没课总有学生站在黑板前面狂练板书。那时,各教学楼各教室一到晚上,黑板从左上角到右下角,密密麻麻写满了粉笔字。许多同学写满一黑板全部擦掉再写满一黑板,黑板下面的讲台上竟然落满一层粉笔末!

那时的我却完全不着急。我也忽然发现不经意间4年来在黑板上认认真真写通知,已经练就了我一手漂亮的粉笔字。

我的板书可以说是又好又快,横平竖直,正副板书也很得当。许多没有练过板书的人即使字写得不差,但一上黑板就不行了,常见的毛病一是写得慢,二是不平整,写着写着不是"上楼梯"就是"下楼梯"了。实习结束的时候,我的课堂教学成绩里,板书这一项得了满分。

40岁那年的一件事改变了我后来的生活。我时常自嘲说,改革开放别人先富裕起来了,我是先富态起来了。上中学时我喜欢运动,中学毕业后去插队,又苦又累,人一直不胖。从回城上大学开始我就变了个人,身体像吹气似的无可挽回地"发福"起来。记得有一次赶公共汽车,离车站约有七八十米,我奋力追车跑了二三十米,我忽然意识到不能这样拼命地跑,我的心脏受不了,搞不好会出事!于是我停了下来,慢慢走到公交站上。

这件事让我大受刺激,很是沮丧。当年活跃在田径场的我居然连几步路都不敢跑?!心里很受挫。几天后,和一个从小的好朋友说起这事,我们议论到,咱们都是快40岁的人了,40岁是人生一个转折,如果身体上得个病,被戴上个冠心病、糖尿病的"帽子",后半辈子恐怕就只能靠药物慢慢维持着"缓慢下降"了!说到这里,我俩心里很不服气,我们说不能这样下去,要抗争!趁现在还没被扣上"帽子",我们要通过锻炼身体改变下行趋势,改变生活质量。

但那时我毕竟很胖,怎么锻炼呢?我们只好走路。刚开始的时候,我记得走5000米就感觉累,走7000米腿或脚就会有哪个地方有痛感。好在我们坚持下去了,而且还增加了几个朋友。那时我住在人大院子里，一起走路的三五好友都是老师，每天晚上大家一边走一边谈天说地，讨论学术。因为学科不同，我们的散步漫谈，一来让我增加了不少其他学科的知识，二来启发我们从不同视角认识社会现象、理解社会问题。这对于我们思想的成熟，认识问题的全面性、深刻性颇有帮助。据说，亚里士多德在雅典他的学院里教导学生是一边散步一边讲述。我们戏称自己是"亚里士多德逍遥学派"。

很快我们这个"逍遥学派"从走 5 公里到 10 公里，从慢走到快走。开始时我们在人民大学小小的校园里转圈子，后来走出校门去北大、清华走路，号称享受"梁效"。"梁效"是"文革"时北大、清华两校写作班子的化名。夏天的夜晚，围着北大未名湖走上一圈很是惬意呀！秋天的傍晚，到水木清华找找朱自清先生当年的感觉，也别有一番风味啊！一个有意思的现象是，每年春天的时候会有那么一天天气突然暖和了，这天晚上去未名湖，你会发现忽然之间人都跑出来了，未名湖畔几乎是摩肩接踵。每年 11 月北京会刮起凛冽寒风，温度骤降至零下。这天你再去未名湖、再去水木清华，那你肯定能体会到什么叫茕茕子立、踽踽独行。

走着走着，走路不经意间成为我观察社会、观察生活的一种手段。我每到一地，无论国内国外，都要长时间地徒步，号称用脚"丈量城市""丈量大地"。通过走在街道上、走村过寨，观察城市与乡村的状况、观察社会生活的细节，发现和比较不同人群的行为习惯和特征。这些对我增加社会阅历和经验，对我从事的社会科学研究、政治学研究都不无助益。

当然，我从走路、徒步运动中最大受益还是改变了我的身体状况、心理状态，甚至改变了生活品质。走了几年路，我开始能够"日行百里"，即在一天之内，用时10小时左右，徒步行走100华里。这些年，从北京通州燃灯塔到京西卢沟桥的"百里长街行"，从安徽绩溪到浙江临安的"徽杭古道行"，从海宁盐官到杭州西湖的"逐浪钱塘行"……都是我人生中最难忘最珍贵的记忆。年过半百时，我不满足于走路，居然跑了起来。58岁时，我完成了自己的人生"首马"。为了保持多形态健身，我还学打羽毛球，偶尔也骑骑运动自行车，我还是TREK骑行俱乐部的成员。

运动改变人生，我变得健康、积极、达观、正能量。如今年逾六旬，我依然能保持健康的身体、旺盛的精力。每天工作十五六个小时，可以不困、不累、不饿。为什么？因为我有法宝——跑步。我绝对相信跑5000米可以顶一顿饭，跑10000米相当于睡2小时觉，而且是高质量深度睡眠。

然而，这一切都是利用零散时间，都是在不经意间，都是在不列入正式日程情况下做出的。一次出差，在乘机桥廊里不经意间看到太平洋保险的一则广告——"平时注入一滴水，难时拥有太平洋"。是呀，人生的确如此啊！有心栽花花不开，无心插柳柳成荫。人生中许多刻意追求的事情十之八九得不到，许多事情"现上轿现扎耳朵眼儿"就来不及了！

人生中许多有意义的事情却是在不经意间做到的,而这需要有心、用心,还要有点恒心。那样的话,许多事情就变得简单容易了。

"七七"夜骑访卢沟

7月里，我参加了TREK骑行俱乐部的一个挑战活动，要求月内骑行里程达到600公里。这样平均算下来每天应不少于20公里，但是平时还有许多工作，就抓空闲一点的日子多骑一些。7月6日，忽然想到明天是"七七"抗战爆发纪念日，何不骑行去趟卢沟桥。

7日凌晨不到两点就醒了。虽然只睡了不到2小时，但感觉睡得特香，醒来周身舒坦。在床上纠结了一阵子，是再睡到天亮，还是现在就走？想到这儿一骨碌爬起来，收拾一下就上路了。

凌晨2点多钟，路上静悄悄的，头顶一轮明月，在没有路灯的地方，灰白的路面也看得很清晰。1937年7月7日北京的那个晚上，是一个暗夜。率军进攻卢沟桥和宛平城的日军清水节郎大尉在日记里记下了当晚的情景，他写道：这天晚上，完全无风，天空晴朗没有月亮，星空下面，仅仅可以看到远处若隐若现的宛平城墙和旁边移动着的士兵的身影，这是一个静悄悄的黑夜。多年后的今天是阴历闰五月十七，刚过十五，月亮正好。

月色里、路灯下，独自一人骑行真是惬意。不过夜晚骑行温度还是个敏感的问题。昨天傍晚北京下了雷阵雨，一扫白天的燠热。凌晨时分，我在高速骑行顿时感到浑身冷飕飕的，夏季骑行服的轻薄根本挡不住凉意。不得已我只好把速度降到18公里以下，感觉好了一些。骑了一会儿发现了一个问题。昨晚是雷阵雨，降雨分布不均，有的路段满是积水，有的路段是干干的。骑到湿的地方就感觉冷，干的地方白天太阳晒热路面还散着热气，暖暖的。于是，我遇到干的路段就快骑，遇到湿的路段就慢骑。

就这样，快快慢慢变速骑了20多公里来到了卢沟桥东侧的宛平城。因为疫情，现在北京到处实行封闭管理，宛平城因为是旅游要地，自然更是要严防死守。我到宛平城附近的时候刚好是凌晨4点，街口值守的岗亭悄无声息。

骑进宛平城，想起上次来这里还是七八年前那次搞"百里长街行"。那天早上从通州大运河边燃灯塔出发，沿通惠河、长安街一路向西徒步，晚上天全黑了才走到宛平城。记得走进宛平城的时候累得不行。宛平城很小，东西门之间距离不过六七百米，可我们实在走不动了，坐在一个小摊旁喝了许多饮料，才起身走上卢沟桥。今天不然，蹬了几脚，车子便滑过了宛平城。

出了宛平城，西门就是闻名遐迩的卢沟桥。因为时间还早，卢沟桥没有开放。我隔着栅栏眺望这座千年古桥。兴建卢沟桥的年代非常好记，是1188年，即金世宗大定二十八年。

到元代马可·波罗来北京的时候，他见到卢沟桥赞不绝口，他还特别欣赏桥栏柱上石刻狮子。北京有句歇后语，说"卢沟桥的狮子，数不清"。小时候来卢沟桥，我和几个小伙伴分别数起来，最后数多了，便搞混了数字。其实卢沟桥的狮子是数得清的，历史正式记载是大小627个，现在由于风化和改建等原因仍存有501个。

猛然间，一抬头，一轮明月还挂在西南的天际。远处是黑黝黝的大石桥，乾隆皇帝题写的燕京八景中的"卢沟晓月"碑依稀可辨。我忽然意识到，从小在北京长大的我，这还是第一次见到传说中的"卢沟晓月"。此时，东方已经泛起红霞，但西边还是明月在天。晨风里点缀在桥头几棵黑森森的大树似乎发出沙沙的声响，倏然使人感到了一种清冷和孤寂。

从卢沟桥头回首望望宛平城楼。今天的宛平城是后来按照当年模样复建的。我想到，1937年7月7日夜，卢沟桥对面日军指挥官清水大尉从他的望远镜里看到的也是这样的吧？！

看完了宛平城和卢沟桥该回去了，我临时决定跨过永定河从右岸转回去。沿左岸往下游骑行约1公里就是卢沟新桥。如今从卢沟新桥往对岸走再也不用"冒着敌人的炮火"了。走到新桥中间，我停下车凭栏远眺卢沟桥。天色不明，卢沟桥晦暗不清，我想努力辨认卢沟桥的第6个桥墩。据说，当年宛平城驻军指挥官金振中营长的骨灰就撒在了那里。

提到"七七事变"，亦称"卢沟桥事变"，就不能不讲到金振中。他是卢沟桥事变乃至中国抗日战争中的一个传奇。

跨过卢沟新桥，是宽阔华丽的园博园大道。号称新万园之园的园博园，是当今中国富裕强盛的一个缩影。但骑行在园博大道上，我满脑子想的还是金振中，想的还是80多年前的战火烽烟。

1937年"七七事变"之前，在"九一八"事变后占领中国东北的日军逐渐向关内、向华北侵蚀。到1937年初，日军已经侵占了中国旧都、华北第一重镇——北平的东、西、南三个方面，对北平形成包围。当时卢沟桥是北平通向华北其他地方和内地的唯一通道。日军一旦占领卢沟桥和宛平城，在很大程度上就意味着华北的沦陷。

当时，驻守宛平城和卢沟桥的是著名将领宋哲元统领的第二十九军下属的第三十七师一一〇旅二一九团第三营。第三营是一个加强营，据说兵力超过一个团，有1400人之众，为首的便是营长金振中。金振中是"卢沟桥事变"时宛平城驻军的司令长官。

1937年7月7日下午，卢沟桥西侧的日本华北驻屯军第一联队第三大队举行军事演习，其间，日军称一名士兵失踪，要求进入宛平城搜查。到了晚上，日军大队长清水节郎大尉向宛平城内中国军队发出最后通牒，遭到了金振中断然拒绝。日军随即向卢沟桥和宛平城发动进攻，"七七事变"爆发，中国全面抗战爆发。

当年中国军队与日军的武器装备差距极其悬殊，日军的主战武器是火炮和坦克，而中国军队基本上是步枪等轻武器，机枪等自动武器都很少。特别是剽悍的第二十九军居然还把大刀作为标配武器，人手一刀。抗日战争时期著名爱国歌曲《大刀进行曲》据说就是由此而来。

金振中是一个血性男儿，极具爱国情怀。他要求全营官兵每日数次呼喊"宁为战死鬼，不当亡国奴"，誓死卫国。然而，金营长率领的军队在武器装备上完全不是卢沟桥对面日军的对手。真的打起来，金营长他们没有丝毫的胜算。求学的时候，我浏览抗日战争时期的文献，其中关于中国军队"以血肉之躯迎敌"的记述比比皆是，给我留下很深的痛彻的记忆。卢沟桥事变中，确实有金振中亲率大刀队突袭日军的记载。据说，金振中发动进攻的时候，大刀队的勇士们激动万分，哭喊着杀向日军。金振中和他的部下的英勇无畏的浴血奋战不可能赢得军事上的胜利。在中国全面抗战第一役中，他们为中国、为中国人赢得了精神上的首胜。金振中和第三营可获"最佳敢斗奖"。

更为传奇的是，金振中这位卢沟桥事变中曾经与日军肉搏的中国军队战地指挥官，居然幸存了下来，而且活到了1985年，享年83岁。这真是传奇中的传奇。金振中在与日军肉搏战中负重伤被救下战场。伤愈后，他又回到抗日战场，参加过大小数百场战斗。金振中在抗日战争中素有威名，第二十九军第一一〇旅旅长抗战名将何基沣称赞他这位部下是真正的民族英雄。

新中国成立后，金振中回到家乡河南省固始县。不幸的是，在"文革"中，金振中这样一位曾为国浴血奋战的老英雄却受到了不公正的待遇。我到了这个岁数，又是研究政治学的，我完全明白一句"不公正待遇"里面涵盖了多少辛酸泪！这可真叫"英雄流血又流泪"。看来，自古至今，流血又流泪的英雄才是完整英雄。

尽管历史正在远去，但今天人们的确不应忘记过去，不应忘记那些在祖国危难之时敢于挺身而出的人。我也应该感谢他们，感谢金振中营长。要不是他们，今天我恐怕就不会夜骑寻访卢沟桥，也就见不到卢沟晓月了。

清晨 4 点的北京街道

清晨醒来看见微信群里的一个帖子：北京交通大学校长不幸遭遇交通事故去世。我忽然意识到，就在这位校长出事的前一天早晨，我步行去位于建国门的院部开会，正好途径北京交通大学，走过了整个交大东路。

最近我进入了疯狂工作状态，每天少则睡 2 小时，多则睡 4 小时。那天凌晨一点多才睡，2 小时后就醒了。醒来后状态特别不好，睡也睡不成，起来干活又不在状态。正好那天院里要召开"不忘初心、牢记使命"主题教育的党组扩大学习会，我必须参加。反正也醒了，又不想干活儿，干脆出门走走，透透气，让脑子清醒一下。

4 点多一点，我就出门了。美国著名篮球运动员科比说过：你知道清晨 4 点洛杉矶街道的样子吗？了不起的科比十几年如一日，每天清晨 4 点起床去体育馆晨练。他的关于清晨 4 点的洛杉矶街道成了著名的励志故事。走过颐和园的时候，我忽然想起了科比的

"清晨4点的洛杉矶街道"，不禁也体验起了清晨4点的北京街道。

模仿着科比的口气，我问了一下自己："你见过清晨4点的北京街道吗？"是呀，清晨4点多的北京街道是什么样子呢？宽阔平坦静悄悄，是最好的形容。那时公交车首班车还没发出，无论是环路、联络线还是城内的街巷都空无一车，甚至空无一人，只有偶尔经过的电动车，偶尔也有汽车经过。清晨4点城市还没有醒来，这时的街道似乎比午夜12点还显得空旷。颐和园东宫门外的宫门前街十分狭窄，两边都是高墙，平时从早到晚一街筒子的汽车，挤得行人没地方走路。可那天我走过这里的时候，这段600米左右的街筒子除我之外，没有一个车影、一个人影。

路上空空旷旷，静静悄悄，最大的动静来自路边。最早见到的人多是扫马路的清洁工，有男有女，年纪多是中年以上。我一边走一边想，他们一定每人都会有定量，他们每人要扫多长一段街道呢？一个现代化的大都会要有它的环卫系统，北京有多少清洁工呢？一定会很多，他们住在哪里呢？

以7-11便利店为代表的24小时便利店是现代化大城市的标配，是城市白领的必需。清晨4点，街边24小时便利店都开着门，店里只有一个人值班。除了便利店以外，一些早餐店已经在备餐了，和面的和面、包馄饨的包馄饨，干得很欢。有点出乎意料的是，水果店一般都开门了，店里亮着灯照着琳琅满目的各色水果煞是好看。还有一个观察，平时四门大开的高校这时除了大门，其他门都是关闭的。经过人民大学时，我想穿过校园看看我从小长大的地方，结果走到北门时吃了个闭门羹，大门紧锁，上面有牌子写着6点开门。

清晨6点以后，城市明显地苏醒过来了，街道上公交车、私家车、电动车多了起来。第一批上路的人是中小学生以及送孩子上学的家长。如今的中小学生真是辛苦呀！记得有一天我6点多乘地铁上班，车厢里还没什么人。一个背书包的小姑娘坐在我旁边，我问她是高中生还是初中生，小姑娘居然回答说：小学生。她每天早上要坐10站地铁去上学，让人同情又佩服。我问这小姑娘将来中学要上哪里？小姑娘不假思索地说：人大附中！真是个有志气的小姑娘。我算了算，如果她真能上人大附中，每天可以少坐5站地铁。

上学潮形成了北京早上第一个高峰，大约是从6点半到7点半，7点半以后城市白领上班潮开始。早晨8点半以前，城市交通拥堵主要是在环线、联络线和像长安街这样的城内主要街道，而二环路内外的商业区比想象的清闲，上班族还在从远方赶来的路上。

清晨穿过城市爽得很，一路走一路看一路想。走着走着，我想索性一直走去建国门院部开会。那天耗时近5小时步行约25公里。走爽了。

交通大学校长不幸死于交通事故，那真叫死于非命，令人痛惜！清晨走过清清静静的北京街道，我最大的感受是：没有汽车，我家乡原来是这么漂亮！我在想大家多走走路，多骑骑车或多乘公交出行，该多好啊？！

现在我上下班出行方式有三种：徒步、骑车、乘公交。

交通大学校长出车祸的北土城路，是我骑车上下班的必选路线，上周还走过两次。早、晚高峰骑车穿过北京城的情形和骑车人的感受，我太熟悉了：犹如穿过战场！

人大对面有盏灯

小时人大大门外马路对面还是农田，属于东升公社红民村大队。那边有一间孤零零的大房子，房子一分为二，一半是修车铺，修理自行车、三轮车一类，另外一半是小卖部。那时候，从北京城出了西直门一路到海淀镇周边还是很荒凉的。从西直门到海淀之间只有一条不宽的马路。那时一个重要运输工具是人力三轮车。三轮车上满满地拉着货，车夫使劲儿地蹬着，慢悠悠地在马路上走着。车夫这活儿相当辛苦，但有活干就能挣到钱，应该说还是不错的。人大对面这间修车铺是三轮车夫们途中休息打尖喜欢来的地方。十来公里骑下来有些累了，到了这儿停一停，修修车、打打气，歇一会儿吃点东西。

那间小卖部屋子不大，但烟酒糖茶小零食挺齐全，品质不高但绝对便宜。车夫们往屋里屋外一坐，沏上一壶淡淡的叶子茶，要上二两辣辣的薯干酒，一小碟花生米，滋溜滋溜一小口一小口地喝着吃着，真滋润呐！旁人看着都觉得享受。车夫们喝完酒，再嘬上一袋很呛的旱烟，半个钟头差不多过去了，歇足了劲儿又该蹬车上路了。

小时候妈妈管我很严，一般不给零花钱。她总是说，只要是你的合理要求家里就会满足。可是，我那么小能有什么"合理要求"呢？！也许是我太笨也太老实，记忆里似乎没有提出过什么像样的"合理要求"。不过偶尔我的小兜兜里也会有一两毛钱。每到这时候我便忍不住偷偷地跑过来买点糖豆、果丹皮之类的小零食吃一吃。一进屋便会闻到那股子混合着糖果、旱烟、白酒味道的很特别的气味。

因为主要是服务来往的三轮车夫，这个修车铺兼小卖部似乎是间"24小时店"。到了晚上，人大门外一片漆黑，只有那间屋外亮着一盏灯。尤其到了冬日夜晚，那灯光看上去特别温暖。如今人民大学外面宽阔的中关村大街一天到晚车水马龙，周围布满高楼广厦，到了晚上华灯璀璨，霓虹闪烁。然而，当年幽幽夜色里的那一盏孤灯还会时不时地浮现于我的眼前。

人生第一节政治课

昨天是 2023 年 1 月 26 日，是正月初五，北方人说"破五"，是迎财神的日子。这几天风大天寒，我基本上没有出门。昨天不那么冷了，下午趁着太阳好，带着小孙去圆明园走一走，看看庙会。

新冠疫情肆虐三年，前几年的春节十分冷清。2022 年 12 月防疫政策大调整，从隔离免疫转为群体免疫，一拨全国大感染后，大部分人都"杨康"了。于是，兔年春节恢复了往年的热闹。我带着小孙来到圆明园门口，只见人头攒动，熙熙攘攘。

我的外孙女 7 岁多已经上小学了。带着她来到圆明园门口时，不知怎么的，我忽然想起 50 多年前，我和她这个年纪差不多的时候，第一次来到圆明园的情景。

时间长了，具体是哪一年我记不太清楚了，感觉应该是 1967 年的夏天。那是"文革"开始后的第二年，我应该上小学三年级，但已经"停课闹革命"一年了。不上学的我们一天到晚满世界地瞎玩，倒是蛮开心的。姜文管这叫"阳光灿烂的日子"。有一阵子，我们找到了一个乐子，成天去附近公园游玩。颐和园、动物园、紫竹院……隔三岔五地就去转转。远点的就蹭32路公共汽车去，近点的就走过去。

一天，我同学黄恒的哥哥黄小坚，他那时已经是初中生了，说带我们去圆明园玩。圆明园我们还没去过，就高高兴兴地跟他去了。圆明园离人民大学不远，大约5公里的样子，我们从人大一路走去圆明园。

圆明园那时不是现在这个样子。改革开放以后，圆明园被辟为国家遗址公园，建起了围墙，里面遗存的废墟得到了保护，对山丘、河湖、林草做了整治。当年圆明园是一间林场，到处是稻田林木，一派田园风光。那天我们经过北大西门走到101中学门口转向东，见到一座庙门，就到了圆明园。那时没有围墙，走各种小路、田埂均可进入。我昨天才注意到当年的那座庙门是圆明园正觉寺的大门。正觉寺始建于唐代，因在圆明园绮春园外，英法联军火烧圆明园时得以幸免。

正觉寺前自西向东流过的是小月河。那时的小月河还是自然河岸，河水很浅清澈见底，水草飘飘，芦苇依依。这个地方人很少，十分清静。但那天我们走过时看见河边上居然聚着一群人。来时，我们没太注意，兴冲冲地沿着一条小路走进了圆明园。

圆明园与当时海淀一带郊野没有太大区别。我们常去万泉庄、巴沟一带的水田里玩，捞鱼摸虾抓泥鳅。圆明园与这些地方差不多。最后我们走到西洋楼遗址有些吃惊，怎么会有这么一个地方？！依然矗立的大水法石拱门好不壮观，周围是一片巨大的乱石，那场面有点阴森森的。天色将晚，我们就往回走了。

从圆明园出来走过正觉寺前的时候，来时看到小月河边上的人还三三两两聚在那里。我们有些好奇便走了过去。过去一看，河岸上有一张草席，人们围在那里议论纷纷。一问才知，这天午后从101中学那边跑出来一个女人一头跳进河里，河水浅，她的头扎进了泥里活活闷死了。我们听到后非常震惊，我们大着胆子把草席子掀开，顿时吓了一大跳。这是我第一次见死人。我现在还清楚地记得，死者的头冲着我们，头发向上直直地散开，她脸惨白惨白的，是个中年人的样子。我们听周围的人说，她是个"地主婆"，被揪斗得受不了，跑出来跳河自尽了。听到这个我们更加震惊了。

那天傍晚，我们在回来的路上默默无语，各自想着心事，年幼的我们平添了几分沉重。回到家里，整个晚上我都在想着下午的那一幕。我忽然想到了一个问题！我想现在距解放已经十多年了，如果解放前的旧社会那个"地主婆"有罪，该死，为什么当年解放的时候不处罚她？为什么要等到现在才去追究她十几年前的罪过？

那时候，幼小的我自然是无法理解这样的问题的。当年，恐怕我的父母、我的老师也回答不了这样的问题。当然，如今作为政治学者我是不难理解这样的问题了。昨天在圆明园门口，我想起了这桩往事。我意识到，对于当年幼小的我来说，这不正是一堂人生政治课吗？！

我的贵人

有言道：能指出你的不足又肯帮助你的人，是你生命中的贵人。想想自己一路走来，也确实遇到了不少这样的贵人。

我很惭愧，大学毕业后没有再像许多同学，甚至没有像许多学生那样继续考研，深造。结果别的不说，我的学历在自己家里也只比上幼儿园的小孙高。但聊以自慰的是，我还算认真勤勉，在自己所从事的工作与事业上还算努力，没有掉队。再让朋友们笑话的是，我内心里比较自信是自己的写作能力。

写作是我所从事职业的基本功，我几乎每天都要做文字工作。过去有位领导对我们讲：咱们是文章报国。领导的话把我们的文字工作提高到了实现人生理想和价值的高度。我也对单位里年轻同事说过，咱们是干什么的？看看工作地点就知道了。这里叫"写字楼"，我们的工作说到底就是写字！

说起写字乃至写作，其实我们从小，至少是从小学二三年级就开始被训练遣词造句，学习写一些简单的文字。到现在成为专业社会科学工作者、智库学者，我们工作产出主要是靠文字体现的。

从大学毕业到现在工作快40年了，一直以来始终是和文字打交道，特别是调入中国社会科学院的这近20年，几乎天天写。可谓：拳不离手，曲不离口。自我感觉写起文章早已驾轻就熟，质量高低不好说，至少不费劲儿。岂止是不费劲儿，甚至可以说是很容易很享受的。

有两类文字我最喜欢写，一是自选题的论文报告。不敢吹牛，即使现在我也不是什么文章都能应付自如。有些上级交办的、我不太感兴趣的"命题作文"，我写起来还是发怵，能拖就拖，拖到最后应付了事。但对我自己想写的论文、报告，不吹牛，我总能一蹴而就，而且还乐在其中呢！再有就是写各类随笔、杂感类，尤其多年来给《环球时报》等报刊写评论，那堪称享受。我常常在晨跑的时候构思，我开玩笑地说：短文，3000米就够了；长文，要跑6000米才行。想好后，任何时间只要有个把小时的空，一挥而就。我喜欢晚上坐在书房里，把灯一关，借助电脑屏幕亮光敲击键盘。这类短文写起来轻松惬意，我说这是用指尖写的文章。

对于专业从事社会科学研究和智库学术研究的学者来说，比较难的是不同类型研究工作及其相应类型文章的写作。中国社会科学院有"三个定位"之说，即马克思主义坚强阵地、党中央国务院重要的思想库智囊团、哲学社会科学研究的最高殿堂，对应这"三个定位"是这个单位的三种功能，三种功能的表现是三类文章，在我们政治学研究所被称为三论：

政论、策论、文论。政论，即在《人民日报》《光明日报》《求是》杂志等权威报刊上发表政见，阐述党的意识形态、大政方针等。这是我们单位的自身价值所在，否则国家为何以职称、"俸禄"供养着衮衮诸公？！那可也是民脂民膏啊！策论，自然是作为国家级智库要做的资政建言献策。文论，则是传统意义上的所谓"学术论文"，那主要是在研究实际问题过程中的理论抽象与积淀的成果，换言之，文论主要是在政论和策略基础上，经过政论、策论写作积累到一定程度上产生的。有不少人没搞过多少实际问题研究，没写过多少像样的政论、策论，就想搞理论研究、学术研究，那真叫缘木求鱼，南辕北辙，是走了大弯路。有的人恐怕一辈子也走不到真正的理论研究上。

对于我们来说，写作比较难的是能够写三类文章，能够熟练地进行话语体系之间的转换。我的许多同事有的能写这三类文章中之一二，但三种文体都能掌握并运用自如的实在不多。有的学者只会一手，其他竟告阙如。对于我本人来说，则是要在这三个领域中随时转换，"三中（种）全会"是起码的要求。其实，写作与说话、唱歌、跳舞都是一样的，都是一种表达。而三种不同文体的写作与表达，实际上反映的是对社会生活不同视角、不同层次的观察与认识。能够从三种不同的视角与层次认识同一对象，说明了对观察与研究对象的深入的、综合性的理解，这不仅是文字表达能力的体现，更是思维能力和研究水平的表现。

不管怎么说，年逾耳顺之年的我是非常感恩的。我这一辈子非常幸运，在我选择和从事的职业中从来没感觉过难，至少在写作这个基本工作中一直是比较顺当的。

说到感恩，说到幸运，自然要感谢教育过我的老师。我因为没有考研究生，大学毕业后就留校工作了。那是1982年的春天，那时我的老师、也是我的教研室主任许俊基老师，与中国人民大学的黄达强老师等一起准备写一本小册子——《科学社会主义120题》，这本书出版后成为在当时相当畅销的通俗社科读物。这是我第一次参与正式出版物的写作工作。看到自己写的（当然是经过老师们修改的文字）印成铅字出版的时候，年轻的我还是相当兴奋的。

参与这本书的写作是我写作生涯的正式开始。当时与我一起参加写作的一位女同学，后来我们结为了夫妇。多年后，有一次我俩回忆起那段日子。我说，我现在具有一定的写作能力特别要感谢许老师。

的确是这样，许老师是个十分聪明的学者，学习能力特别强，属于那种"一看就懂，一学就会，一点就通"特有灵气的人。许老师不仅文章写得好写得快，字也写得十分漂亮。许老师文章最大特点是简约洗练，我潜移默化地受他不少影响。

许老师在写作方面给我最大的帮助和启示是，在刚刚开始写作的时候，就让我明白了书面语与口语的区别，而这对写作能力，对熟练掌握驾驭中文是至关重要的。如今我已经是我们这个学科领域最重要的学术刊物的主编。在我们的刊物上发表论文，是我们这个行当出道儿的标志。可是即使如此，我们现在编辑论文时常常遇到的一个很大烦恼是，不少作者经常是书面语与口语混用。个别时候书面语中使用口语，是点个彩，使文字生动活泼。可是，没有意识地混用两种文体就是个大问题。每逢遇到这种情况，我就像吃了个苍蝇！

口语是通过声音的表达，声音是转瞬即逝的。因此，人们在谈话时就要不断做"起承转合"，不断地做前言后语的连接提示，以保持语义连贯和维持听者注意力。所以，口语中连接词、前后的照应语就特别多，哼哼哈哈的。但书面语就完全不一样了。书面语是文字，文字是铺现在纸面或屏幕上的。人们在阅读时，是以捕捉主题词或意群来理解文章含义的。阅读理解类似电影里的蒙太奇。"古道西风瘦马"，三个名词就是一幅画，甚至是一个故事，其他不必多说。

许老师是湖南长沙人，他少小离家但一生乡音不改。湖南，总让他念成"福兰"。许老师不能说是口齿伶俐，但他的文字却非常洗练，读起来酣畅淋漓。跟许老师学习，看他给我改过的稿子叫我受益匪浅。

那天我跟我太太说起许老师，说起许老师带我们第一次写书，我由衷地说：许老师是我写作的入门师傅，对我帮助太大了。我太太对我说：当年一起写书时，黄达强老师对你帮助不也很大吗？！我说：是吗？黄老师没有手把手地教过我呀？那年写《科学社会主义120题》，黄老师还当面说我写得不行呢！我太太说：对呀！房宁，这不正是黄老师对你最大的帮助吗？！没有黄老师，没准儿你现在还沾沾自喜呢？！太太的话让我汗颜,一时语塞,我默默地回想起当年。黄老师是一位温文尔雅的学者,似乎从来不大声说话。他是我父亲的同事,我很早就认识他,他对我也很关照。但是,那天在许老师家讨论初稿的时候,他直截了当地对我说:"房宁,许老师一直夸奖你,但你写的稿子不行。"黄老师当着许老师和好几位年轻作者的面这样说,让我多少有些挂不住,场面颇为尴尬。30年后回想此事,我终于醒悟到,黄老师不就是那位"能指出你的不足又肯帮助你的人"吗?!黄老师是我生命中的贵人啊!

遗憾的是,黄老师英年早逝,离开我们多年了。回想往事让我更怀念他。我永远感谢贵人黄老师,永远不应忘记黄老师的教诲。

乡愁是一种励志

几年前的一个夏夜我打上出租车回家。夜已深，街道上冷冷清清，开出租的是一位清瘦的年轻人，人挺利落，车也很干净。车上放着音乐，他默默地开车，我俩静静地听歌，听的是一盘中国的愈疗系歌曲。我虽不熟悉但感觉挺好听，便问那小伙子是什么歌，他却也不清楚，只是说好听，喜欢。

夏夜行驶在宽敞的大街上，明亮的路灯，舒缓的旋律，没有了白天的燠热与喧嚣，心里一片宁静。一盘听完我来了兴致，对小伙子说我这也有歌儿，你要不要听？他表示同意。于是我打开手机里的音乐，选了一首很应景的《川流不息》，这是日本一代歌后美空云雀的名曲。

美空是日本工业化时代的歌手，她唱出了工业化时代人们的心声，据说日本的卡车司机是美空最坚定的拥趸，美空的歌声伴他们度过孤独漫长的旅程。美空也算是愈疗系的鼻祖。当美空柔美深沉略带苍凉的歌声在我们小小的出租车里响起的时候，我身边年轻的司机似乎被吸引住了，他静静地听着，车速似乎也慢了一些。我问他这歌怎么样？他说好听。我问怎么好？他回答让人想家。

我简直吃惊了！《川流不息》正是一首思乡的歌，歌里唱到家乡的小路像一条流淌着岁月的河……我忙问司机：你以前听过这首歌吗？你懂日语吗？回答都是否定的。我告诉司机，这个歌的确是怀念故乡的，我说：想必你也是从外地来北京的吧？年轻的司机说：是呀，听听这样的歌心里安静，让人想起过去，想起家乡。他接着说，人不能往前想，只能往后想，往前想怎么能坚持下去呢？！在北京这样的地方打拼是不敢想明天的。这富有哲理的话让我深受震动。

回到家里，躺在床上，我还一直回味着年轻司机的话。我忽然意识到，我其实是一个没有故乡的人。我从小生长在北京，除去出国进修一年，没有长时间离开过北京。但我们这个时代，至少在我居住的城市里多少人是离开故乡的人。工业化、城市化带来了史上最大规模的人口迁徙和社会流动。古代社会人们也离乡出游，也有许多离别意、思乡情，"长亭外、古道旁……"的歌曲，灞桥折柳、十里相送等。但是，古代毕竟只有很少的人有机会离开家乡。

工业化时代不同了，就拿北京来说，改革开放前北京不足500万人口，不到两代人的时间，北京人口已是当年的5倍多。今天的北京人恐怕多数都是离开故乡迁徙到这里来的。离开故乡到北京这样的大城市的人们是来追求新生活的，是来向着更高的目标奋斗的，抑或按时下流行说法是来寻求梦想的。既然是寻梦就有不确定性，既然是奋斗就要有付出乃至牺牲。就像那位年轻司机感受到的，离开家乡，离开父母与亲人，来到一个陌生的城市里打拼，有机遇有风险，面对不确定的未来，压力、不安乃至焦虑总是难免的。如何纾解压力？如何缓解焦虑？故乡，对故乡的思念，是一剂良药，那里有无忧无虑的童年，那里有父母的呵护，那里有幸福的时光。故乡是旅人的底气，是心灵的依托。我猜想故乡在旅人的梦里一定是辽远清静的，韦唯的歌里不是唱吗："白涯涯的黄沙岗挺起棵钻天杨，隔着篱笆有一座海青房……"

在大城市的茫茫人海里，我想人们更多感受到的不是亲密而是陌生与孤独。故乡是熟人的社会，城市是陌生人的地方。即使在一座写字楼里、一间办公室里，人与人之间就熟悉吗？就亲密吗？恐怕是距离近心相远。在火车站常能见到标语——"不要与陌生人说话"，但难道熟悉的人就可靠吗？身边的人也许更危险！伟大领袖毛主席不是就最害怕"睡在身边的赫鲁晓夫"吗？！

工业化，伟大的工业化！城市化，不可避免的城市化！你们给我们带来的有财富和成功、有鲜花和爱情，但也有对未来的焦虑、有因独处的忧郁，这是工业化时代普遍的社会情绪。不安和孤独需要抚慰，需要纾解，故乡、童年是最好的安慰剂，回忆里有最好的励志故事。我忽然感觉悟到了时下流行音乐的主题，理解了愈疗系对我们生活的意义，更能听懂了美空云雀。是呀，不安与孤独的现代人需要抚慰。

学问三部曲

我从小在北京一所有名大学的院子里长大。几十年一晃而过,转眼已到退休年龄了。人上了岁数总爱回忆往事。有时候,我会自觉不自觉地回想起我在这所大学校园中一些经历和感悟。

不记得是哪位学术大师说过大致这样的话:大学者,有大学问和学术大师也。现在回想和概括起来,自小到现在,我对这所大学以及大学里的老师、教授们的了解与认识,也可分个"三段式"。

第一段,是叔叔阿姨、爸爸妈妈阶段。

小时候有那么一段时间,小同学、小伙伴们之间特别爱打听谁谁谁的父母叫什么名字。也许是中国人有为尊者讳的传统和习惯,大家不大希望别的小朋友叫自己父母的名字,甚至经常为此闹起纠纷。但是,毕竟通过这种多少带有些戏谑的方式,我们知道了许多小伙伴父母的名字。

记得那时大家叫一个个子高高的、走路时有些前倾和微微驼背的同学"老某",而他爸爸才是真正的

"老某"。有意思的是,他们父子俩尽管年龄相距一代,但在体态和气质上却真的是十分相像。

第二段,是学术大家、大师阶段。

等我长大了,特别是1977年恢复高考,我十分幸运地从农村考入大学,从一个风里来雨里去的小知青,变成了端坐明亮温暖的大学课堂上的大学生。我学的是社会科学,我从小在院里长大的那所大学是一所文科学校。上大学时,我就发现我们许多教科书、参考文献资料,居然都是出自儿时伙伴或同学谁谁谁的爸爸妈妈之手。哦,原来这些天天见面、平平常常的叔叔阿姨竟然满腹经纶,是一些了不起的学问家!

等我大学毕业留校任教,走上学术道路以后,这些从小就认识的叔叔阿姨在我心目中的形象又进一步高大起来。他们在我们这些后学晚辈眼里,不仅个个庄重俨然,而且慢慢地变成了人们羡慕、恭维和讨好的对象。

记得有一段时间,许多外地高校和科研院所的年轻教师,还包括一些中层领导干部,常常往我们院里跑,无外乎是拜师学艺、托办事。因为我住在校园里,与那些学术大师们认识,慢慢地有不少同行、朋友跑来找我,让我带他们去某某老师家拜访。于是我一时间居然成了"带路党"。

不过那时的风气不像现在这样,外地来的同志们也就是随手带些被广东人文雅地称为"手信"的伴手礼。记得20世纪80年代末,甚至到了90年代初,大家喜欢带"果珍",一种橙汁粉,还有就是"麦乳精"。经常是一手提一个塑料袋,里面装一盒果珍和一盒麦乳精。

我并不情愿带大家去，但碍于情面也只得勉为其难。一般带到门口敲开门介绍一下便转身离开，但往往也拿上盒果珍或麦乳精。汗颜，汗颜！

第三段，是爷爷奶奶、姥爷姥姥阶段。

时光匆匆，不觉之间我们这一代也成长起来，慢慢地变成科研教学骨干，慢慢地接过了老师们的班。我们的老师们纷纷退休、渐渐老迈。这时又一个变化来了，让我多少有些想不到。

记得有一段时间，我无意中发现院里许多退休的老教授及家人在卖废品的时候，把家中藏书、资料等当作废书报、废品卖掉了。前不久，我的一位同事，如今也是著名学者了，十分感慨地说，居然在孔夫子旧书网上看到了自己当年怀着崇敬感恩之心、恭敬签上名字送给恩师的著作。我也留意到，我去一些老师家时，书房里书架上净是小孙们的《十万个为什么》之类的儿童读物。

记得年轻时常听人说：你这个行业好呀，越老越值钱！更正面一点的说法是，学海无涯、学无止境，做学问是一辈子的事。可是为什么一些曾经备受尊敬的前辈、大师们，退了休，到了晚年，就"金盆洗手"了呢？！难道做学问也有退休之说吗？！

后来，我慢慢地明白了这其中的道理，特别是我担任专业学术机构负责人和担任重要学术刊物主编的经历让我明白了更多。说出来真相也许有点残酷，但真相就是真相，不说它们也在那里。

这真相就是：做社会科学的学问有两种——真学问和假学问。

做真学问意味着：真问题、真研究、真成果，意思是，通过学术研究解决真实社会问题，贡献新知识。这也是人们常说的"原创性成果"。做真学问，风险大，收益不确定，所以功利主义的动机往往帮不上什么忙。总之，做真学问是在探索未知。

所谓做"假学问"，当然与"卖假药"还不是一回事。做假学问，主要是在已有的知识里讨生活，拿已有的知识改改画画，拼拼接接，或叠床架屋，或花样翻新，做一些文字功夫、表面功夫。做假学问，最多是把可可加上白糖做成巧克力，而不是用花粉酿成蜂蜜。做假学问，可以谋生，可以赚钱，但不能成就事业，最多算是个职业。既然是职业，一旦人退出职场，那些原本就是挣饭票的手艺自然就也跟着"歇菜"了。

说出我自己的这些经历与体验，也许显得不够厚道，显得不敬长辈，但这绝非我的本意，相反，我十分尊敬师长前辈。其实作为老一辈的学生、后进，我很懂得他们。老一代学人经历过动荡与困苦的年代，不仅是生活上更在精神上，他们的青春年华曾被国家的动荡和挫折所消磨。正是因为对他们的了解和理解，我才要在耳顺之年说出这些不怎么好听、也不招人待见的话。

我说出自己这样的经历与感受，首先是要表明我自己做学问的态度和选择。当我意识到学问有真假的时候，我就暗下决心，我这辈子一定要做真学问，一定不在混与编之中消磨时光。能否做出真学问是可遇不可求的事情，但不做假学问是可以自己把握的。做真学问与名利无关，只要有颗真心，下真功夫，如果再有点运气，就有可能。

我说出自己这样的经历与感受，还有向自己的晚辈、后进进言的意思。现在的年轻学人应该说赶上了好时候，但他们也不容易，竞争激烈压力大。在这种情况下，年轻人也难免急功近利。但我尽过来人的责任，给他们的忠告是，人生路上不怕慢就怕站，背着抱着是一般沉。

学术道路上没有多少捷径可走，更不能掺假。有人可以瞒天过海，但骗得了天，骗得了地，却骗不了你自己。多少风光一时、前簇后拥的人，退休之后百无聊赖，学问几何事？学人最心知。年轻人要有志气，别走某些前辈的老路，去走出一条学术的正路。

游三山五园绿道

本周北京渐渐地进入了半静默状态，城市清净起来，街道也变宽了。对于"在家办公"也拿钱的人以及拿退休金不用上班下地的人来说，现在可真是美得很，特别是2023年北京的秋天来得特别长。

既然秋光大好，何不好好享受一番。这几天我上午在书房里读书写作，下午就去郊野徒步漫游。

近年北京有个"三山五园文化带"的大手笔。"三山"乃万寿山、玉泉山、香山；"五园"为圆明园、畅春园、颐和园、静明园、静宜园。经过数年的努力，"三山五园"已经被"一道十三园"连接成一条绵延40公里的绿地景观带。这条东起圆明园西至香山的绿道，串联起了"三山五园"和13座新建改建的郊野公园。现在从圆明园出发一路向西可以漫步于延绵不断的绿地、树林、湖畔、河边，一直走到夕阳落山。

昨天下午我去新落成的"一道十三园"中最后一个郊野公园——石渠公园走了走。石渠公园东起玉泉山脚下，沿玉泉山路北侧一直延伸到香泉环岛。公园因明、清两季在此地广植水稻建起的用于灌溉的石质水槽而得名。

我去石渠公园除了赏秋郊游、徒步锻炼，还有一个目的就是去看民国人物吴佩孚的墓地。近来在做一些中国现代政治史方面的研究，吴佩孚这位中国现代政治史上的著名人物自然要被纳入研究视野。

吴佩孚伉俪的墓坐落在玉泉山西侧的农田之中，现属于石渠公园范围之内。这位名噪一时的民国人物身后孤零零地葬在北京西郊的田野之中。离这里不远有万安公墓和国家植物园，那里有许多中国现代史著名人物扎堆长眠于斯。比如：李大钊、梁启超、王锡彤、梅兰芳，民国名人孙传芳的墓也在那里。看来一生起伏跌宕的吴佩孚是想在身后清净一些。

吴佩孚是中国现代史上一个相当复杂的人物，他的一生堪称纷繁复杂的中国近现代史的一个缩影。吴佩孚是山东蓬莱人，自小聪慧，曾考中过秀才。少年时，父亲去世家道衰落，他被迫投军，辗转到天津充当军警。后来稀里糊涂地流落到东北给日本人当过几年特务。再后来又回到天津投奔到北洋军队曹锟营中，从此追随曹锟开始了其军政生涯。

辛亥革命后，北洋军阀崛起，吴佩孚作为曹锟的左膀右臂逐步成为北洋直系军阀的首脑人物。吴佩孚能征惯战，帮助直系军阀打出了一片天地，20世纪20年代初占领了北京、天津及中原一带。吴佩孚在政治上长袖善舞，在民国初年风起云涌的乱世之中左右逢源，他曾通电保护劳工，推动劳动立法，颇有些社会主义色彩，政治上显得相当开明。共产国际二大后，维经斯基来华推动中国革命并筹组中国共产党，曾把吴佩孚和孙中山作为两位潜在的统战对象加以考察。维经斯基在北京时曾通过李大钊联络其同学吴佩孚的心腹幕僚白坚武，并和白坚武见过面，进行过会谈。

1923年，吴佩孚镇压了"二七罢工"，政治上开始右转，从此与苏联、共产国际以及中共决裂进而对立。而这时直系军阀在北方顺风顺水实力大增。吴佩孚一度被认为是最有可能统一中国的政治人物。1924年吴佩孚登上美国《时代》周刊，成为第一位《时代》周刊封面人物中的中国人，这是他一生的高光时刻。

北伐战争中，受到苏联支持的北伐军打败了直系军阀。吴佩孚下野，流落四方，最后退出政坛，归隐江湖。也许是山东人的缘故，吴佩孚虽给日本人做过事，但始终反对日本侵华。"九一八"事变后，日本侵华步伐加快，在华北着力拉拢吴佩孚这类民国人物。但吴佩孚不为所动，坚守民族气节。

1939年，一直隐居北京的吴佩孚请日本医生为其治疗牙疾，在日本医生为其注射针剂后突然死亡。吴佩孚晚年保持民族气节，得到了民国政府和新中国的肯定。抗战胜利后，民国政府为其追发过勋章。新中国成立后，北京市人民政府给位于西郊海淀玉泉山脚下西洪门村的吴佩孚墓地颁发私有土地证，对坟茔予以保护。

当地人管吴佩孚墓叫"大宝顶"。坟茔在一片低洼的农田之中确实显得十分高大，远远看去也相当突兀。我下午从颐和园后身儿走到这里已经快 5 点了,正值白日依山,落日余晖映衬下的大宝顶更显孤寂凄凉。看完大宝顶,一回身便见到玉泉山上的玉峰塔。这里距玉泉山的直线距离不过四五百米。夕阳映照下的玉峰塔还有几分暖色。心里忽然飘来一缕思绪,世事轮转,白驹过隙,能够留下些什么呢?有没有留下,留下了什么,只有后人才知道。

世界观

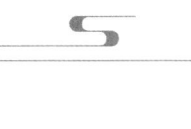

风雨凄迷十年路

——匈牙利纪事

布达佩斯——多瑙河上的明珠。多少次在书本上，在画册里，在亲友的描述中，我见到过她。1999年初春时节，我终于来到了这神往已久的地方。

一位游历过欧洲诸多名城的朋友曾对我讲，布达佩斯是纵贯欧洲的多瑙河上最美丽的城市，她既典雅精致又蔚为壮观。尽管如此，当站在布达佩斯的城堡山上全城尽收眼底时，我还是被惊呆了。这简直是一座古典建筑的露天博物馆啊！她依偎在多瑙河畔，一直伸向遥远的天边。在一个个宁静的下午，我徜徉于布达佩斯的大街小巷，推开一扇扇高大沉重的橡木门，走进大理石镶嵌、石雕装饰的普通居民楼中的天井，那份历久的富丽堂皇已转化为古朴、平常，却愈发让人流连，引人遐想。

我陶醉于布达佩斯的美丽，欣赏她的风情，回味她的意蕴，探寻她走过的足迹。当然，我还有更现实的目的。1999年是匈牙利发生社会剧变后的第十个年头。十年在岁月的长河中不算漫长，但毕竟也能算一小站了，人们在这时应当回头看一看，想一想。况且十年对一代人的生活可就不算短暂了。十年前，以匈牙利为先导，整个东欧以至苏联，发生了一连串的制度剧变，人们放弃了原来的道路，走上了一条他们认为是崭新的、充满希望的道路。同以往巨大的社会转变不同，这次没有动乱，没有多少抗议，甚至没有更多的惋惜，许多人怀着喜悦和憧憬，告别过去，走向未来。

白驹过隙，日月如梭。现在那里的情况怎么样了？人们生活得怎样？今天的人们怎样看当年的剧变，怎样看这十年走过的路？这是我非常感兴趣的，是我访匈的主要目的。

十年沧桑话凄凉

匈牙利及其他东欧国家乃至俄罗斯，十年来并没有完全脱离我们中国人的视野，特别是没有脱离国内理论界的视野。人们出于各种目的，站在各自的立场上一直在解读着那场社会剧变，并试图从中找出对自己有利的佐证来。

在前些年参加的一些研讨会上常常听到有学者说，今年东欧的经济就要走出低谷，而俄罗斯也到达谷底，未来如何、如何……可是到了年底再遇到这类预言落空的"预言家"，他们则三缄其口。但来年他们又会故态萌生。十年过去了，可能是有些无聊了，近来这类"预言家"不多见了。无论孰是孰非，我们毕竟是旁观者，社会剧变后的现实如何，事实是不偏向任何人的，当地的老百姓最晓其中三昧。

匈牙利十年来，根据他们自己的估计，大约70%居民的生活水平下降了，约20%的居民持平，不足10%的居民上升，其中有少数大幅上升，成为所谓的新贵族。1989年后的十年间匈牙利国民经济经历了大幅下降和起伏不定的恢复性上升的曲折反复，1997年国民生产总值大约为1989年的90%，而1998年国民平均实际工资相当于1989年的80%。当然，这些还只是纸面上的数字，实际的情况要复杂得多，社会剧变使匈牙利从经济结构到人民生活的样态都发生了深刻变化。

在匈牙利我所直接接触的多是知识分子，即大学教授一类，他们无论是经济收入还是社会地位尚属社会中上层，他们的生活同样是今非昔比了。过去匈牙利知识分子收入颇丰，有房有车，周末、节假日驾车带上一家人到旅游风景区的别墅度假，还时常出国旅游。现在虽然车、房还在，但汽油每升价格涨到了人民币7元以上，车简直没法开了。匈牙利的多数居民住房是私有的，多年来水、电、气等的价格持续上涨，现在水的价格是10年前的100倍，天然气价格是当年的80倍，而平均名义工资只是当年的6.5倍。老百姓叫苦不迭。相比之下，我感觉布达佩斯人的日常生活（主要指日常生活中收入与开支），相当于北京人的中下水平，如果仅从收入和支出的水平看，他们的生活是相当拮据的。接待我的一位系主任，年龄与我相仿，一个月实际收入合人民币仅1600多元，可他要养三个上学的孩子，生活的担子很不轻松。

当然，教授们的生活还算不上真正艰难，真正窘迫度日的是那些普通劳动者，特别是退休的老年人。这些年来人民生活水平下降最突出地表现于社会福利与社会保障体系的全面崩溃。匈牙利人原来享有的社会福利是举世闻名的。剧变前的1988年匈牙利的社会保障收入在GDP中的比例高达36.9%，居世界第一。匈牙利原来全民享有全额医疗保障，如果生病住院不仅全部医疗费用由国家提供，连住院期间的伙食也是免费的。现在那样的日子一去不复返了。社会福利削减的最大的受害者是低收入阶层。匈牙利那样的所谓"转型社会"有一个十分有趣的现象，许多人，特别是中老年人，住的房子挺好，穿的也颇为讲究，这些都是过去岁月的遗产，可就是囊中羞涩，缺现钱。在街头和旅游景点，我几次遇到穿着相当体面的老先生突然与我搭话："先生，能给我一个美元吗？"有一次我身边没带美元，只好说："对不起，我没有美元。"老先生继续恳切地说道："给我一些福林也行！"一想起这件事，我眼前就浮现出那位老先生苍老的面容和他那恳切而窘迫的表情。我当时心里猜想这位老者几年前说不定是位受人尊重的教授或是位什么有头有脸的人物。如此体面颇有气质的老人竟然沦落到伸手乞讨的地步。让人痛心莫名。

人们常说像美国那样的资本主义社会是青年人的乐园，中年人的战场，老年人的坟场。在社会全面转向资本主义后的匈牙利却没有变成青年人的乐园，可以说：十年的社会剧变使普通人民中的老、中、青三代人都付出了巨大的代价。现在匈牙利年轻人从某种程度上承受的压力不比老年人小。老年人一般都有房子，衣服也不错，只要身体还好，退休金够吃饭的，生活马马虎虎还能过得去。而青年人则不同了，匈牙利年轻一代面临的最大威胁是就业问题。十年的经济、社会衰退与停滞，使百业萧条，不景气、陈旧与破败明明白白地写在城市的脸上，人们的脸上也失去了笑容。面对一片萧条，许多青年人毕业即失业。目前，匈牙利20—24岁的青年人中失业一年以上的占40.6%；25—29岁的青年人失业一年以上的更高达46.5%。失业青年人的境遇很糟，甚至不如退休老人。老一代人好歹都有栖身之地，而青年人失业就可能一无所有，有流落街头之虞。据我观察，在布达佩斯的地铁、街头巷尾并不少见的无家可归的流浪者中，中、青年人居多。

十年来，布达佩斯除了法国、加拿大等国投资建造的几座漂亮豪华的大型购物中心以外，城市建设完全处于停顿状态。一切都在变旧、褪色、老化。美丽的布达佩斯正在失去往日的光彩。然而，无处不在的涂鸦，却成为使每个初到布达佩斯的人惊诧不已的一道新的风景线。涂鸦原产自西方国家，是西方城市文化的一道特产，它表达着社会底层青年的无聊、无奈与愤怒的边缘化情绪。因此，在西方国家，涂鸦也自然成为社会分层的一个非常直观的标志，它是不良社区最明显的符号。在美国洛杉矶的贝佛利山，纽约的百老汇，日本东京银座，是不会见到涂鸦的。但在布达佩斯，涂鸦可决不分场合，大街小巷直至地铁，公交车辆的内外，五颜六色，比比皆是。如此涂鸦透露出的文化信息是奇特的，它是追求时髦的新奇感与发泄不满的抗议性的混合物。涂鸦，也许是最能表现转轨时代的匈牙利社会心态的那一种尴尬——

时髦，因为它来自西方，所以可以不分场合，视为艺术；抗议，当然是不满于现存的新秩序，但这恰恰是来自西方的呀？！但不管矛盾与否，匈牙利的青年人们还是用这种日益全球化的方式表达着对将他们边缘化的全球化进程的期盼与失望。

用涂鸦表示不满总算是文化方式，是相当温和的。但十年的衰退消磨着匈牙利人的温和与忍耐。我在匈牙利时正赶上了三个月内发生的第二次全国铁路工人大罢工，使城市间铁路客货运陷入瘫痪。对国计民生打击不小。由于信号工人的参与，罢工还影响了欧洲的过境铁路运输。据电视里讲，这是自奥匈帝国以来匈牙利规模最大的罢工。

啼笑因缘为哪般

十年前政治剧变发生时，人们的情绪与今天全然不同。据一些匈牙利朋友讲，当年人们成群结队，兴高采烈地去投票站行使自己的民主权利。应当说，当年的社会变革得到了多数人的欢迎与支持。没有多少人留恋，没有多少人抗争，人们对告别过去报以欢呼，对未来充满希望。西方舆论中，将匈牙利以及东欧其他国家政治剧变称为"天鹅绒革命"。十年弹指一挥间，社会气氛大相径庭。沮丧驱散了笑意，悲观取代了乐观。无论是十年前的剧变还是十年来的演变，匈牙利以及东欧国家的历史都极具戏剧性。一个社会如此之大转折，一代人如此之大起大落，这由喜转悲的原因究竟何在？这是我们真正关心并为此争论不休的问题。

历史像把折扇，随着时间推移渐渐展开。今天对那场历史变故看得也许比当年更清楚。记得当年不少人一口咬定匈牙利等东欧国家是因为经济没搞好，比不过西方，所以人民倒戈。想当然，是人们常犯的毛病。轻信想当然的东西，就会谬论流传。"经济失败说"完全是个想当然。这种说法根本不顾事实，谁要是相信这种说法，不是不了解情况就是头脑简单。

别的东欧国家不说，至少匈牙利当年人民生活普遍达到，并在某些方面超过了许多西方发达国家的中等生活水准。匈牙利人当年曾经达到的生活水平，即使是经过了十年的经济衰退后仍依稀可辨。十年来匈牙利人民生活水平的下降主要表现在"软件"的下降，即日常收支方面捉襟见肘。若从"硬件"方面看，匈牙利在很大程度上仍可称得上发达国家水平。我所说的"硬件"主要是指住房与交通。据我观察，匈牙利的住房是美国加利福尼亚州的水平，而城市交通称得上日本东京的水平。当然，这些都是属于卡达尔时代的遗产了。

匈牙利人的住房给人以深刻印象。如果你在匈牙利旅行，无论是城镇还是乡村，到处可见风格各异、美观漂亮的别墅式住宅，即我们中国人所说的花园洋房或者美国人说的"House"。匈牙利别墅式住宅的院子，即美国人说的"Backyard"，比起美国的中产阶级的 Backyard 一般还要大一些，也很漂亮。我到闻名于欧洲的匈牙利度假胜地巴拉顿湖游览，湖周围有绵延数十公里的别墅群，完全可与美国佛罗里达沿海岸线的别墅群媲美。大部分匈牙利家庭拥有别墅式的住宅，只是在大城市居民区才可以看到我国城市常见的公寓楼。匈牙利大城市的公寓楼与我国相仿，一般每户也是两室一厅或三室一厅，面积一般不大，但内部装修水平还不错。住在公寓楼里的人有的在乡间有别墅，公寓楼里还有一些房子是20世纪70年代城市大发展时农民买来用以出租的。20世纪80年代匈牙利统计全国居民人均住房的使用面积为30平方米。现在大多数匈牙利人仍然住在过去宽敞明亮的房子里，但房屋的维修费用已变得非常昂贵了。许多人都有住得上、修不起的感觉。

匈牙利的城市交通十分发达。首都布达佩斯公共交通网由地铁、有轨电车、公共汽车和轻轨火车四个系统组成，相互衔接，四通八达。公交系统效率很高，不仅便捷迅速而且非常准时。有轨电车和公共汽车站上均有时刻表，显示全天每班车时间，有轨电车的正点率接近百分之百，公共汽车也是八九不离十。因此，市民在市内活动一般都选用公共交通。逢举行重大活动时，可看到一些佩带勋章的将军也乘地铁或有轨电车前往参加。遗憾的是，现在公共交通价格较高，比起当年公交价格上涨了10—20倍，现在一张布达佩斯通用月票要花费该市居民月平均收入的近1/10。

如果把生活水平分解为衣、食、住、行等几个方面的话，当年匈牙利人高水平生活的最突出体现，莫过于"食"的方面。匈牙利当年的农业和食品消费令世人艳羡。匈牙利地势平阔，疏林细草，一派田园风光。地处喀尔巴阡盆地的匈牙利是世界上农业条件最好的地区之一，终年气候温暖湿润，受地中海和欧洲内陆两个天气系统的共同影响，常常一日两个天气过程，特别是在夏季常常是一夜小雨，晨风吹过便晴空万里，加之地势极其平坦，全国最高峰海拔不过1000米，地图上300米以上的山峰通通标出，所以全国基本上无须水利灌溉，播种之后，尽等丰收。

如此富饶的土地酝酿出美酒佳肴。匈牙利的托卡依白葡萄酒可谓人间佳酿，而匈牙利名菜——古亚什（土豆牛肉汤）更是举世闻名。当年性情开朗的苏联领导人赫鲁晓夫访匈吃了流香四溢的古亚什后赞不绝口，说什么时候苏联人都能吃上古亚什那就到了共产主义了！由此"土豆烧牛肉的共产主义"便流传于世。

20世纪80年代匈牙利人的人均农业产值仅次于丹麦之后居世界第二位，肉、蛋、禽、奶等10种主要副食品的人均消费量均列世界前十位之内，其中几项居前一、二位，饮食的综合水平是世界上最好的。今天匈牙利普通人的生活水平已大不如前，但饮食方面还依然是不错的，现在一袋1公斤的面粉只需30多个福林，而在街上去一次收费公共厕所却要40—60福林。

既然当年的经济发展程度和人民生活水平都已不错，而不是由于遇到了什么经济困难，那么为什么会发生社会剧变呢？也许我们习惯了那种简单的经济决定论的思维逻辑，从匈牙利及东欧的社会变革中，可以使我们了解历史发展演变的复杂性。从这个意义上，所谓"天鹅绒革命"是非常具有观察和认识价值的一次社会变革。

1989年东欧的剧变是一种比较典型的"现代性"的"社

会变革"。它不同于以往那种人们比较熟悉的传统意义上的社会变革。关于传统意义上的社会变革,毛泽东曾有过经典的论述,他说:革命不是请客吃饭,不是做文章,不是绘画绣花,不能那样温良恭俭让[1]。革命是暴动,是一个阶级推翻一个阶级的暴烈的行动。而匈牙利共产党政权被颠覆的形式却不同以往。1989年,匈牙利共产党在很大程度上是被当年的社会舆论给推翻的——当年的社会思想发生了广泛而深刻的转化,形成了强大的颠覆性的社会语境。在"众口一词"之下,共产党政权除了下台以外似乎也没有什么可做的了。回头看,当时并没有什么经济困难,政治反对派的势力也并不强大。如果那样的经济困难即可使制度瓦解,政权垮台,今天这个世界上社会动乱与政权更迭恐怕会让人目不暇接了。匈牙利的巨变是以社会思想转变为动因,以颠覆性话语为手段的"思想—话语"型的社会变革。可以说那是一次"话语的革命",而当时颠覆性的话语又是以一部分主流知识分子主导,所以也可以说是一次秀才造反。以往"秀才造反,十年不成",而这次秀才造反一蹴而就。

1989年政治剧变发生时匈牙利共产党内的重要人物波日高伊,当年就曾说过:"这次制度变革中有三种主要的政治力量:一是主张改革的共产党人,二是自由派知识分子,三是参加1956年事件的流亡国外的人。""流亡国外的人"是个"外因",而所谓的"主张改革的共产党人"也是臣服于自由

---

[1] 《毛泽东选集》第一卷,人民出版社1991年版,第17页。

派知识分子话语霸权的人，或者说是党内的自由派知识分子。

"天鹅绒革命"的背后

这种话语革命的成功并非偶然，它有着深厚的社会形态发展演变方面的背景，也可以说是所谓现代性方面的原因。

匈牙利在第二次世界大战结束以后逐步建立了苏联式的社会主义制度，经济、社会、文化等方面出现了巨大的社会进步。其表现是经济发展，人民富裕，文教发达。特别是在经济发展的基础上人民教育的普及和文化事业的发达，使匈牙利的知识分子在社会成员中的比例很高。20世纪80年代的一些统计表明：匈牙利青年人中受大学教育的比例是世界上最高的国家之一，大约排在前五位以内。又如，医生在人口中的比例匈牙利是世界上最高的。这种社会结构使匈牙利人的理性思维十分发达，社会舆论力量强大，没有舆论的赞同与支持，政府很难办成什么事。而作为传统意义上的社会的控制力量——"国家机器"，即强制性的政权机关，比如军队与警察等，对社会的影响则大大地降低了。这种现象不仅在东欧、苏联的社会剧变中可以看到，在20世纪末的一些社会变革，如印度尼西亚导致苏哈托政权倒台的革命中也有某种程度的体现。

匈牙利那一代共产党人，或者说卡达尔所遭遇的悲剧在于：当社会舆论的作用在上升的历史时期，他们却越来越失去了对社会舆论的主导权。当年匈牙利的"党和政府"或者说经历过1956年事件的卡达尔的执政逻辑是非常简单的：努力发展经济，改善人民生活，赶超西方，体现社会主义的优越性。他们认为，只要这样就可以保持社会稳定和发展。然而历史却比他们的逻辑复杂得多。

要说"天鹅绒革命"一点儿都没有经济原因也不是。确切地说：1989年的事既怪经济，又不能都怪经济。关键还是执政党的逻辑出了问题。战后西方发达国家借"全球化"之利，从全世界集中资源，转移利润，使经济持续发展，建成了所谓的"富裕社会"。而苏联、东欧集团主要还是凭借自己的资源与自我的积累进行发展。所以尽管取得了很大的成绩，但与西方进行经济竞赛却还是勉为其难。其实，现在看便很清楚：这并不是一个简单而纯粹的"制度竞赛"的问题。历史总是具体的，制度并不是促进经济发展的唯一的原因。硬要与西方比"富"，其实也没有什么好办法——一方面只好拼积累、拼消耗；另一方面则是寅吃卯粮，借钱发展。我认为：当年东欧政权瓦解的原因，与其说是因为经济没有搞上去，还不如说是盲目发展经济、盲目地提出不切实际的发展目标造成的。真可谓"而今乐事他年泪"。

按照匈牙利共产党的执政逻辑，实际上是把政权与制度的合理性建筑在了对经济持续发展、人民生活不断改善的承诺上。但经济发展不会总是一帆风顺，人民生活水平提高也不是永无止境的。20世纪80年代，国内经济与世界经济的一系列变化使得东欧诸国经济遇到了困难，于是似乎一切合理性都消失了。从20世纪80年代中期开始，匈牙利经济发展速度减慢，遇到了困难，匈牙利共产党人首先对自己就产生怀疑，当然他们也受到了戈尔巴乔夫的影响。而人民在党的教育下，也习惯地认为社会主义就是过好日子，而且是比西方还好的日子。匈牙利老百姓当年有个误区，其实他们普遍达到的生活水平已经不错了，但他们却觉得比起西方来穷酸得很，很自卑。我爱人当年在匈牙利时的房东——一位退休的小学教师，当年她的生活很不错，郊区有别墅，城里有出租的公寓。她本人曾到过欧、亚、美20多个国家旅游。她到西方国家旅行时总觉得自惭形秽，看着巴黎、纽约、华盛顿的高级商厦中琳琅满目的消费品，总觉得自己口袋里钱少，心理很不平衡，颇多抱怨。

现在，匈牙利人也许清醒多了。8年后，我爱人再见到当年的房东，她终于知道什么是穷困，什么是资本主义了。老太太咬牙切齿地说："私有化把大家都抢了"。可当年大家并不这样想，当年匈牙利人民在社会心理上陷入了相当荒谬的逻辑矛盾，那是一个金字塔的底座与塔尖的奇怪比较——一个宣布并在事实上确实比较均等的社会中的普通百姓，却要与在全球分化中产生的西方国家中再经社会分化产生的富有阶级比富。比不过，那就证明了"社会主义"不如"资本主义"。卡达尔在1989年政局不稳时病重，面对来势汹汹的社会抗议浪潮百思不解，他一生清廉、兢兢业业、勤奋工作，1956年他上台收拾乱局，团结人民，把国家建设得一天比一天好。结果到头来居然大家要和过去告别，使他痛不欲生。

人们一般认为，1989年的东欧变局中，罗马尼亚属于另一种类型。罗马尼亚是与匈牙利有区别，但又相类似。总的历史与社会背景是差不多的。罗马尼亚在 20 世纪 70 年代的路数与劲头和匈牙利、波兰等国差不多。只是 20 世纪 80 年代初发生问题时，齐奥塞斯库察觉到路线有问题，行不通。齐奥塞斯库与波兰、匈牙利领导人不一样，他带领罗马尼亚与苏联闹了一些独立性，个人威望高。他相信自己有本钱可以转变路线，结果来了个急刹车、急转弯。20 世纪 70 年代，罗马尼亚头脑发热提出过要把自己建成东欧的"日本"一类计划，借了许多外债，大力发展外向型经济。这时齐奥塞斯库狠还外债，提出 1989 年 10 月 1 日以前还完最后一美元。结果罗马尼亚搞起了"两个凡是"——凡是外国人吃的，罗马尼亚人就不吃；凡是外国人要的，罗马尼亚人就不用。全民疯狂还债，简直是可歌可泣。一番硬干之下，罗马尼亚居然提前一个月还完了西方人的债。齐奥塞斯库高高兴兴地去找第三世界的朋友——伊朗，为未来的新发展寻求能源支持。而罗马尼亚老百姓则再也忍耐不下去，国防军造起反来，齐奥塞斯库夫妇在关键的时候竟然冒失地离开了忠于他们的特务部队的保护，想跑到当年搞过地下工作的工厂里隐蔽起来，然而"星星已不是那个星星，月亮也不是那个月亮"了，他们一到那儿，工人就打电话，把他们举报了。据说，在逃往工厂的路上，看着沿途的城市建筑，齐奥塞斯库反复念叨：过去这儿什么都没有，是我们带来了这一切。穷途末路，英雄气短。齐奥塞斯库与卡达尔一样，最后也无法理解这究竟是为什么。

如果说当年东欧的共产党"一手硬，一手软"，可一点儿也不冤枉他们。东欧国家在发展经济方面应当说是尽其可能了，在改善人民生活上面"卡达尔们"相当努力了。但在意识形态与政治方面他们是失败者。意识形态本是共产党的"强项"，但普遍信奉的经济决定论的意识形态，把东欧共产党人搞傻了，搞僵了。只知其一、不知其二，少了辩证法，添了形而上学。

在政治方面，东欧共产党掌权几十年始终没有学会如何在民主条件下执政，始终没有找到通过真正意义的选举获得政治合法性的方法。在原苏联体制下，"民主"与"专政"始终是对立的。许多问题、矛盾本来是因为不民主或民主不够，但却要靠加强"专政"的方式来解决。结果越强化控制，民主就越少；民主越少，政权基础就越小，问题就越积越多。在和平时期没有民主政治环境的锤炼，东欧共产党人变得色厉内荏、外强中干。专政搞到了头，问题还是没解决，于是又需要放松，结果问题、矛盾又一起跑出来，掉进了"一管就死，一放就乱"的怪圈。

人不是吃饱了就没事儿了的动物。有人说："老百姓只要过好日子，至于什么'主义'无所谓"，可事实并非如此。况且，什么叫好日子？如何保障经济长期、稳定、均衡地发展，保障分配的大致合理、公平，这些问题当年基本不在执政党的视野之内，他们就知道用更多的东西把大家的嘴堵上——老百姓只管吃、穿，过好日子就是了，其他一律免开尊口。结果大家还是不买账，最后在内外压力下不得不搞民主，容许大家说话，容许政治参与。可到这时候一切就都被动了，末日即将来临。当年波兰迫不得已搞民主——进行参议院选举，参议院议席居然也要模仿美国的 100 席，想象力贫乏到如此地步！更可悲的是，波兰统一工人党事先竟然认为自己至少可以获得 50 左右的席位，再加上追随它的几个小党，可获 70 多席，在参议院中占绝对多数。选举结果是反对派团结工会得了 99 席，还有一席为一个无党派人士所得。1989 年东欧政治开放后，举行的第一次竞选性的选举而非以往那种仅仅是投票的选举，在很大程度上变成了人民对以往社会不民主的一次抗议。当年许多人去投票站，并不是要去选上谁，而就是要把共产党拉下马。

历史常常嘲弄人。当年共产党人的惆怅与失落，已经轮回到了今朝风流——西化派知识分子的头上。从我接触到的匈牙利知识分子身上都能强烈地感受到他们今天的困惑与彷徨。他们在政治上早已没了当年的热情。与他们交谈，每每可以感觉到其谈吐中观点上的矛盾和混乱。我认识的一位有名望的资深教授，1989 年时我就与他有过接触，当时他的热情很高、倾向也很鲜明。而十年后他却对我说：这些年来一直在后悔。投票也总是投错，有时选票一投下去就开始后悔了。

在匈牙利，只要谈起时事，几乎无人不发牢骚，但你却搞不清他们到底是在埋怨谁。匈牙利知识分子如今何其迷茫，当年何其清楚。当年知识分子的逻辑也是简单而又明确——社会主义有问题，诸如：没效率，不民主，总之是妨碍了大家。而社会主义的全部问题恰恰又是西方资本主义解决了的。

于是结论自然就很清楚了：走西方人的路，师法西方，重构乾坤。

过去的社会主义实践确实有许多问题，而且其中有不少是大问题。正是这些问题，为当年广泛的否定社会主义的社会思潮提供了道义理由与合理性。但对过去的否定却不能解决今天的重构中的问题。从观念上、法律制度上，否定社会主义容易，但要解决社会主义所没有解决的问题却没那么容易了，甚至南辕北辙。这十年来的资本主义实践制造的问题比过去社会主义时期的问题多得多也大得多。匈牙利人是个很认真、很真诚的民族，对于今天这样的事实与结果，多数知识分子并不想否认。

现在许多匈牙利人讲，过去说我们只是名义上的社会主人，现在的变化就是连这个名义也没有了。过去匈牙利人不满于苏联的大国沙文主义，现在却被置于北约的控制之下。只要天气晴朗，北约的战斗飞机进行飞行训练，在布达佩斯的上空战机拉出道道白烟，似乎时时在提醒人们北约的存在。提到此事，一位老教授激愤地说："我们还在多大程度上拥有主权？我们已经没有领空了！"我真为裴多菲的后代，历来视自由为生命的匈牙利人民悲哀。

当年大家把匈牙利、把世界看得太简单了，今天的窘况与此有很大关系。从匈牙利知识分子的窘迫，联想到国内一些被称为或自诩为"自由派"的朋友。坦率地说，我觉得我似乎从今天匈牙利一些朋友的身上看到了他们的明天。我并不怀疑其中一些人的真诚，但我想说：看到问题是一回事，而正确地解释问题产生的原因和解决问题就是另外一回事了。对社会主义的弊端义正辞严地批评，也许有利于塑造自己的道德形象，但那真的就等同于对历史负责、对国家与人民负责吗？看看匈牙利，我觉得今天我们中国人更需要的是对历史和未来的深思熟虑。

前方的路太凄迷

从匈牙利归来，与朋友们谈起见闻，不免有人问：搞成如此模样，老百姓反应如何？以前也有人说过，东欧的新政权搞不好群众照样会推翻他们。我想，这样的问题在当今的匈牙利是提不出来的。

东欧、苏联剧变后，匈牙利虽未像苏联等国那样按美国那位萨克斯教授的药方搞什么"休克疗法"，但十年的大折腾，他们的思想、精神早已被搞休克了、麻木了。社会彻底转向，没有亲身经历过的人很难想象身历其境的人们所受到的挫折与震撼。在十年前从一种幻想出发的人们时至今日对什么都不再抱有幻想了。俗话说得好：什么药都有卖的，就是没有卖后悔药的。历史是条单行道，一旦选择，回头路是没有了！

今天在匈牙利，大家都明白，没有什么人能告诉他们未来在哪里，路在何方。除非想挨骂，现在已经没有人像十年前那样喜欢扮演"先知"了。

从经济上看，匈牙利经历了十年的私有化。私有化完成之时，原来的国民经济体系面目全非，民族经济七零八落。

匈牙利在采取较为规范的市场经济的方式对原有的以公有制为主体的国民经济体系进行改造。当然，在私有化过程中，也有不少腐败，也有不少"空手道"，但比起俄罗斯等国就好多了。当初，采用拍卖等方式处理国有财产被认为最符合市场经济原则，最少腐败。今天终于水落石出。匈牙利目前第二、第三产业中的优质资产大多成了西方大资本集团的囊中之物。这十年的私有化过程中，占有绝对优势的外国资本在匈牙利可谓"收拾金瓯一片，分田分地真忙"。匈牙利工业部门中最重要的是采矿业和加工业，匈牙利以盛产铝矾土著称，现在在这两个生产部门中外国资本均已占据了主导地位。对于一些小的生产行业，外国同业资本甚至采取整体购买然后破产、迫使匈牙利全面进口的办法，全面占领该行业市场。

外国资本控制匈牙利经济最成功的莫过于对现代经济的枢纽——金融业的全面收购。目前，外国资本，包括西方国家的银行和投资基金，已经拥有匈牙利 60.4% 的银行资产，其中大部分是匈牙利最优质的金融资产。西方国家的投资基金组合也主导着布达佩斯证券交易所的大盘走向。

西方资本并不满足于对市场的占领，还向匈牙利经济更深入的领域渗透，这其中也包括对匈牙利高等学校的教学与科研领域施加影响。据我所知，匈牙利最著名的大学之一，经济类高校的翘楚——布达佩斯经济大学（原卡尔·马克思经济大学）的市场营销专业正在研究一个课题——如何使习惯于天然果汁的匈牙利人转而爱喝美国的可口可乐。

在政治上，匈牙利最主要的三大政党十年来已经轮流上台，全部表演过一番了。结果如何？匈牙利一份有影响的大报的一项调查说：人民对现制度的评价一年不如一年，对未来的看法也是一年不如一年。

十年前共产党下台后，第一个执政党是民主论坛，是个相当松散的政党，主要由一批有名望的、持不同政见的知识分子组成。上台后很快就搞得一塌糊涂，稀里糊涂地又下了台。

第二个是由原来共产党中一部分官员组成的社会党，他们并不想，也没有能力阻止私有化浪潮，只是想做一些调整。他们上台后私有化带来的，诸如，政府财政税收大幅度减少等问题已经开始显现。为了解决入不敷出的财政危机，社会党政府只好打社会福利的主意。可笑的是，社会党居然认为自己与人民群众有着"血缘"上的联系，人民会忍受他们改革措施的"阵痛"，于是大杀大砍社会福利，这些"左派"干了许多右派都不敢干的缺德事儿。结果社会大哗，这个党挨骂最多，灰溜溜下台了事。

第三个党更有意思了。这个党原叫"青年民主联盟"，骨干是1989年剧变时一伙受老的、持不同政见人士影响的大学生、研究生。这些年他们当中的一些人去美国等西方国家读了个博士之类，回来后赶上社会党名誉扫地，便乘机上了台。虽然当政了，但总有"嘴上没毛，办事不牢"的感觉，于是自己把"青年"去掉，号称是代表匈牙利所有"公民"的党。但并不是由"青年"改叫"公民"，就能一下子成熟起来。与对社会党不同，大家对这个党本来也没抱什么希望，所以没有失望的问题。骂这个党的不多，主要是笑话它。一般人认为它只会说，不会做。

骂也好，笑也罢，其实对匈牙利老百姓来说，谁在台上都无所谓；反过来说，谁在台上也都好办，反正谁也没有好办法。现在老百姓算是彻底"踏实"了，大家都没辙了，也就没人闹腾了。

也许我把匈牙利说得太悲观了。当然，匈牙利并不是一无是处。我也一直在想——是什么维系着大转轨时代一个社会的基本稳定；是什么维系着政治急剧变动中的国家的统一；是什么支撑着面对空前的经济衰退的匈牙利人民，使其保持镇定、矜持和尊严。

民族和解，第一次听到这个词是20世纪80年代初波兰闹"团结工会"的时候。说实在的，我一直不太理解，也不大接受这个词。这次去匈牙利，我在一定程度上理解甚至接受了这个概念。所谓的"民族和解"是国内对立的阶级与政治力量，基于民族认同，顾全民族利益的大局，而形成的政治妥协。在匈牙利社会剧变后，刚刚卸任的前总统根茨先生以及他的政治理念对实现匈牙利的民族和解起了关键性的作用。当年曾经在共产党执政时期持不同政见并坐过牢的根茨，在上台后坚决顶住了极右翼势力进行社会清算的要求，从而避免了更大的社会动乱发生和可能出现的新的一轮大规模的阶级斗争。在匈牙利可以感受到人民对根茨先生的广泛的尊重。根茨不愧为一个表里如一的理想主义者，一个真诚的民主主义者。当然，我应当称他是资产阶级的民主主义者。在匈牙利，我也时常感到一种困惑。按照我惯有的理论逻辑推演，看到匈牙利十年的私有化实践带来的社会恶果，我似乎应当幸灾乐祸，但我却没有这样的感觉。看到日益严重的社会分化，我似乎应当期盼着风起云涌的阶级斗争，但我竟没有这种期盼！有时我责问自己：这是为什么？虽然不能完全说服自己，但也勉强算个回答——在这样的时代，在欧洲那样的环境下，如果无产阶级坚决斗争，发生全面的社会对抗，引起大规模的社会动荡，也许西方列强的北约就会接管了匈牙利。如果那样的话，匈牙利连现在这样的统一与主权都保不住。

民主认同。经过了十年的社会转轨，十年的经济衰退，十年的社会分化，今天的匈牙利人共同的社会信仰、共同的政治理念恐怕所剩无几了。而对于民主，对十年来普选制、议会制、多党制的政治实践与在其中逐步形成的政治游戏规则，却没有多少异议。当然，今天的匈牙利人，特别是知识分子对民主的认识肯定不像十年前那样浪漫、简单了。民主不是可以医治一切的灵丹妙药，但除了民主还有什么更好的办法呢？民主也常常制造麻烦和问题，但民主造成的问题似乎也只有用民主的方法来加以解决。对民主的认同是维系匈牙利社会政治稳定的重要因素。

文化积淀。20 世纪 80 年代以来，国内文化热几起几落，我一直觉得文化问题虚得很，关注不多，自然也不懂。但在匈牙利似乎感受到了文化的力量。匈牙利地处欧洲腹地，地杰人灵。匈牙利的田园牧歌孕育了许许多多优美传世的诗歌、音乐，欧洲古典主义音乐的三位大师中的两位——海顿和贝多芬都从如诗如画的匈牙利获取了大量的艺术灵感。勃拉姆斯的21首匈牙利舞曲更是脍炙人口。自奥匈帝国以来，虽然中间经历了许多战争、动荡和革命，但文明的传统基本没有中断。我曾经跟朋友半开玩笑地说：现在匈牙利人的精神支柱不是马克思，更不是什么自由主义，而是李斯特、贝多芬、勃拉姆斯。200多万人口的布达佩斯现有19家音乐厅，26个专业交响乐团。虽然经济持续萧条，但每天晚上布达佩斯各家音乐厅门庭若市，人们率妻携子、呼朋唤友，盛装出席音乐会。在音乐厅里，在朋友们举办的Party上，我深深感受到了匈牙利人对艺术的热爱，对美的追求。人们陶醉于音乐之中，忘情地旋转于波尔卡的旋律之中，忘却了现实生活中的烦忧。黯淡的岁月里，李斯特、贝多芬、勃拉姆斯支撑着匈牙利人的精神世界，维护着他们内心的平静、矜持与尊严。

我看到了美丽的匈牙利，维谢格拉德群峰之间多瑙河缓缓流过，黛色的山峰映照河水一片深蓝。辽远、恬静的蒂萨河平原，到处一派迷人的田园风光。我遇到了热情真诚的匈牙利朋友，也许是匈牙利的民族性格过于真挚了吧，她走过的道路竟是那么曲折，命运多舛。

我爱匈牙利，爱那山，那水，爱甘醇的托卡依，爱飘忽翩然的波尔卡。只可惜我去匈牙利恰逢初春时节，风雨凄迷，乍暖还寒。

三次"文化震撼"

初到异国他乡常会遇上美国人说的"文化震撼"（Culture Shock）。不同文化间的碰撞，常会让人感受、领悟到一些什么。1999年夏天，第一次踏上东邻日本的土地，就时常感受到这种所谓的"文化震撼"。其中，有三次给我印象尤深。

早就听说日本东京的夜景十分美丽壮观，属世界著名夜景之一。到日本后不久的一天晚上，我请在日本工作的弟弟陪我上了住友三角街的顶层，这里是东京观赏夜景最佳地点。与纽约、洛杉矶、新加坡等地金光闪亮耀眼的夜晚不同，东京的夜景宛如天上的星河泻地，银灿灿的一望无际。看着无数灯光通明的办公大楼，我问我弟弟，为什么这么晚了办公楼还都亮着灯，弟弟答道，一般公司职员都工作到很晚。在日访问期间，白天我有自己的活动安排，傍晚下班时分我总在弟弟工作的公司附近与他会合，请他陪我逛逛。一天我们走岔了，等了很久不见他的踪影，我就上公司找他。我本以为没什么人了，推开一间办公室的门却吓了我一跳,那间很大的办公室里人声熙攘,热气腾腾,大半屋子的人还在忙碌着。这时已经距下班时间近一个小时了。出门遇上了找我来的弟弟,我马上问他,下班这么久了你的同事们还不走,还在干什么?弟弟答日本人就这样,其实他们也没干什么,只是干活儿干得意犹未尽,还想再找点什么事干干。这使我想起我母亲曾对我说起过,20世纪50年代刚解放时大家下了班都舍不得走,总想再干点什么,晚上办公楼的灯总亮到很晚。那天乘轻轨火车(日本人称之为电车)返回东京远郊的住所时已是深夜了,而车厢里竟挤得满满的。望着这群辛苦了一天满脸倦意、默然站立的日本"上班族",我突然感到了震动——我的天呀!我们的近邻竟然是在这样地工作着!

日本是个富裕的国家,这是尽人皆知的。去日本之前却听人说日本人生活还是比较朴素的,甚至形容日本人"吃得少、干得多"。到日本访学时就留意观察,看看日本人是否真的如此。日本人在馆店里吃饭一般多采取"定食"的方式,与我们的"份饭"在形式上类似。即使是高档餐厅的日餐一般也是这种形式。一份"定食"种类并不少,高档的"定食"往往有十几种菜,但每种数量却少得可怜,有的菜竟是一颗青梅或一块鸡蛋大小的没油没盐的生豆腐。为了搞清日本人的食量,我专门选择了在中国开设连锁店的日本便餐店"吉野家"进行观察和比较。一连几天中午我都在市区的同一个"吉野家"吃中饭,店里没有桌子,只有"吧台"式的台子,一到中午,清净的店堂里顿时人满为患,长条的台子边坐得满满的。现在的日本中青年人的身材已不是当年"小日本"的那个概念，他们进门后头也不抬，嘴里咕噜一声，伙计听见后一会儿就把一份"定食"端了上来。东京的"吉野家"比北京"吉野家"一份"定食"的数量要少得多——比茶杯大一点的一小碗米饭，刚刚铺满盘底的一小碟涮牛肉片，一小碗酱汤，外加一小撮咸菜，这就是日本一个中年男子的一顿午餐，真有些不可思议。问起一些在日多年的中国留学生，他们回答：这用咱们中国话说叫"常带三分饥与寒"，是日本文化的一种特色。从日本回来后，眼前常常浮现出细细地吃完一小份饭后默默离去的日本人的身影。一个富裕起来的民族，竟然还能保持如此的朴素。这种朴素难道不比日本经济的富裕和强大更有力量吗？！

　　盂兰盆节假期的最后一天，我与弟弟驾车去日本著名的旅游胜地伊豆半岛游览。由于是长假的最后一天，返城的车流形成了空前的高潮，从伊豆半岛西部通往东京方向100多公里长的公路上几乎全线塞车。日本的道路十分狭窄，我们走的"国道"也居然只有上下两条车道，几乎所有的车都是回东京的，对面的来车很少。这样的塞车是我从来没有见过的，简直可以说是蔚为壮观，顺路望去看不到头的车流在一步一挪地缓慢行驶。100多公里的路，我们从下午四五点钟一直走到深夜12点左右。然而就在这全线堵车的100多公里的路上，居然没有出现一个维持秩序的交通警察，也没有看到一辆车从空荡荡的下行车道向前超行，甚至没有人鸣笛催促前面的车辆。我看到日本人就那样耐心地坐在车里，一步一停地向前挪动、挪动。100多公里长的公路大塞车，日本人竟然秩序不乱；七八个小时的等待，日本人竟然不急，靠着耐心他们自己竟把这绵延100多公里堵塞的车龙给化解了！如此坚忍、守秩序、万众一心的民族，真是可敬又可怕。

百闻一见话朝鲜

出国，谁都愿意。去哪儿最好呢？美国、日本，欧洲、澳洲，最不济也得上趟"新、马、泰"。可要问我最想去哪里，说实话我特别想去朝鲜。怎么回事？这话还要从几年前我的一次延边之行说起。

夙　愿

三四年前，我随一个考察团去东北，途经吉林省的延吉市。同行的人多是第一次到此，感觉很新鲜。再加上导游——一位活泼漂亮的朝鲜族姑娘花子小姐，一路上和大家谈天说地，结果人人兴致勃勃，欢声笑语不绝。延边毗邻朝鲜，大家自然谈起朝鲜。花子是朝鲜族，大家就问她：朝鲜那边情况究竟如何？伶牙俐齿的花子毫无忌讳，讲起了她所知道的朝鲜，直讲得大家惊诧不已。我觉得她说的实在有些荒诞不经，就半开玩笑地插了一句：要真像你说的那样，我还真想去朝鲜瞧瞧。没想到成天乐呵呵的花子小姐开玩笑地故作正色道："那可不行！现在朝鲜饥荒闹到这个份上，这边瘦一点的人过去还没什么，像你这样白白胖胖的过去肯定回不来，会被那边的人吃掉的！"她的话音未落，满车人已笑作一团。玩笑归玩笑，从这时起我还真想去朝鲜看上一看。

1999年夏天，终于找到一个去朝鲜的机会，我兴奋不已，这下可以亲眼看看那边究竟怎样了。出发前夜，正好有个本家兄弟要移居加拿大，同辈的兄弟姐妹聚餐为他送行。席间，我说起第二天要出发去朝鲜，结果引起一阵嘻笑。大家说：别人都往欧美跑，你上那干吗？一位兄弟调侃道："大哥信仰社会主义，那平壤也算得上当今社会主义的'耶路撒冷'，该去，该去。"还是太太关心我，她说："去归去，但还是要做好准备，多带上些吃的、用的。"我却来了劲儿，嘴硬道："我去个把星期算什么！真吃不上饭，就算减肥旅行了！"又是一阵哄笑。

过鸭绿江

第二天，我便来到了与朝鲜一江之隔的丹东，这里是从陆路进入朝鲜的必经之地。当年志愿军就是从这里"雄赳赳、气昂昂，跨过鸭绿江"的。丹东是边地小城，不能与这些年发展起来的沿海和内地的大都会相比，最繁华的地段是一片面积不大的"开发区"，也就是沿鸭绿江建的一排二三层高的商用楼房，多为饭馆、旅店之类。

隔天清晨，我们一行人来到鸭绿江大桥边，准备搭乘火车过江，再换乘汽车去平壤。这天约有400人乘同列火车过江，一早都到桥边车站集合。临出发前有关部门的一位负责人向大家宣讲赴朝的注意事项。这样的场面和宣讲好多年没见过了，让人觉得既新鲜又熟悉。讲过一番注意事项后，这位负责同志特意嘱咐大家带一些食品和生活必需品，如手纸等，甚至还要带一些矿泉水。

这一下我可傻了眼，心中暗暗叫苦，这回可不能不信了。我居然懊悔起来，自己怎么就对别人的劝告不以为然呢？！最让我沮丧的是喝的水居然也要带，这可咋个带法呢？！踌躇之间，那位负责人用手一指，顺着看去我们才发现不远处一字排开了二三十个卖各种生活必需品的摊位。大家二话不说，一拥而上，搬回了成箱的矿泉水、方便面……我也不能再撑着了，紧急采购了吃的、用的，特意还买了一扎绑好的矿泉水。

采购完毕，收拾停当，我们终于登上了过江的火车。鸭绿江大桥经受过战火的洗礼，桥身的钢梁上有许多当年美军飞机扫射留下的大大小小的弹孔，仍依稀可辨。桥不长，两三分钟我们便来到与丹东隔江相对的朝鲜的新义州。

新义州：入朝第一瞥

新义州，第一次听到这个地名，是在小时候看过的一部描写抗美援朝战争的电影里。新义州火车站是一幢苏联式的高大宽敞的建筑，在宽阔的站前广场上见到了许多朝鲜人，我们用好奇的眼光打量着他们，朝鲜人衣着朴素，男人的衣服以蓝黑色为主，妇女多穿朝鲜式的白色长裙，他们似乎都是成群结队的，这边站一排、那边坐一片。这与我们国内的公共场合的景观有所不同，我们这边人们总是各自分散活动。在朝鲜那段日子里，这种"大队人马"现象我们曾多次见到。新义州是个小城，街道两边光秃秃的，屋舍简易。不知怎的，新义州给人的印象在旧时的黑白电影里似曾相识。

百里禾香到平壤

一出新义州景观全变。我们从新义州换乘汽车去平壤，朝鲜的路况和车况都不好，一路颠簸，车速走得挺慢。但大家很快就忘记了颠簸的烦恼，被一路上的景色深深地吸引住了。蜿蜒的公路在两山之间宽阔的河谷中穿行，举目四望，皆是平展展的稻田，一直铺到远处的山边。青山隐隐、绿色无边，禾香阵阵、扑面而来。云在天上走，人在画中游。我听到有人不觉低吟起来："一手青秧趁手青，白鹭飞来无处停。"不一会儿，还真的看见水田里不时飞来只只体态轻盈的白鹭，它们优雅地踱来踱去，不时拍打翅膀轻轻跃起，觅食、嬉闹。

再往前行，进入了丘陵地带。地势舒缓起伏，水田慢慢退去，道路两旁的山坡上广植玉米。此时天色渐晚，斜阳映出层层山峦，犹如碧海波涛。青山、绿野、白鹭、禾香，不觉之间，七八个小时过去了，我却丝毫没有倦意。晚霞里，远方浮出高楼广厦一片。平壤到了。

天堂之城

我们住进了平壤羊角岛宾馆,这是一间专门为外国人服务的宾馆,号称四星级水平。宾馆的设施一应俱全,与国内的水平差不多,饮食稍显简单,比较接近朝鲜民族的饮食习惯,在延吉时就感觉朝鲜族生活比较简朴,特别是在饮食方面,恰好我酷爱朝鲜泡菜,所以倒很适合我的口味。

平壤之意,是宽广平阔的土地。这是我见过的最美丽的城市之一,她气韵独具,脱凡超俗。初到平壤,这个城市给人的感觉是平淡舒散、静谧安详。不像一些西方国家的大城市,高楼竦峙,车水马龙。但在平壤住下来,四处走走,你会被平壤的雄浑壮美所倾倒。位于市中心的金日成广场周围分布着平壤主要的公共建筑,有相当于国家图书馆的人民大学习堂、朝鲜中央历史博物馆、朝鲜美术馆、平壤学生少年宫、万寿台艺术剧场等,个个气宇轩昂。与中心广场隔江相望,象征着金日成主体思想的火炬塔,壮美挺拔、高耸云天。这个宏大的建筑群着意体现社会主义的豪迈精神,却不让人感到突兀压抑。穿行其间,步移景易,错落有致,相映成趣。平壤在50年前的战火中被夷为废墟一片,城市在战后按照统一的规划设计重建,建成了个今天大气磅礴的新平壤。

平壤有雄浑的气势,而又不失秀美。像世界上许多名城一样,水,给平壤增添了几分灵气。清澈的大同江从市区蜿蜒流过,平壤到处绿树葱茏、芳草如茵,空气清新透明,地面像水洗般干净。平壤卓尔不群的清净气质,让我想起佛家讲的"琉璃世界",那是天堂里至高无上的纯净之地。

商场见闻

当然,来朝鲜不只是观光游览,我更关心的是朝鲜老百姓的生活到底怎样。其实从踏上朝鲜土地的那一刻,我就开始留心观察了。而使我感到困惑不解的是,朝鲜人口不过2200多万,没有北京和天津两市的人口多。从新义州到平壤几百里路程,所见之处田野山川遍植庄稼,朝鲜人怎么会没有吃的呢?莫非他们放着漫山遍野的稻谷玉米不收、不吃?!在朝鲜各处所见的男女老幼,与我们日渐小康的同胞们相比,看上去的确显得清瘦许多,不像这边满大街可见的那种大腹便便的富态样。但是,无论何处我们也确实没有见到一个面带菜色的呀?!

一天,我终于找到了一个机会跑进了一个街头商场。这不是类似于我国二十世纪七八十年代的"友谊商店"那种只收"外汇券"、专为外国人开设的商店,而是真正的普通市民的商店。那天我好像阿里巴巴叫开宝库的大门。这是一家以日用品为主的商店,服装鞋帽、五金电器,一直到文具书籍、家用百货,这里面似乎是应有尽有,只是品种单一。

一下子我想起了计划经济时代中国的商店,没有花花绿绿的品牌、广告,货品整整齐齐往柜台后面的货架上一摆,明码标价,要一个拿一个,没什么可挑的。我似乎对市场经济有了新体验,市场经济原来就是有了许多品牌。小时候去买铅笔,到了商店向售货员阿姨说一声买铅笔就行了。但现在你去文具超市买"铅笔",可就买不来了。"铅笔"是个集合名词,你必须在琳琅满目的铅笔中说出要买哪种才行。但在朝鲜的那间商店里,就简单多了,你只要说买铅笔就可以了。

店里的普通日用品很便宜。像铅笔、橡皮、练习册这类文具的单价也就是朝币的几分钱。一只很好的铝锅卖 8 元钱。朝鲜国产的录音机、手表一类的耐用消费品似乎也不贵。但相对来说,服装较贵,衬衫标价 50 元,而一件款式一般的毛料西装竟然要卖 800 元,相当于一般国家公务人员 5—6 个月的工资。

朝鲜坚持实行计划经济,全民享有医疗保险,免费教育。住房国家补贴,平壤有孩子的夫妇一般可以分到三室一厅的房子,当时每月租金不超过 10 元钱。工资水平差距不大,国家公务人员中,重新参加工作的大学生到国家高级领导干部,当时的工资是 150—200 元。朝鲜格外重视教育,教师待遇较高,而且不管是大学教授还是幼儿园阿姨,只要是从事教育工作的,一律高工资,一般在 180 元左右。

然而,要解开谜团,真正了解朝鲜人生活真实状况谈何容易。一来我们在朝鲜不能独立自由地活动,二来朝鲜人的民族自尊心极强,他们是不会向外人发牢骚、道委屈的。靠浮光掠影看到的一鳞半爪,说明不了太多的问题。我只能耐心地按照朝方安排的日程,一项一项地参观游览。

人民领袖金日成

来朝鲜，已故金日成主席的故居万景台是必定要去瞻仰的。万景台是平壤一处有名的风景胜地，依山临水、葱茏苍翠。万景台金日成主席的故居，是几间泥舍围成的一个小农家院落，与我们毛主席的韶山故居有几分相似。当年万景台因风景秀丽，被达官贵人们辟为坟茔之地。金日成的祖父十分贫苦，因生计所困迁居于此，为地主守护山林坟茔。金日成便诞生在这样一个朝鲜的贫苦人家。

在万景台参观，一位中年朝鲜女士为我们导游。她操着流利的汉语为我们介绍金日成幼年贫苦的家境，以及金日成少年千里徒步求学的传奇事迹。我有些惊讶，如今精英意识、贵族情结盛行于世，成功之士无不炫耀门庭，什么家学渊源、荫庇之功、龙胎凤种之类，不绝于耳。即使身世不彰，也不免要穿凿附会一番。而朝鲜人居然不为贤者讳，公然讲他们伟大领袖的贫寒身世。想到此，我不觉追问起金日成主席少年时代的生活细节。这位女士见我有兴趣，便详细介绍了金日成的家庭和身世。她似乎察觉到什么，最后特意强调，古往今来世界各国出身于豪门之家的帝王将相何止千万，而金日成这样出身贫寒的人民领袖却是绝无仅有。此时这位朝鲜妇女一脸自豪。我不禁暗自感叹，朝鲜共产党人本色不改、初衷不变！他们的阶级认同依然如故呀！心中也平添了一重对金日成主席的敬意。

杂技英豪

杂技是朝鲜的国技，也是来朝鲜的客人必定要观看的一个节目。那天听说，下午要去看杂技，我心中并不以为然。原本对杂技并无特殊兴趣，况且在国内曾看过不少杂技表演，中国的杂技也属世界一流，自觉算是有过见识的。客随主便，既然主人安排了，我们还是要"欣然前往"的。

平壤有一处专门表演杂技的体育馆，可容数千观众。馆内设有包括表演水中项目和空中飞人的专用设施、设备。节目开始是水中项目，类似花样游泳的各种水中特技，因以前没有见过，很有些新奇。接着台面上的技巧开始，音乐骤起，舞台一派龙腾虎跃。原来朝鲜杂技内容与我们国内一般看到的并无很大区别。所不同之处在于朝鲜杂技的节奏和气势，国内杂技表演一般感觉十分稳健，而朝鲜杂技节奏极快，刚健有力。大跳板是惊险性、技巧性很强的项目。一人站在跳板的一端，另外两人从另一端高处跳下，将前者弹射到高空，做各种空翻转体。最后还要连续空翻坐到一把高高的椅子上面。惊险自不必待言，难能可贵的是朝鲜演员们不仅没有丝毫犹疑胆怯，甚至都没有谨慎之态。只见他们步履如飞，你追我赶，这边刚刚站到板上，那边一声吆喝，两人已从高处飞身跃下，腾的一声，一人已离地三丈。

空中飞人是朝鲜杂技的绝活，享誉世界。这次是大开眼界。空中飞人十分惊险，人在空中翻腾、对接，稍有不慎就会失手。而朝鲜飞人们伴随急促的音乐，在空中穿梭往来，势如长虹；义无反顾，竟无半点喘息停顿。我们坐在下面观看，只觉气势逼人，竟有些喘不上气来了。看着、看着，似乎台上、空中节目已悄然隐去，观众眼前掠过阵阵飘风悍气。

演出结束，朝鲜观众礼让我们这些外宾先行退场。在各种场合遇到的朝鲜人总是和善有礼，特别是对中国人，常常主动挥手致意。那天退场时，我们向等在一边的众多朝鲜观众点头致意，一脸严肃的朝鲜观众露出少见的笑容，频频挥手以示友好。离开体育馆许久，我仍沉浸在遐想之中，如果一国的国技真的可以体现民族精神的话，那朝鲜民风强悍应非虚言。

在板门店

中国人来到朝鲜，还有一项活动，不仅东道主要安排，也是客人们所希望的，这就是参观当年中国人民志愿军赴朝作战的遗迹。

志愿军赴朝作战的遗迹我们参观了两处，首先是参观闻名遐迩的板门店。我们从平壤驱车前往朝鲜半岛南北军事分界线所在地开城。从平壤到开城一路上山峰连绵起伏，当年中国人民志愿军的战士们从这个山头爬到下一个山头，从这棵树爬到下一棵树，用他们的血肉之躯与强敌抗争，终于把以美国军队为主的联合国军打到了"三八线"以南。

从平壤到开城沿途基本上是山地和河谷，开城以南就是汉江平原，是朝鲜半岛面积最大的平原地区。当年美军具有空中的机械化的军事优势，志愿军和朝鲜人民军无法在汉江平原地区立足，而美军在开城以北山区、丘陵地带又不是志愿军和朝鲜人民军的对手。

板门店是当年三方停战协议签署的地方，至今三方联络组仍然在此办公。因此，板门店也是现在三方在"三八线"上唯一保持接触的地点。其实，板门店已是比较平坦的地区了，原来的军事分界线本应再靠北边山地一些，但临近战争结束时期，美军实在没了士气，被志愿军一个冲锋又打退了几十里，于是战线就在板门店一线稳定下来了。

在板门店可以参观的地点只有两处：一是停战协议签字厅，二是军事停战委员会会场。

停战协议签字厅坐落在一片茂盛的松树林中，想必当年松树还没有长得这样大。签字厅很简易，面积不小，里面空空荡荡的。屋子的中间摆着一个长条桌子，上面摆志愿军、朝鲜人民军和联合国军的旗子。当年中国志愿军司令彭德怀、朝鲜年轻的南日将军和美国的克拉克将军，分别代表中、朝和联合国在停战协议上签字。

关于这间简易的签字大厅还有个小故事。美军当年为了保全面子，不想留下任何记录这不光彩的一页的历史遗迹，动了一个小脑筋。他们向中、朝两方提出苛刻条件，要求在几日之内，就在板门店这地方签署停战协议。当时这里是战场，没有任何固定建筑，美国人设想签字仪式只能在帐篷里举行，事后帐篷一拆，这一幕也就烟消云散了。可没想到，志愿军和人民军在两天内就在当时很困难的情况下盖起了这幢签字大厅。结果便有了这处可供后人凭吊的历史遗迹。

军事停战委员会会场，也就是人们经常在电视上看到的那座跨越军事分界线的兰色的简易房。朝、韩双方在这座简易房的后面都建有高大漂亮的楼堂，而中、朝、美三方代表真正接触、谈判，是在那个兰色的板房里面。这座长方形的板房正好坐落在"三八线"上，南北各开一门，中、朝代表入北门，美国代表入南门。屋内有一横置的条桌，代表分列南北，相对而坐。

平日三方没有接触、谈判事宜时，朝鲜和韩国方面分别组织来访者参观。一方人员进入房间时，另一方退出，反之亦然。参观那天逢雨，天幕低垂、气氛肃然。朝方介绍，军事分界线对面驻守的是美国雇佣军，即编入美军的韩国人。只见他们身着美式迷彩作战服，头戴钢盔，神情警觉。我们面对面距离很近，约二三十米的样子，对方军人竟然手持望远镜不断观望。朝鲜这边气氛比较缓和，朝鲜军人着军便服，戴大檐帽，一般配短枪，态度轻松。一位负责人模样的军官，人很随和，不时欣然应邀与我们这些访客合影留念。

军歌寄真情

从开城回到平壤，我们又参观了纪念中国人民志愿军入朝参战的烈士纪念塔。纪念塔规模不大，有两层塔基，塔内有一间展览室，陈列着志愿军烈士的名册。我们翻阅着记载着牺牲志愿军官兵的名册，看到了一些熟悉的名字，也包括毛主席的长子毛岸英。从塔内出来后，我们围塔缓行。这时一直沉默少言的导游小姐忽然提议大家唱歌,接着她带头唱起了中国人民志愿军军歌。"雄赳赳,气昂昂,跨过鸭绿江……"她唱得铿锵有力,满怀感情。没想到一个年轻的朝鲜姑娘竟能这样唱志愿军军歌,在场的人一下子被她感染,大家一起放声歌唱。

1950年,中华人民共和国成立后的第一年,祖国东北边陲烽烟四起,数十万中华子弟兵慨然赴朝,在朝鲜的冰天雪地、崇山峻岭中浴血奋战。三年里,他们中许多人长眠于此,再也没能回到他们魂牵梦绕的家乡。志愿军官兵大多是平凡普通的人,像著名的志愿军战斗英雄邱少云、黄继光本是来自四川的农家子弟。然而,就是这些普普通通的农家子弟,在祖国危难关头挺身而出,不避生死。是他们平日里挑担引纤的肩膀扛起了民族大义,国家气运。

偶遇山村

在朝鲜的日子过得很快,一转眼已是返程的时候了。带着依依不舍的心情,带着诸多的见闻、感受,也带着对有几分神秘色彩的朝鲜的未解之谜,踏上了归程。

与来的时候一样,我们乘汽车从平壤回新义州。一路上风景依旧。大约还没走到一半路程的时候,我所乘坐的汽车忽然抛锚了。更糟糕的是,这辆车处于车队的末尾,前面的车已经走远,又没有通讯设备,无法联系。司机下车检查了一下,说实在没法修。只有就地等待,等前面的车队发现我们掉队了,再想办法来接应。

那天响晴薄日的，天气很热。大家只好下车在路边树荫里休息等待。我们百无聊赖地坐等，漫无目的地张望着，浏览四周的景致。这是一片浅山地带，平缓的山坡上种满了玉米。平播的玉米很密集，但因天旱，长势并不好。无意间，我发现不远处的山坡上有一小村落。我一下子来了精神，一股冲动涌上心头，这个观察朝鲜百姓生活的天赐良机岂能放过？！

我三步并作两步，朝山村走去。一进村头，看见几排平房围成的一个院落，忽然感到这场面和气氛很是熟悉。几年的插队生活告诉我，这里是生产队的队部。村里房屋的样式和布局与中国北方农村相仿。因为是山区，屋舍显得比较简陋，有一些还是土坯房。在朝鲜的平原、河谷地区所见农村的房屋基本上都是砖瓦房，即在我们北方所说的"一砖到顶"的房子。这个小山村显然要差一些。

因为是白天，村子里很安静，没什么人，只见到一些小孩子在玩耍。他们的穿着似乎也不是想象中农村孩子的样子，穿的圆领衫、短裤与城里孩子差不多，只是脏旧一些。毕竟是在农村嘛。队部的院子里散落着几台破旧不堪的农用机械。我听到几间房子里有动静，走进去看看，发现这里居然是一个村里的托儿所。几位朝鲜"阿妈妮"照看着一些很小的孩子。我注意到一间屋子，可能是库房，放着一些粮食，地上还有一堆新打下来的土豆呢。

从小山村回来，又等了一阵，前方的车队派来一辆车接上了我们，继续赶往新义州。

释　疑

　　山村偶遇，又引起了我满腹疑问。毕竟这一趟旅程的初衷，是想亲身了解朝鲜。可是马上要离开了，答案不仅没有，反而似乎更令人困惑了。回到车上，正巧与一直陪同我们的中方导游曹小姐坐在一起。曹小姐年纪不大，人很沉稳，办事利索。一路上颇得大家好评。她多年来一直往来于中朝之间，平均每月一次，应当说是比较了解朝鲜的。我与曹小姐谈起了朝鲜。

　　我问她，依你看朝鲜的情况究竟如何，那些耸人听闻的传言可信吗？想了一想，曹小姐说，根据这些年来来往往的感觉，她认为朝鲜不存在那些荒诞不经的传言中所说的导致大量死亡的大规模饥荒。她说，朝鲜这些年经济确实比较困难，物资匮乏，也缺粮食。但总体社会状况是稳定的，一切还是有条不紊的。朝鲜实行计划经济制度，虽有困难，但由于是配给制，还不至于发生严重的问题。

　　我又问她，朝鲜遇到经济困难的原因究竟是什么？她认为，能源不足是严重问题。听了曹小姐的话，我大有茅塞顿开之感，来到朝鲜后不经意间看到许多现象，一下子将其联想了起来。

　　记得进入朝鲜后不久，途径城市、乡村总有一种似曾相识的亲切感。后来才意识到，那是由于路上有许多徒步行走的行人，使我依稀想起小时候的情景。小时候，妈妈带我去离家三四里外的海淀买东西，就常常走着去。那时候到处都是走路的人。朝鲜城乡汽车很少，城市间似乎没有长途公共汽车。平壤走路的人也不少，自行车却不多。因为，在经济好的年代，平壤公共交通十分发达，地铁、公共汽车四通八达。因此，不提倡居民骑自行车。

二十世纪八九十年代苏东剧变后，朝鲜的国际经济、政治环境发生了很大变化，突出的问题是能源、特别是石油这个现代工业的血液极度困乏，结果造成了全面的能源危机。我们从新义州到平壤，一路所见，沿途所有的运输卡车上面都搭载着顺路乘客。卡车货箱上挤满了搭车的男女老少，甚至挎着冲锋枪的军人也和老百姓挤作一团，坐在摇摇晃晃的车顶上。

石油的短缺不仅直接影响了交通运输，也使国民经济遭受全面的打击。首当其冲的是农业，没了石油，水利灌溉和农业机械全面停顿；没了石油，化工业也就成了无米之炊。朝鲜虽然漫山遍野种着粮食，但缺少灌溉，没有化肥、农药，所以据我所见，长势普遍不好。另外，农业机械瘫痪，就不得不依靠人工，特别是在收割、播种季节，要动员大批居民参加农业劳动，我们这一路上就多次看到类似我们当年"学大寨"时，那种红旗招展，男女老少齐上阵的大规模群众劳动的场面。

我还联想到与陪同我们的朝鲜朋友聊天时谈到的一些情形。据他们讲，近年来的确遇到了生活困难，在饮食方面比过去差了许多，主要是肉类副食较少，食用油也少，每月每户一瓶油。他们的主食以大米为主，每人每天半公斤。即使这样，因肉类和其他副食很少，平时又要走路，体力活动较多，所以时常感到吃不饱。朝鲜将20世纪90年代以来遭遇的巨大变故，称为"艰难的行军"。从朝鲜的情况可以看出，能源与石油，对于一个现代社会是何等的重要。一旦断绝了能源供应，经济、社会生活所遭受的打击与破坏，不是亲眼所见，其广泛而深刻程度是难以想象的。

与曹小姐一路谈着，不觉汽车已回到了新义州。

还是来时的程序，我们在新义州火车站乘上过江火车，列车徐徐开动，车窗外的景物慢慢向后移去，就要告别朝鲜了。这时我们忽然注意到，车厢里的小桌上、座位上还堆着不少来时大家买的成箱的方便面、火腿肠、矿泉水之类的东西，不禁哑然失笑。

百闻不如一见。人想长点见识何其艰难，道听途说固然不足为信，即使亲眼所见，又能知之多少呢？走马观花固然不得深入，而身在其中，就能识得庐山真面目吗？见识难呀！

韩国民主运动的"主题性"与"主体性"

闻名遐迩的汉江奇迹让世人对韩国刮目相看。然而随着调研工作的深入,我们逐步意识到,在那令人炫目的经济发展背后,有的却是一部韩国民族的血泪史。急速的工业化进程进一步扩大了韩国本来就已严重的社会鸿沟,彻底激化了韩国的社会矛盾。于是,兴起于韩国民众中的民主运动此起彼伏,始终伴随汉江奇迹的发生,并最终终结了曾经创造汉江奇迹的军政体制。

世界上民主运动并不少见,而韩国的民主运动尤为剧烈,犹如戏剧般起伏跌宕。韩国民主运动给人的鲜明印象莫过于她的两大特点:"主题性"与"主体性"。

主题性:围绕着选举问题展开的民主运动

所谓"主题性",即韩国的民主运动,在很长时间里，主要指在朴正熙当政期间始终围绕反对所谓"维新体制"，即追究当时的韩国选举以及朴正熙当选的合法性问题展开。

1971 年 7 月举行的第 8 届总统选举中，朴正熙险些败给年轻的反对派候选人金大中，这给朴正熙带来强烈的震动。同年 12 月，朴正熙宣布实行紧急状态，同时颁布了《国家安保特别措施法》。1972 年 10 月，朴正熙突然宣布实施"非常措施"令，全国实行戒严，解散国会，实施所谓《维新宪法》，暂停一切非政府的政治活动，命令大学放假，实行严格新闻检查，以"非常国务会议"进行直接统治。根据"维新宪法"，国会之外再设一个"统一主体国民议会"，由总统担任议长。而这个所谓"统一主体国民议会"的主要功能就是代行国民和议会的选举国家最高领导人的职能，说得直接一些就是保证朴正熙的当选。"维新宪法"没有对总统任期的限制的规定，并且极大扩充和强化总统权力。

实行《维新宪法》之后，韩国的进步阵营反对保守阵营的斗争便集中于这个所谓的"维新体制"，而进步阵营的代表人物、旗手，如金大中等人因是总统竞选中朴正熙的对手，更使韩国那个时期的政治斗争带有争夺总统权位的味道。进步阵营的主要斗争对象就是反掉"维新体制"。朴正熙执政后期的十来年，韩国的政治斗争、街头运动似乎就是在质疑朴正熙当选的正当性与合法性。

选举以及由此产生的政权合法性、正当性，当然是所有民主运动的议题，甚至是主要的议题。但在长达 20 年的社会抗争中始终围绕这个几乎是单一的议题，始终纠缠形式正义与合法性问题，似乎并不多见。在韩国，当民主运动的主题集中选举规范性、合法性时，社会发展进步的其他问题似乎都被这一问题屏蔽掉了，似乎一切进步、一切发展都不足与选举的是否合乎规范来得重要。而一旦选举合法后，韩国的民主运动、民主进程似乎就已经彻底实现而烟消云散了。民主运动执拗于选举程序与正义而"心无旁骛"，这在外人看来多少有些费解。

主体性：韩国学生始终是民主运动的主力军

韩国民主运动的另一个显著特点就是"主体性"。所谓"主体性"就是韩国进步民主运动在相当长的时间里其主体就是青年学生特别是大学生，其他社会群体特别是城市中产阶级参与很少，而学生运动与工人运动也几乎没有联系。在很长时间里，韩国的民主运动似乎就是学生与政府发生对抗，以致学生"闹"学生的，社会其他群体各忙各的。学生运动并不为社会所关注。

我们在韩国调研访问时，曾走访韩国知名法学家、国会议员李荣银教授，她早年也曾支持、参加过民主运动。她谈到当年韩国校园里的学生运动时，讲到一个有趣的现象。她回忆说：当年大学里一到周末就流泪，我们不解，她解释说：因为一到周末的下午学生们就要上街游行抗议了，警察每逢这时就来到学校门前阻止。于是，学生往外冲，警察在门口拦，双方你来我往，已成惯例。警察拦不住就放催泪弹，校园里其他还有课或在实验室、图书馆的师生就跟着流眼泪。

她说，那个时期的学生运动就是这个样子，基本限于校园，其他社会群体基本不关心。

反对军政集团的民主运动限于学生和校园，自然不会对政权构成严重的冲击。因此，韩国的民主运动在很长时期内变成学生的"专项"，自然就不会取得很大进展，而越来越像是激进学生青春的躁动。

民主运动仅限于学生运动、学生抗争，自然不会有什么起色。从20世纪70年代后期开始，韩国的工人运动逐步兴起，并从开始时零星分散的工厂、车间斗争，从经济性的抗争，逐渐发展为联合的工人运动，发展为社会性的政治运动。只有当进步阵营中的学生、知识分子的抗争与工人运动、市民运动结合在一起的时候，它才真正壮大起来，成为改造社会的力量。而韩国民主运动走向学生运动与工人运动、市民运动相结合的过程中，学生的主体性表现依然十分突出，写下了韩国民主运动以及世界学生运动史上动人心魄的一章。这就是韩国学生运动中最感人的一幕——伪装就业运动。

朝鲜族同质性较强，并且带来了比较紧密的民族文化。韩国人民之间比较团结，富有同情心。在工业化、城市化进程出现和扩大的城市中产阶级、知识分子的社会身份地位有了变化，生活水平、质量不断提升改善，但他们依然富有同情心，特别是十分同情工业化、城市化进程中付出巨大痛苦和牺牲的工人阶级。从20世纪70年代开始，一些出身于城市中产阶级甚至富裕家庭的大学生伪装成普通工人到工厂就业，深入工人群众，进行宣传发动，组织工人运动。这场伪装就业运动中，发生了众多可歌可泣的感人事件。韩国大学生表现出执著高尚的牺牲精神、献身精神是世界民主运动历史上罕见的。

在大学生的串联下，韩国的中产阶级在很大程度上逐步演化为民主运动同情者、支持者和参与者。况且他们许多人在学生时代就是热情的学生运动的参加者。在20世纪80年代的民主运动走向高潮时，他们选择了支持进步阵营。1985年，全斗焕政府曾经一度对民主革命实施怀柔政策，放开了部分政治活动空间，进行了有多党参加的国会选举。这次选举中，几个进步阵营政党获得了大量议席，城市里的年轻中产阶层就是他们的主要支持者。最终导致全斗焕军政府垮台，改变韩国政体的决定性的民主运动，是1987年的"6月抗争"。"6月抗争"的直接起因是军警在校园中镇压学生时发生的意外伤害事件。"6月抗争"的主力军依然是大学生，而"6月抗争"中学生的最重要的"友军"——"领带部队"就是由城市中产阶级组成的。

了不起的"岩仓考察团"

日本是亚洲工业化、近现代化的"领头羊"。研究东亚乃至亚洲的政治发展自然要关注日本,关注日本则必然进一步聚焦日本工业化现代化的起点——明治维新。在研究日本近现代政治发展史的时候,我们的目光被1871年日本派出考察欧美的一支使团——岩仓考察团所深深地吸引。

日本史上花得最值的一笔钱

在外来的压力下,日本被迫开启国门,实施变革。1868年引导日本实现工业化、近代化的明治维新拉开序幕。明治维新以向西方资本主义工业国学习为取向,正如明治维新纲领"五条誓文"中所言:"求知识于世界,大振皇基"。但是,日本究竟应向西方世界学习什么?如何将学习所得应用于日本,以实现国家的振兴与发展,这在当年是个大大的未知数。不仅如此,当时日本在学习西方的共识下,特别是效仿西方政治制度的共识上,对于如何具体地效仿西方建立新型制度上却存在明显的分歧。事实上，国门初开的日本各界实际上对于西方，特别是西方不同国家的政治制度的功效以及差别，若明若暗，搞得很不清楚。

当时日本精英阶层中关于学习效仿西方体制主要分成了两派："民权论"与"国权论"。"民权论"者的基本主张和主要观点是建立民选议会制度。"国权论"者反对普选与议会制度，主张集中权力于中央政权，甚至主张主权在君。当两种分歧的倾向不断增长，而国家改革发展方向不明的情况下，在刚刚结束明治时代最初的行政改革——"废藩置县"、政局稍定的情况下，日本便派出了一个高规格的大型使团考察欧美政治。

1871年底，明治政府派遣由右大臣岩仓具视为特命全权大使，参议木户孝允、大藏卿大久保利通、工部大辅伊藤博文、外务少辅山口尚芳4人为特命全权副使，由各部选派的官吏、随员共48人的大型使节团，出使美国和欧洲多国。随团出访的还有在华族和士族中选派的59名留学生。从1871年12月23日至1873年9月，岩仓使团先后访问了美、英、德等12个国家，使团停留时间最长的是美国，重点考察的则是英、德两国。岩仓使团的美欧之行，历经20个月，耗资百万日元，据说，占到当年明治政府财政支出的2%，其规模之大，人员之重要，历时之长，效果之显著，影响之深远，在日本历史上空前绝后，在世界历史上也可谓绝无仅有。

通过这次出使和考察，当时日本精英阶层中主流派形成了对西方政体的基本认识，并做出以学习德国为主的发展道路选择。此后，使团的主要成员岩仓具视、木户孝允、大久保利通和伊藤博文等人，均成为明治政府的当权派，最终主导了明治一代的日本政治。

让人赞叹的"岩仓眼光"

人们不应忘记，当岩仓使团出国考察的时候，日本施行变法维新不过短短的三四年时间。日本对于外界的了解极其有限，不光没有直接的认识，仅仅从为数不多的介绍西方的书籍上了解外部世界则更显得局促偏颇。尽管如此，这次为期一年多的考察却为改变日本命运、实现富国强兵找准了方向。应当说，那些第一次踏上西方世界的明治精英们，有着在今天看来都让人难以置信的敏锐眼光。

在无比敏锐的"岩仓眼光"注视下，日本的明治精英们有三点最重要的发现。

第一，确认了制度革新是实现富国强兵的关键。明治维新从一开始便将国家变革的重点放在改变国家的政治制度之上，而这次考察使明治精英们进一步确认，制度变革，特别是扩大社会自由和保障人民经济社会权力是赋予国家活力、富国强兵的关键。

第二，分辨出西方民主政体的不同类型。直至今日，在我们中国人心目中，"外国"常常是一个概念，许多知识分子至今还在笼统地谈论西方或国外。而岩仓考察团在欧洲几个月的时间，便敏锐地发展和准确地判断出当时的英国与德国是性质与功能不同的两种政体。以选举为基础的英国议会制权力分散，内部牵扯甚多；而德国君主立宪制下，权力更加统一集中，效率更高。

第三，最为难能可贵的是，岩仓考察团不仅辨认出欧美不同类型的政体，而且结合日本需要做出了日本应以德国为效法的榜样的正确选择。日本开国后，在效法西方上面，"民权派"与"国权派"分歧争议的焦点在于明治维新建立新的政体实行分权还是集权。岩仓使团考察归来，岩仓具视、大久保利通和伊藤博文等逐步成为明治政府中的主流派、当权派，最终他们为民权论与国权论争议画上了句号。通过考察，这些明治时代的政治精英认识到，德国作为欧洲的后发国家，需要相对集中国家权力，利用国家政权的力量集中推进发展，以更快速度赶上英国等先发国家。而显然德国的政体与制度更适合更加落伍和希望在亚洲追赶中国并称霸东亚的日本的国情和需要。

100多年前，一次漂洋过海的考察，居然改变了日本的历史，也最终改变了亚洲的历史。温故知新，在举国致力于现代化的中国，在致力于建设"学习型国家"的中国，回顾和思考历史上日本工业化、近代化起步阶段的那样一次不同寻常的考察，可谓"别有一番滋味在心头"。

朗姆酒、海明威及其他

这是我第一次来到古巴，来到哈瓦那。到了哈瓦那才知道这是一座可以追溯到大航海时代的古城。

1492年，哥伦布第一次美洲大陆的航行到达了古巴，他形容古巴有人类所能见到的最美丽的景色。之后西班牙人在哈瓦那建立了港口，修筑了军事工事。如今坐落在哈瓦那海湾的拉富埃尔萨城堡建于1538年，这是当年西班牙人在加勒比地区建立的最重要的殖民据点。

在西班牙人的经营下，哈瓦那逐渐建成了加勒比地区最出名的城堡。哈瓦那自建城以来未经大的战乱和毁坏，因此完整地保留下了欧洲文艺复兴新古典式的古城市建筑群，如今整个哈瓦那古城就是一座欧洲城市建筑的博物馆，风格典雅而凝重，处处散发出古朴高贵气质。这座在欧洲也难以寻觅的古城自然被列入了世界文化遗产名录。

一直以来，哈瓦那吸引了各国迁客骚人来此观光驻足，美国大文豪海明威就是其中最出名的一位。海明威一来到哈瓦那就被她深深地吸引住了，后来他一生都留在了这里。

然而海明威最早来到哈瓦那的原因却多少有些令人意外，原来海明威到哈瓦那的最主要原因居然是喝酒。关于中国的大诗人李白有"斗酒诗百篇"的美谈，看来文学和酒是完全分不开的，而且还是"普世价值"呢。海明威爱酒嗜酒会喝酒，他的许多传世之作都是在哈瓦那的小酒馆里构思的，是在朗姆酒的香气中酿成的。

海明威在哈瓦那的诗酒生活留下了许多传世美谈，已经融为哈瓦那世界文化遗产的一部分。当年海明威喜爱的"五分钱酒馆"如今成了哈瓦那最著名的观光景点之一，上至各国政要，下到普通游客都不会错过这里，有兴致的话还可以进去尝一杯海明威喜欢的鸡尾酒。不单是"五分钱酒馆"，海明威脍炙人口的酒话在今天的哈瓦那依然尽人皆知："我的莫希托（Mohito）在 La Bodeguita，我的黛琪莉（Daiquiiri）在 El Floridita"，不仅表达了海明威对朗姆酒、鸡尾酒以及哈瓦那小酒馆深深的眷恋，更变成了今日哈瓦那朗姆酒文化的象征。

海明威如此爱酒嗜酒会喝酒，为什么一定要千里迢迢，远涉大海跑到古巴这个海岛上来呢？原来在海明威年轻的时候，在美国喝不到酒，或者说，那时在美国喝酒可能会涉嫌犯法。

1920 年，美国在教会和女权运动的多年推动下，终于施行了禁酒令。美国是个十分注重和推崇法治的国家，宪法是美国社会生活的圣经。为了禁酒，美国郑重地修改了宪法，以宪法修正案的形式施行禁酒令。1919年美国国会通过宪法第18修正案，即著名的禁酒修正案。第18修正案中规定：自本条批准一年以后，凡在合众国及其管辖领土内，酒类饮料的制造、售卖或转运，均应禁止。其输出或输入于合众国及其管辖的领地，亦应禁止。一个国家以宪法修正案形式推行禁酒，不可谓决心不大。

禁酒法案在美国上下引发了巨大震动，爱酒人士纷纷举办"告别酒会"，在禁酒令实施前痛饮一番。据说，1919年12月31日，即宪法第18修正案生效前一天，美国各地道路上运酒车络绎不绝，人们都赶着时间把酒运回家里收藏。到了晚上，街道上空无一人，人们聚在一起举行最后一次合法的酒会。据记载，有一位反对禁酒的参议员在酒会上举杯说："今天晚上是美国人个人自由被剥夺的前夜"。此话引来众人喝彩。

不管爱酒人士多么不舍、多么不满，在宪法权威的推动下，1920年1月1日，禁酒令还是如期实行了。然而，史上最严禁酒令却最终引发了史上最大规模的社会适应性反应，即遍及全美的私酒浪潮。

所谓"社会适应性反应"（The social adaptive response）是人类社会一种常见的政治—社会行为的规律性现象。当一个国家的任何一种通过法律及政策实施的社会规制行动发生后，必然引发社会成员的规避和反制的行为反应，进而造成对法律及政策的消解，引发新的社会问题，增加社会治理的成本，严重的情况下会导致相关法律、政策的失效。

美国宪法第 18 修正案下推行的禁酒令就在美国社会引发了严重的适应性反应，造成了严重的社会后果。禁酒令在美国实施后，民间第一个规避和反制行为就是美国历史上最大规模的酿制"私酒"运动。既然法律不允许酿酒，人们就在家中偷偷地酿私酒，偷偷地喝酒。

中国东北有句民谚："家家做烧酒，不漏是高手"，酿私酒毕竟违法，美国又是个法制比较严格的社会，私自酿酒贩酒不仅违法而且违宪，当然要受到严厉惩罚。这样又进一步引发了一个适应性反应，这就是著名的黑帮兴起。

有白就有黑，任何一个社会都有其"另一面"——黑社会。有社会正常秩序就有对正常秩序的规避和解构，这也是社会适应性反应的一种表现。美国历史上黑社会兴起与禁酒令关系密切，可以说美国建国后黑社会形成气候是在禁酒时代。为了保护私酒，美国各地特别是人口集中的大城市中纷纷出现对抗警察与政府，保护非法酒类制造、运输和销售的大大小小的"黑帮"集团，美国人沿用意大利语称其为 Mafia（黑手党），其中在美国现代史上赫赫有名的黑手党卡彭家族就是在制贩私酒过程中迅速兴起的。

人们嗜酒不是一纸法律文书就可以改变的，法律禁止了公开造酒贩酒，却使得地下违法造酒贩酒有利可图，成为高利润的行当，并且大大刺激了黑手党的胃口，给了一个属于他们的大大的地下市场，让他们猛赚超额利润，大发横财，势力大增。

以制酒贩酒为业的黑手党，为了生存和发展必然要贿赂官员和警察。禁酒令引发的第三个主要的适应性反应是，随之出现的大规模的腐败浪潮。黑社会大行其道的另一面，一定是政府的腐败。美国各地的黑手党，如卡彭家族，大肆贿赂警察和政府官员，把他们变成自己违法行为的"保护伞"。有了腐败的政府及官员、警察的保护，违法行为及黑手党就更上一层楼了。

禁酒令产生的社会适应性反应还带来了一个意想不到的后果，就是政府行政负担加重和税收减少。实行禁酒时期，美国联邦和各州政府要面对居民大量的涉酒违法行为，更要对付蓬勃发展的黑手党组织，耗费了大量的精力和钱财，而同时又失去了来自酒的产生和消费的税收，大约每年要损失5亿美元的税收，这在当时可是个不小的数字，使得美国国库大受影响。

总之，禁酒引发了私酒的泛滥和大规模的腐败滋生，并且进一步破坏政府能力，解构法治权威。于是，禁酒—反禁酒—再禁酒—再反禁酒，一轮又一轮围绕禁酒的博弈在美国各地有声有色地上演，形成了令世人瞩目的社会奇观。据斯诺在《西行漫记》中记载，毛泽东在延安窑洞里接受他这个美国记者采访时，还向他问起了美国禁酒的事情并表示不解。

其实，当毛泽东向斯诺打听美国禁酒情况时，美国的禁酒运动已经以失败告终了。因禁酒引发的出乎意料的私酒泛滥以及黑手党兴起和大规模官员腐败的发生，迫使美国国会和政府不得不反思，不得不理性地评估禁酒的效果。至20世纪 20 年代末，即美国禁酒令颁布约 10 年之后，许多美国的有识之士开始呼吁取消酒禁。而当时又值美国发生严重经济危机，社会上下被经济危机困扰，禁酒之事更显得多此一举。1932 年民主党人富兰克林·罗斯福竞选总统，把开放酒禁作为其重要政纲。1933 年 2 月，罗斯福上台后，美国国会通过了第 21 条宪法修正案，废止了 13 年前通过的第 18 修正案。次年，随着犹他州作为第 36 个州签署此弛禁法案，美国的全国性禁酒终于寿终正寝了。

美国禁酒运动的兴废可以帮助人们认识政治活动以及社会治理中的许多规律性现象，特别是能够帮助人们认识法治与社会行为的关系。法律是什么？法治在社会治理与社会发展中能起到什么作用？从美国禁酒与开禁的著名政治与司法实践及其产生的经验教训中可以看出，法律的实质是对破坏社会秩序行为的一种救济。法律可以规范人们的社会行为，但法律不是万能的，法律的规范作用是有限的。法律只是能够对那些多数人在多数情况下可以遵守而少数人在少数情况下不能遵守的符合公共准则的社会行为施行规范。法律对于多数人不能自觉遵守的社会行为是无能为力的，这就是"法不责众"的原理。法律针对多数人的行为不能发挥作用甚至会引起副作用，这时，法律就不能担负建构社会秩序和道德观念的责任。过度运用法律去影响人的行为，超越合理范围就会适得其反。法治实践的历史经验表明，法越多、法越密、法越严，执法成本越高、违法成本越低、选择性执法空间越大，法治反倒越无效。这就是孟子说的言"徒法不能以自行"

的道理。

  美国大文豪海明威在禁酒令面前也选择了规避，当然不是以黑手党的方式，而是选择了古巴与哈瓦那，选择了这块美如世外桃源的地方。为什么选择古巴，为什么选择哈瓦那？海明威曾经形容这里是芬芳飘溢的Bacardi的海洋。Bacardi中文译名为"百加得"，是一款非常出名最早产自古巴的朗姆酒，她深得海明威和众多爱酒善酒人士的喜爱。海明威喜欢的众多鸡尾酒，如前面提及的Mohito（莫希托）和Daiquiiri（黛琪莉）以及如今流行世界的"自由古巴"（Cuba Libre），都是用Bacardi调制的。西班牙人Bacardi来到古巴创制了Bacardi酒，美国人海明威来到哈瓦那爱上了Bacardi。禁酒让海明威与Bacardi结缘，这恐怕也可以算得上20世纪20年代美国禁酒运动产生的一个意想不到的应变性结果吧？！这是一个美丽的结果。

访谈：美丽岛上的两个世界

多维：房教授您好，前一段时间您带着团队去古巴访问和交流，带回了许多信息，希望能和读者们分享。

房宁：谢谢你们，很愿意与你们谈谈我第一次古巴之行的印象和收获。

多维：今年古巴新领导人上台，同时古巴宪法也开始重新修订，新一轮改革正在进行之中。您能否先概括地谈谈此次前去总的印象和感受。

房宁：古巴对我们"50后"这一代人有一种吸引力，应当说我们有一种古巴情结。记得当年有一首很有名的歌曲——《鸽子》，歌词大意是"当我离开我可爱的故乡哈瓦那……"20世纪60年代"三年自然灾害"闹饥荒的时候，许多人吃过古巴糖。古巴的英雄更不必多说，如卡斯特罗、切·格瓦拉，他们历经千难万险，拥有大无畏的牺牲精神，敢教日月换新天。这些人在我们这代人心目中就是永远的英雄。

我在上初中时，读过一本内部出版的传记——

《切·格瓦拉》，这是我看到的第一部政治人物的传记，印象特别深刻。这书给我的影响是，应该像切·格瓦拉那样，拥有灿烂哪怕是短暂的人生。在我去农村插队的时候，虽然当时已经没有太多的强制性，但我还是去了，心里想既然不能跟着切·格瓦拉打游击，那就跟着毛主席干革命，改天换地。

所以我们这一代当中不少人有着强烈的古巴情结，认为古巴是一个革命的传奇，抗暴的传奇。

我是第一次到访古巴。毕竟今天的我已经不是50年前的那个少年，而是一个政治学者，拥有专业工作者的眼光和游历多国的经验，在比较政治学研究的基础上，对古巴有着不同于普通游客或新闻记者的感受和了解。在古巴，我们也接触了当地的同行和不同行业、不同职业的人们，通过他们，我们对古巴有了更多的了解，时间虽然不长，但收获不少。

多维：有哪些具体的感受呢？

房宁：总的观感是有些出乎意料。古巴人口近千万，幅员近11万平方公里，是加勒比海上一个美丽的海岛。与北京比，面积大约是北京的8倍，人口是北京常住人口的1/2。从古巴的幅员、人口资源、自然条件等方面看可谓得天独厚，土地平坦、土壤肥沃，阳光水分充足，是一个非常富庶的地方。但现实中，古巴却十分落后，困难重重，人民生活相当艰苦。多数普通群众，尤其是城市居民，仍然处于温饱水平。这里需要特别提到，因为优厚的自然条件，古巴农村人的生活条件要比城市人好。这与中国不同。

古巴是一个没有实现工业化而实现城市化的国家，这是古巴最为特殊的地方。古巴的基本国情有两个75%：一是古巴城市居民占总人口的75%，二是古巴产业结构中第三产业占比75%。如此之高的城市化率，第二产业不足10%。古巴的工业极其落后。据当地人讲，古巴是一个几乎没有工厂的国度。

古巴几乎所有的工业品都需要进口，比如玻璃、水泥、钢材等，这些通通不能生产。不要说汽车，汽车配件都生产不了。最令我吃惊的是古巴制糖业，虽然其粗糖产量占世界总产量的10%，但竟然不能生产高质量的白砂糖。古巴的经济支柱主要是旅游、贸易、服务。

从古巴城市居民日常生活看，大多数居民要靠计划供应体制维持生活，大多数人生活在温饱线上，但另一方面，少数人生活得非常好。古巴是一个高度分化的社会。

从城市面貌上看，在我访问过的国家中古巴最像印度，城市面貌、基础设施十分破旧。特别提一下，古巴街道上的"老爷车"非常特别。哈瓦那街上跑着许多很古老的车，而且是"万国牌"，比如苏联、东欧、中国的车都有，只是十分老旧。革命前的美国轿车现在被拿出来修一修当观光车，跑在大街上很别致，像好莱坞老电影的镜头。古巴的公交车基本上是中国的宇通，也是非常老旧。古巴的道路，除了哈瓦那老城区市中心由于是世界文化遗产比较好之外，其他道路路况很差，古巴内地几乎去不了，交通完全没有保障。

当然，古巴与印度还是有区别的，就是古巴有基本的社会保障，与中国计划经济时代一样，城市居民凭本供应基本生活用品。具体来说，现在哈瓦那居民每人凭证供应煤气、大米、芸豆、食用油、白糖、红糖、盐、挂面、咖啡、火柴、鸡肉、鸡蛋12项生活必需品。农村居民自给自足，生活相对好些。古巴人特别爱吃猪肉，但猪肉非常贵，不在计划供应之中，牛肉也不供应，牛奶两岁以下儿童有供应。肉类只有鸡肉，每人每月供应一块，或者是一个鸡腿，或者是一块鸡胸脯，鸡蛋每人每月有5个。古巴居民供应最为充足的是糖，每人每月有14公斤，基本上吃不完。

总的来说，古巴城市居民的供应水平非常低，而且近些年越来越低。但古巴现在自由经济部分十分活跃，类似中国20世纪80年代出现的"自由市场"，能买到充足的商品，只是价格奇高，同类商品，比如鸡蛋是计划供应的大约30倍，普通人当然买不起。

提到了价格，古巴实行的是价格双轨制、货币双币制，这也是古巴经济的另一个特点。古巴的货币叫比索，普通货币当地人称之为"土比索"，即CUP，古巴国有企事业单位和城市工薪阶层挣的是土比索。这些人薪资每月500—1200土比索，部级干部能拿到1200土比索。简单兑换的话，25土比索约换1美元，1美元约换7元人民币，500土比索大概是150—200元人民币。古巴流通的另一种货币是所谓的"红比索"，CUC。这种货币是外汇兑换的，欧元1∶1兑换红比索，美元汇率1.2∶1。这种货币理论上讲是外汇券，但与当年中国改革初期的外汇券不同，中国当年外汇券只能在指定的外汇商店使用，而红比索在市场上自由流通。红比索与土比索的兑换率是1∶24。

当今的古巴社会可以分为两大阶层，挣土比索的"土比阶层"和挣红比索的"红比阶层"。计划体制内的居民是"土比阶层"，生活水平很低。而"红比阶层"收入很高，衣食无忧，他们的起步收入大约每月在500红比索以上。经过我们仔细观察和测算，"土比""红比"两大阶层收入差距至少在20倍以上。

古巴现在居然也有自己的"淘宝网"，当地华人称之为"土淘宝"，上面可以网购到任何消费品，也能送到家。古巴有钱人的家中配的是全套美国、日本家用电器。在外就餐往往是一个国家贫富差距的一个比较直观的观察点。在哈瓦那的餐厅吃饭很贵，在美国纽约，普通一餐每人10—15美元就差不多了，在哈瓦那要在20—25红比索，而这差不多是"土比族"一个月的收入了。

多维：赚红比索的古巴人的比例大概多少？

房宁：这个还待研究，据我们拉美所的同事讲，大约不少于20%。这可以从居住区看出，因为凡是富裕阶层，都有一片单独居住的区域。

多维：这些人主要从事什么行业？

房宁："红比族"主要从事贸易、服务、旅游行业。可以说，在古巴如果想过好日子，就要与外国人打交道，最好还有个在美国的"阔亲戚"，能够把美元寄回家。这与中国改革开放过程中富裕起来的人通过个体经商，依靠工业、制造业富裕的方式不一样，因为古巴没有工业。

在古巴，服务生是热门行业，他们拿到的小费比教授都多。拿旅馆的清洁工来说，每收拾涉外宾馆的一个房间一般可以得到 1 美元小费。但即便如此，古巴的服务生非常高兴。具体算一下，一个服务生假如每天收拾 5 个房间，每天就能有 5 美元小费收入。古巴的就业特点是全民充分就业，个人不充分就业，即一岗多人，每一岗至少两人，一周最多上三天班，一个月工作也就 10 天左右。但即使这样算下来，这个涉外宾馆清洁工每月大概能有 50 美元的小费收入，折合约 1250 土比索，这可是古巴部长级别的收入啊！这让我们想起中国 20 世纪 80 年代的民谚："开颅的不如剃头的，搞导弹的不如卖茶叶蛋的"。

当然能够有这类肥差的人肯定会有一定的背景。

多维：这有点像朝鲜，在那里，如涉外旅馆这样的工作机会，都是非常吃香的。

房宁：是的。在中古论坛上与古巴同行交流时，我说，"中国目前依然面临着严峻的腐败问题"，他们笑了。我问他们"难道这片革命的净土之上也有腐败吗？！"他们笑得更厉害了。

多维：7 月，古巴开始新一轮改革，政治层面，试图通过修宪，确定任期制为两个任期，一共十年。社会层面，也在改变古巴的性别问题。总之古巴有很大的改革动作。您如何评价古巴此次改革？

房宁：古巴正在进行改革，但在古巴国内，叫"更新"。"改革"这个词在古巴还不是褒义词，是负面的。当年古巴批评中国、东欧的改革，说是对社会主义的背叛，所以古巴现在用"更新"。但实际的含义就是改革，要改变古巴的政治经济制度嘛！

首先，古巴在政治权力交接层面上的变革还算比较成功。古巴第一代领导人菲德尔·卡斯特罗掌握政权长达 50 多年，在古共八大上顺利完成交接。卡斯特罗已经去世，他弟弟劳尔·卡斯特罗如今也退居二线，由革命之后成长起来的人，即以如今的国务委员会主席米格尔·迪亚斯－卡内尔为代表的新一茬领导人顺利和平地实现权力交接，这对于古巴意义重大，也是政治文明的表现。

其次，古巴在政治体制层面上也做了改革。尽管在中国看来，古巴的改革力度不大，但对古巴来说，已经有了很大的突破。具体来说有两点。

第一，即最根本的，权力适当分散。古巴之前的体制是，最高权力机关是古巴人民政权代表大会，国务委员会为其常设机构。该机构与中国的全国人大常委会不同的一点是，它既负责代表大会闭会期间的工作，又是古巴最高决策机构，之前的负责人先后是卡斯特罗兄弟。在卡斯特罗时代，一人兼任古共总书记、国务委员会主席、部长会议主席、军队的最高统帅。如今的变革在于，将国务委员会变为古巴人民政权代表大会闭会期间的常务机构，类似于中国的人大常委会。部长会议主席将更名为总理。于是部长会议主席（或总理）将与国务委员会主席分开。可以说，此前古巴的立法机构、行政机构、党和军队的大权归于一人掌握，如今部分地分开。

第二，古巴将开始实行任期制，此变革对于社会主义国家非常重要。

总的来说，古巴此次改革在政治体制上迈出了一大步，对于古巴未来的改革意义重大。

从改革取得的经验来看，古巴此次改革特别强调政府的作用，即行政权力的作用。因为新政权更需要面对现实问题。按照中国的经验，改革开放让中国更加实事求是。此次古巴政治体制改革实际上相当于为之后的改革提供了思想、方法论和组织层面三重意义，意义在于用制度化的方法将政权各部分合理安排。

若将权力完全集中在个别人手中，权力的运行就有可能根据其个人的偏好，甚至会因个人注意力的变化而变化，于是就缺乏可预期的行为。而良好运行的社会不能缺少预期，不能每天根据领导的意志而变化。那样的话，社会的积极性、主动性、创造性就无从谈起。

政治体制改革实际上提供了法治，即在政治与经济、政权和人民之间，提供一种可预期的关系，这样，社会积极性才有可能被调动，而这是政治体制改革实质性含义和重要性之所在。法治可以在国家与人民、社会之间形成一种制约关系，党借此给人民一个信号、一种规则，让人民产生正面和积极的预期，人民才能努力工作、投资置业。

如今古巴也意识到了这个问题，虽然仅仅是开始，但已经迈出了一大步。

以上都是从规则层面去谈古巴改革，在具体政策层面涉及以下两点：

第一，古巴允许私营个体经济，这犹如中国改革开放之初，令人想到义乌当年的"四允许"（编者注："四允许"是指允许农民经商、允许从事长途贩运、允许开放城乡市场、允许多渠道竞争）。

中国当年打破了此前禁忌。首先，农民可以把家中自产的剩余产品拿到市场上去卖，而在过去只能交给供销社。比如，自己家的鸡蛋必须交给供销社，然后再买回去。其次，开始允许农民经商，意思是不仅可以拿自家的去卖，还可以去贩运。这种行为此前在中国叫投机倒把，绝对不允许。

我在浙江调研期间了解到一个有趣的事，当年各地有一个名头很响的机构叫"打办"，即"打击投机倒把办公室"。那时中国中央有工商总局，但地方没有。如今地方工商局的前身就是这些"打办"。浙江的"打办"在各地设点，其中最著名的要数浙江台州临海的"打办"。在20世纪80年代初稍微开放一点的时候，允许浙江温州、台州的商人到椒江、黄岩等地贩运卖货，但不能过临海。因为设在临海的"打办"会查，不允许到宁波贸易。

如今古巴也一样，可以做生意，开餐馆，但目前古巴仅仅允许个人办个体户，而非办工厂。

还有一个细节，古巴人出国和当年中国人出国一样，可以带回国几个大件。现在"开口"虽小，但已经有人组织这样的贩运了，即"提包族"。其实这种行为古巴政府也是知道的，但默认允许了。这就是古巴"土淘宝网"的来历。

第二，古巴价格实行双轨制。古巴社会一直是计划配给经济，他们以户为单位，按照个人计算，家家户户都有一个被称为"食品类供应证"（西班牙语翻译）的本子。中国之前也如此，最复杂的时候有粮食本、副食本等多种凭证。古巴这种供应证基本上保证了每个人能吃上饭，里面价格非常便宜，每人每月只需要10—15土比索就能把供应证内的东西买齐，当然其中不包括肉、蛋、奶。

多维：那么如果人们想吃肉该怎么办呢？

房宁：可以呀，那就要到市场上去买。古巴自由市场或称红比索市场里供应十分丰富，只是普通人买得起买不起的问题。顺便说一下，我居然在哈瓦那街面上看到了小型的美国式的CVS pharmacy的连锁店，可见古巴"红比族"的购买力！

多维：去里面买东西的人多吗？

房宁：有呀！人们不用为开店的人操心，自然有顾客，否则店就关了。Pharmacy是以卖药品、日用品为主，也有少部分食品、饮料，与以食品为主的7-11便利店不一样。

总结来说，古巴拥有两种价格、两种货币和两个市场。一种是供销社为代表的国有商店，一种是新出现的商店，包括Pharmacy和Supermarket，也包括个体户的商店。在国有商店使用土比索，在新出现的各种商店使用红比索。当然红比索也能在国营市场使用。拿鸡蛋举例子，政府每月每个居民供应5个，花土比索大概几毛钱，一个鸡蛋按土比索计价也就几分钱，非常便宜。但鸡蛋在市场上的价格非常贵，两打鸡蛋70土比索，大概是凭本供应价格的30倍。可见古巴的这个基本供应和经济是有问题的，这也是古巴改革的原因。

正因为是两个价格、两个市场和两种货币，古巴逐渐形成了两大阶层，我称之为"土比族"和"红比族"，即仍然在国有的企事业单位工作的工薪阶层和个体经营和对外经营的新阶层。

多维：这一新阶层在古巴此轮改革之前就已经存在吗？这种状况产生的原因以及现在改革遇到的困难有哪些？

房宁：是的。这一阶层之前是存在的。

古巴之所以出现目前的状况，第一个也是主要原因，是美国的封锁，这个不是有意归因于美国。你不到古巴，是无法理解和感受到这个问题的。

有人反问，古巴为何在国内不能发展工业？仅仅是因为美国的封锁吗？当年中国也遭受到了封锁，一开始是美国，后来是苏联，毛泽东说"封锁个十年八年，中国什么都有了"，那时的中国在封锁情况下也有一定的发展。因为什么？因为中国规模大，但古巴不行。古巴在被封锁的情况下，由于规模和市场太小，搞工业是不经济的。假如不封锁，古巴便有可能通过交换贸易，加工业也可能发展起来，比如像亚洲"四小龙"。但古巴不具备"四小龙"的政治条件和外部环境。

古巴还有一个最宝贵的资源——旅游。当年哥伦布1492年的美洲之行，第二站就来到古巴。哥伦布曾说："这是亲眼所见的最美丽的地方。"1538年在哈瓦那建城，是西班牙在中美洲加勒比海地区最重要的据点。因此，经过几百年的营造，相较于之后不断战乱的欧罗巴大陆，哈瓦那继承了欧洲建筑史的遗产，成为文艺复兴至新古典主义建筑的博物馆。哈瓦那老城的建筑基本上都是 16 世纪以来的建筑，几乎都是世界文化遗产。加之哈瓦那旖旎的自然风光，宝岛风情，古巴还以雪茄烟、朗姆酒闻名于世。古巴也是欧洲白人、土著人、黑人、亚洲人等多人种混杂，人长得健美、漂亮。

以上总总可见，古巴旅游资源极其丰富。然而，在封锁下，丰富的旅游和物产都无法交换贸易。因此，古巴人痛恨美国人是有一定道理的，古巴的落后，美国也难辞其咎。当然，美国也有其封锁的理由，毕竟认为古巴此前一直在搞革命。

除了美国的封锁外，第二个原因在古巴体制层面，古巴施行的是计划经济。

外界盛传古巴修改了宪法，事实上，目前宪法修改稿在征求意见当中。古巴人民政权代表大会通过了修改草案，但不是最终决议案。目前草案在全古巴征求意见，以各个工作单位，各个街道、社区作为征求意见单位，几乎每个古巴人都会被征求两次意见。我听到一个细节，在征求过程中，人们提出要保护动物，据说这是原来修改草案中没有的一项。即便这样，据说修改草案当中仍然坚持的是计划经济，公投大概在 2024 年。

假如仍然是计划经济，那么古巴就仍然会存在问题。

相较而言，古美关系对古巴影响更大。

美国驻古巴大使馆在奥巴马时期重新设立，但目前已经停摆了。有一个特别有意思的细节，美国驻古巴大使馆外面有一个广场，现在插满了美国的星条旗，此前这个广场叫黑旗广场，是古巴人控诉美国人的地方，之前在此集会时升黑旗。

美国和古巴在奥巴马时期关系得到缓解恢复，虽然目前仍然在制裁古巴，但此时对于古巴发展仍然是一个非常好的机会，古巴周边国家，也包括中国如今已不受美国的限制，至少中国对于古巴的贸易已经是正常化了。古巴为何不利用此机会发展自己呢？

这就是第二点所讲的，古巴的计划经济导致其发展缓慢。古巴对于中国有一定的意见，认为既然都是社会主义兄弟，为何不支持古巴？实际上中国也支持古巴，然而中资企业从 2022 年开始在逐步撤回。

看一些数据，中古贸易 2017 年大致达 23 亿美元，中国出口古巴 20 亿美元，古巴出口中国 3 亿美元。可见双方逆差太大了，国际收支是有问题的。具体来说，中国宇通大巴占古巴公共交通用车的 90% 以上吧，虽然在古巴无法投资汽车厂，但汽车修理厂总应该可以吧，但为何在古巴修理汽车还得从古巴国外带零件？古巴欢迎中国企业投资，然而价格却由古巴政府决定，这是企业无法接受的。这一切都是计划经济的缘故。

其实古巴的市场非常大，但由于多年的封锁、基础设施差、基础工业落后，加之施行计划经济，导致企业家都不敢来。

当然，反过来说，古巴如今不施行市场经济，也有其道理。毕竟古巴太小，而且被美国封锁了这么多年，改革也因此而谨慎，担心开放后会出现无法预料的结果。

古巴需要自己的"邓小平"，但古巴的改革必然也是一步一步的，不能一下子让外国资本进入，将古巴市场冲垮。中国当年改革开放，邓小平是有底气的，但也是个逐步的过程。当年中国人一提让外国人来中国投资挣中国人的钱就立刻想到了1840年，中国讨论市场经济姓"资"姓"社"问题也好多年。到中国进入WTO，也经历了保护期，经历了各种博弈才走到今天。

到目前为止，古巴的官方说法仍然是计划经济，实际的政策也是计划经济，在对国际投资上也是计划经济的管理方式。所以，这也是古巴势必要解决的问题，待进一步观察。当然，古巴已经在正确的道路上了，迈开了第一步，沿着这条路革新下去，就会向前发展。

多维：中国在古巴改革和发展中扮演的角色是如何的？

房宁：如今中国在其中扮演着重要的角色，但随着美古关系的改变，中国对于古巴的重要性将逐步降低。

多维：随着古巴进一步的革新和开放，古巴将来会遇到类似于"颜色革命"的状况吗？

房宁：如果按照东欧的经验推论古巴是极有可能的。但从古巴的历史和国情来看，这种可能性有，但不大。因为古巴人对于美国人是一种双重的态度，在外人看恐怕认为是对立、割裂、不可理喻的，但对于古巴人来说是非常正常的。

古巴人强烈的民族自豪感、爱国之心以及对古巴共产党的向心力是非常强的，所以虽然古巴很多人将子女送到国外读书，有美国亲戚，过着中产阶级生活，是红比索阶层，但并不意味着这些人不爱国，不爱古巴共产党，不崇拜卡斯特罗和切·格瓦拉。

所以不能把人简单地看成经济动物。人是有生命的，生命是有时间的，所以整个一代古巴人都是在美国的制裁之下生存下来的。假如古巴人想推翻古巴共产党，那早就推翻了。也因此可以说，是古巴人自己选择的接受美国人的惩罚，支撑古巴人的，是不畏强权，为了民族的尊严不怕吃苦的性格。

当年古巴跟着苏联搞世界革命，可以让苏联导弹来古巴，但后来苏联退缩了，据说，为此卡斯特罗大骂赫鲁晓夫，认为赫鲁晓夫出卖了古巴人的利益，之后美古关系才僵化。导弹危机和"猪湾事件"之后，古巴本可以不冒着风险，为苏联当反美桥头堡，站在苏联的阵营。

美古关系可以用自由古巴来形容。其一，古巴整个民族充满着对自由的向往，自由也是古巴独立战争时期的口号。其二，古巴如今事实上也非常依赖美国，就如一款名叫"自由古巴"的鸡尾酒一样，其原料之一就是美国的可乐。据说，当年美国禁酒，对于饮料的酒精含量规定一个比例。一个美国兵来到古巴喝酒，在酒中兑可乐，结果勾兑之后的口味特别像古巴独立时那些自由战士爱喝的饮料，遂将此命名为

"自由古巴"。

在未来一段时间，古巴在政治上会坚持古巴共产党的领导。这和东欧人不一样，东欧人认为共产党是压迫者，所以追求的自由就是变成西方。古巴人并不认为共产党压迫他们，反而认为是美国人压迫他们。所以古巴人可以和美国人做生意，也同样不会离开给了他们尊严和独立的共产党。

10年前我曾问过一个古巴妇女，她相当于妇联的领导人，她当时就提到古巴的这种矛盾，虽然她并不认为是矛盾的，我当时不理解，如今可以理解了，因为古巴要的是独立，哪怕是与美国人合作，做生意，也是古巴人自己愿意去做，而非拿古巴的权益做代价去换。于是，古美关系如今僵持在这里，特朗普说，古巴人要交出你骄傲的心，财富就会给你。但古巴不同意，不能交出自己的主权、骄傲的心以及革命。就连新领导人迪亚斯—卡内尔也被称为"革命之子"。

多维：古巴人对于古巴共产党就没有一点儿反感吗？至少在外界看来，古巴共产党一党专制，古巴如今的困局与古巴共产党存在不可分割的原因。

房宁：不会。古巴共产党之前的巴蒂斯塔政权是美国人支持的，对内非常残酷，对于不同异见者就是杀。卡斯特罗并没有这样，最多是让你去美国。古巴独立之后，美国人才来封锁。因此，古巴人并不认为是因为古巴施行了公有制和社会主义而被制裁，而是因为古巴人取得独立，不听美国人的话。而这的确是事实。

古巴人是坚定的独立自由的向往者，不管过什么生活，哪怕艰苦，都要自己去决定。古巴知识分子提到这一件事时，是高度一致的。

当然，在古巴被"共产"的人是不满意的，比如流亡的百加得家族（Bacardi），还有一些私营主，农场主。之后，古巴人被囊括在一个完善的社会保障之中，虽然如今越来越难以维系。因此可以说，共产党主政之后，古巴人是满意的，而他们天性自由，只要有朗姆酒、雪茄烟，然后独立，就很满意。古巴历史上从来不穷，这和中国不同。假如美国不制裁古巴，古巴人生活得很好的。

多维：如果将古巴此次改革放在包括中国、越南等社会主义国家改革的整体来看，它具有哪些普遍性和特殊性？

房宁：普遍性表现在从社会主义计划经济走向社会主义市场经济，古巴也证明了单一的计划经济是走不通的，虽然计划经济刚开始还是不错的。

如今古巴对于城市居民的供应越来越少，于是改革必然提上日程。

特殊性在于，古巴的经济困难，虽然有计划经济的问题，但最主要的问题还在于美国，只要对外开放，古巴经济自然好转，更简单地说，只要美国游客来到古巴，古巴就没问题了。

另一个特殊性在于，把经济的对外开放和政治上的独立会长期共存，并不会因为开放而成为美国的一个州，失去其独立性。

总体来说，美古关系的改善是大趋势。

多维：美古关系目前最大的阻碍是什么？

房宁：我认为是美国希望共产党放弃古巴政权，之后听美国的话。但这是古巴人民坚决不同意的。

奥巴马当年恢复美古关系，是因为他已经清楚地认识到，共产党对其已经没有威胁了，古巴不与反西方的势力结盟，更不会再输出革命了。

多维：关于古巴的人权、信息言论封锁问题呢？似乎美国也很喜欢拿这些说事情。

房宁：这些都不成问题。对言论和信息，古巴根本无法阻碍美国的信息传入古巴，毕竟太近了。从美国来的游客也不少，封锁信息是不存在的。

多维：据说，古巴医疗条件非常好，这是真的吗？

房宁：这里需要澄清这个传言。简单来说，这个"好"是什么意义上的好？古巴经济十分落后，没有基本工业，人民生活水平也低，收入不到1000美元。所以这个"好"，是指在如此经济条件和在美国严厉制裁的基础之上，古巴人民基本医疗保障是好的。

古巴为何能做到呢？关键在于其三级医疗体系——家庭医生、社区医院和专业医院。古巴人每100户有一个家庭医生，若没有遇到急诊，一般会找家庭医生。只有家庭医生同意和批准后，才被允许去社区医院治病，比如动手术等。当社区医院仍然无法治疗的话，才允许去专业医院。因此，古巴将大量的医疗问题解决在家庭医生层面。

相比较来说，中国是大医生治小病，古巴则是小医生治绝大多数病。

另外，古巴医疗以预防为主。家庭医生如片警一般，会去巡诊，对地区和居民也熟悉，对他们定期检查身体，因此在未病之时就已经检查出来。可以说古巴已经形成了这一套医疗文化。

当然，犹如古巴的供应体系，如今医疗体系也面临着困难，也需要改革。古巴每年花在医疗上的钱非常多，也是古巴经济困难的原因之一。除了医疗，古巴政府还在教育、食品供应和交通上承受着巨大压力。这四大块是古巴政府最大的支出。

不可否认的是，古巴的医疗在某些领域是领先的，比如疫苗领域。古巴治糖尿病感染疫苗对于患病者的伤口愈合非常有效。还有一种是治肺病的疫苗。另外，古巴还从蝎毒中提取了一种抗癌药。

总体上说，现代医疗建立在生物、基因技术层面。国际大型制药集团每年花在研究上就上百亿美元，和古巴 GDP 差不多。可见古巴的医疗仅仅局部比较好，并非传说中的那样。

从特朗普看美国

2017年1月20日，特朗普宣誓就职，美国掀起了另一波街头抗议潮。自特朗普当选，围绕他展开的反对声就不曾停止，全球舆论对特朗普政府未来执政方向也议论纷纷。这之中，不乏对他政策确定性和执政稳定性的质疑。观察者网在特朗普就职典礼后对话中国社会科学院政治学研究所所长房宁，分析"特朗普时代"，道来背后的深层原因以及这位"话题总统"未来的政策走向。以下为专访文字整理。

观察者网：特朗普刚刚宣誓就职，舆论对他的评论很多，对他执政的稳定性、政见都有许多说法。您对目前这些舆论怎么看？

房宁：美国大选确实值得人们关注。去年以来，随美国选情的起伏，中国舆论场的关注度不断提升，前几天特朗普的就职典礼也吸引了众多眼球。因为大家都不是做专门研究工作的，对美国大选以及特朗普新政府还只是一个表面印象，自然会对很多问题有些不太准确的看法和评价。

比如说，舆论普遍对特朗普的就职演说感到意外，甚至调侃说他"拿错了稿子"。其实，他的就职演讲是他从2015年参选以来历次公开辩论和重要竞选演说的集大成。他就职演说中的观点和语言都是以前反复讲过的，并不新奇。那天他只是把一贯想法和主张集中起来做了全面表述。很多舆论对此表示震惊，说明大家还是不太了解他。这两天我们做了一些数据性分析，结果表明，就职演讲与特朗普一贯的语言和逻辑是高度吻合的。

还有一种说法，认为特朗普未来执政有很大的不确定性。这显然是不对的。特朗普当选并已任职这是非常确定的事实，况且特朗普是个意志坚强甚至是个非常顽固执着的人。他的当选来之不易，他一定会坚定不移地贯彻他一直以来的想法和主张，只是他能做到多少要受到客观限制，但他一定会按照他既定的方针来改变一些什么，改变美国，改变世界。我认为是非常确定的，怎么能说不确定呢？！美国新政府的执政方向，或者按特朗普说的那个"运动"的方向是相当确定的。说不确定，那只是你不了解罢了，可不是特朗普不确定。

目前的舆论场上，也有一些专家、学者在没有做深入研究的情况下，发表了许多议论，这倒是很不靠谱、很主观，有的离事实很远的。这种情况并不好，不利于我国舆论界和公众为美国政府更迭后可能出现的新情况、新转变，特别是对我国的国际环境、中美关系即将出现的新情况、新变化，做一些社会心理方面的准备。所以，我也希望能够通过媒体呼吁我们的专家、学者们，多做一些研究，通过我们对事实的研究和认识，引导舆论对即将到来的变化做好准备。

观察者网：有一些声音说，目前的抗议非常多，担心特朗普不能做满自己4年的任期，您怎么看？

房宁：是吗？为什么会这么看呢？当然任何事情都有可能。在我看来，特朗普做不满4年或8年的更大风险可能来自他的身体，毕竟他也有70多岁了。美国总统可不是一份轻松工作。特朗普当选确实有很大的争议。2016年的大选是多年来美国少有的激烈竞争。如此激烈的选战在一定程度上反映了美国社会的分歧，其实这种分歧乃至极化，从2000年大选时就已经明显地出现了，这个趋势持续了16年。的确，对于特朗普胜选，美国人的态度非常对立，有人欢欣鼓舞充满了希望，有人非常气愤、非常沮丧。据我们所知，很多美国家庭连圣诞节都没过好，因为即使是朋友、家人都可能对特朗普当选有不同的看法。这次我们研究团队有人在现场观察，注意到参加特朗普就职典礼的观众比以往有所减少。21日还有一个规模非常大的女权示威，尽管不是直接针对特朗普的，但是很多人也是出于对他的不满而参加这个游行的。

但是，特朗普当选在美国引起的争议，并不意味着他领导的会是一个弱势政府，而他会是一个弱势总统。相反，特朗普现在十分强势。他执政后，是有基本条件来推行他的政策的。

首先，特朗普作为一个所谓的"政治素人"，确实缺乏华盛顿权力系统也就是他总在批评的"建制派"的支持。也可以说特朗普从参加竞选开始就打破了许多规矩，是一次非典型的竞选。而从另一个角度看，这恰恰说明特朗普在美国社会有非常强大和稳定的支持。

根据我们的研究，特朗普支持者的坚定性、强烈性大大超过对手阵营。也就是说，在美国凡是支持特朗普的，大多是非常认同他的政策的，对他本人也抱有很大期待。

这次大选结果大大出乎民主党人的意料。原来民主党认为可以拿回执政权，同时可以拿回参议院的多数，进而可以在现在 4∶4 保守和自由倾向的联邦法院大法官的任命上，再添一位倾向自由主义的大法官。这本来是民主党的如意算盘。但现在的实际情况是，除了特朗普当选，参众两院都是共和党保持多数。这也意味着特朗普会很快任命一个新的保守派大法官。再有就是美国的州的层面上也是共和党占优势。这些情况与奥巴马第二个任期形成鲜明对照，也就是说，特朗普不是一个"跛脚鸭"，美国的制度体系比较有利于他。况且特朗普本人是一个非常精明、善于运用策略的人物，他的个人能力要胜于奥巴马和小布什。

奥巴马和小布什在很大程度上是理想主义者。我们在美国调研的时候经常听到一种说法，说奥巴马是一个哲学家，不是个政治家。所谓"哲学家"是说他更多是凭借一种理想、一种主张在做事。而政治家是非常现实的，是计算条件和成本的，政治家是凭借"工具理性"推进工作的。奥巴马，以及某种程度上的小布什，他们并不是典型的政治家。特朗普应该说在这个意义上是个典型的政治家。他非常精明，既有坚定的目标，也有非常灵活的手段，是不能被低估的。大家不应该被特朗普表面的个人风格所迷惑。

谈到特朗普的个人风格，很多人都知道他是个非常精明抑或说狡诈的商人，他不仅勤于实践还善于总结，很早就有营商的畅销书。很显然他是一个策略大师，他从年轻的时候就非常善于处理各种关系。批评他的人说他是个Conartist玩家（街头变戏法游戏）。从经商的角度看，特朗普远不是美国最成功的、最大的企业家。但一直以来他十分善于利用和处理各种复杂关系，善于声东击西、真真假假、虚虚实实，纵横捭阖，化被动为主动。这是他的个人风格。

观察者网：我们知道，您的团队用"新民粹"这个新的概念来解释特朗普的当选，也由此推断他未来的政策走向，请您具体展开谈谈。

房宁：对特朗普执政的美国要做好一定的思想准备，调整我们的心态，这个是很必要的。

16年来，美国政府出于种种原因吧，并没有把中国真正当做对手。2001年小布什上台伊始就提出"对手论"，但不久就发生了"9·11"事件，美国转向了。8年后奥巴马上台，提出所谓的"重返亚洲""亚洲再平衡"等战略，当时的希拉里国务卿还提出了"巧实力"。我认为这些都是主要针对中国的。但我们知道，奥巴马是美国历史上第一位具有非欧洲裔血统的总统，这就触及了美国政治最隐秘、最深层次的问题——美国的那个"永远的痛"。奥巴马当政之后，遇到了前所未有的阻力，这种阻击很大程度上是针对他本人而非他的政策的。十分遗憾,奥巴马这 8 年简直可以说是一无所成。他自己也很是沮丧。过去的 16 年的国际环境给中国创造了很大的机会,我们称之为"战略机遇期"。

随着特朗普的上台,情况会有很大的变化,这可要引起我们的警觉。现在大家很关心特朗普新政府的政策走向,但如何靠谱地分析这一问题,关键是要准确、深入认识特朗普上台的原因。如果我们不能真正了解特朗普如何胜选、如何赢得了大选,就不能了解他的政治基础和社会背景,进而也就很难了解和理解他的行为和未来政策。换言之,正确认识特朗普胜选的原因是预测其行为和政策的基础。

我们的团队长期以来一直关注美国,关注美国选举。这是很复杂的问题,为了讲得通俗简单,我们想用"新民粹"作为解释美国发生的变化以及特朗普现象的核心概念。

至少从 2000 年以来,美国社会的结构性变化日益明显,主要的特征是美国社会中原来的主流人群,即白人中等阶层出现了被边缘化的倾向。大家都知道美国是以工业化立国的,过去有个说法,说"美国是一个装在汽车轮子上的国家",在 20 世纪 60 年代,每四个工人中就有一个和汽车及相关产业有关。随着各种结构性变化,特别是经济全球化和经济金融化,美国社会发生了巨大而深刻的变化。原来在制造业发展起来的所谓中间阶层,即当年尼克松在莫斯科美国展览会上向赫鲁晓夫炫耀的美国工人家庭,由此还引发了一场著名的"厨房辩论"。但进入新世纪,曾经引以为傲的、代表了"美国梦"并吸引了世界目光的美国中间阶层陨落了,被大大地边缘化了！这是后现代美国社会乃至西方世界发生的最大变化。轮不到我多说了，特朗普在大选中对这个问题已经进行过反复的震撼人心的讨论。

我只是想顺带说一句，有一个情况大家可能不太清楚，即所谓"1% vs 99%"问题，国内很多人还在用过去的观点看这个事情，说这反映了美国的阶级对立。这话看似有道理，其实是不对的。如果是传统的所谓的"阶级对立"问题，也就是所谓的资产阶级、无产阶级问题，那绝对不会是1% vs 99%。美国传统的工人运动、民权运动最高潮都要向华盛顿进军。马丁·路德·金发表《我的梦想》的演说是在林肯纪念堂前。这次抗议的人们为什么去纽约百老汇边上一个小小的广场上去安营扎寨？1% vs 99%不是过去意义上的阶级对立，其背景是经济金融化，是金融垄断集团控制了整个经济活动，成了经济活动最大的受益者，从而引起了美国社会的广泛反对，甚至也包括特朗普这样的人。很多人会认为特朗普是大老板，他是1%。其实不见得，在我看来他恰恰不是1%，而是99%。他激烈地抨击华尔街，他本人不是一个金融大鳄。他想振兴的还是美国的产业包括工商业，他对经济全球化、金融化持不同看法的，他要做出某种纠正。

美国和世界正在发生巨大变化，我们不能再用过去形成的那些概念剪裁现实，许多概念和认识已经过时了，囿于成见，现实反而是荒诞不经的。特朗普很懂得美国原有社会主流被边缘化的现实，很懂得适应和借助新的社会情绪。支持特朗普的重要社会群体是那些所谓的"愤怒选民"——欧洲裔的工人、中老年男人、受教育程度低的人，住在"锈带""圣经带"上的人们。

我们姑且把这种社会趋势及群体称为"新民粹"。"民粹"过去一般是指社会下层、底层、收入低的那些人。但特朗普的力量更多来自原来的社会主流，更多是被边缘化的白人群体。他们被全球化、金融化浪潮冲击，被大量的外来移民、大量的外来商品冲击。虽然他们从标准意义上并不属于贫困阶层，不是社会底层，但是他们被边缘化后产生了强烈的失落感、挫折感和对抗情绪，他们反抗趋势，反抗权威，反抗上层，反抗1%，抵制全球化，抵制金融化，形成了一种新型民粹主义情绪。我们将其称之为"新民粹"。特朗普在很大程度上代言了这样一种社会情绪及其背后的利益群体。我认为这是导致特朗普当选的深层次原因。当然这还不是全部的、直接的原因。

认识了特朗普的政治基础和社会背景，进而可以透视美国社会的发展变化趋势，在此基础上才有可能科学地来判断美国新政权的未来政策。

观察者网：您说的社会底层、收入低下的，包括外来移民在内的美国人，恰是奥巴马执政期间很大的关注点。特朗普执政后会怎样处理奥巴马留下的政治遗产？会推行怎样的政策，来服务于他的支持者，那些美国原来的社会主流？

房宁：奥巴马上台后做了几件重要的事情。一个是他在国际上，特别是在伊拉克、阿富汗等小布什总统发动战争的地方，进行了战略收缩。我认为这应该是他的主要政绩，特朗普在这些方面大致还会延续他的政策。特朗普和他的主要政策区别，应该还是在国内方面。

回头说奥巴马，有人讲他是一个"欧洲的社会主义者"。上次大选时，美国有一个论调，说那是"欧洲社会主义"和"美国资本主义"之争。奥巴马非常强调所谓的平等、自由、人权等在美国属于政治正确的核心概念，这背后实际的政策内容是强调社会福利，强调开放，也就是更加宽松的移民政策。在教育、医疗、社会保障等社会福利上，奥巴马做了大量工作。最典型的就是用他名字命名的、他希望能成为他政治遗产的平价医疗体系"Obama Care"，他对其倾注大量心血。但这些方面特朗普肯定是与之相对的。

从特朗普的政治基础和背景看，我们认为，特朗普新政府将有三层"政策圈"，也就是特朗普执政的首要目标、其次目标和再次目标。这是指政策体系而不是某项具体的政策。

特朗普要代表美国传统主流，也就是欧洲裔美国人。那么他最大的任务就是要改变移民政策。这是他一定要做的，要阻止至少是延缓非欧洲裔美国人增长的趋势。他肯定要收紧移民政策，比如说会进一步控制美国边境，防止非法移民的进入，对合法移民也会有更加严格的审查。还可以设想，他会驱逐一部分所谓的非法移民，甚至会修改长期以来出生在美国自然成为美国公民的政策。

2016年年初我到美国考察初选时，一位美国工业城市的市长跟我们谈到一个数字。他说美国2015年秋季开学入学的小学生中，有色人种第一次超过了欧洲裔美国人，这是历史性的变化。当时我们就意识到了，如火如荼进行的选举的核心究竟是什么了。这是特朗普的使命，他一定要筑起他的那道"墙"，无论是什么形态。

第二个"政策圈"，我认为是减少社会福利。我们常说，2016年的大选是"政治正确性之争"。什么是"政治正确"？什么是特朗普每每批评的"政治正确"？核心问题有两个——非歧视和照顾。特朗普时常抨击美国的社会保障和社会福利，批评对弱势群体的照顾，他认为这降低了美国的竞争性。慷慨的社会福利的最大受益者是美国的下层、有色人种。2012年大选投票日后，我在华盛顿的一个小店里和一个缅甸移民聊天，她告诉我，她移民美国11年了，她说奥巴马是一个好人，他让移民在美国生活得更好，让她的孩子上得了学。而特朗普认为过多的平等与保护，影响了美国的核心竞争力，违反了美国的核心价值观。特朗普经常表现出对弱者的蔑视，总把Looser挂在嘴边。一次接受CNN采访时，他公然说根本就不同情那些弱者，他说一个人要改变自己的命运只能靠努力奋斗。一天睡8个钟头，不汗流满面地拼命工作，怎么能进入上流社会呢？！在特朗普的观念里，美国不是被照顾出来的，美国是打拼出来的。美国是一个生存竞争立国的国家，这是美国的基本精神。奥巴马的社会福利政策会惯坏美国，必须加以改变。在具体的政策上，他会努力推动减税，放松监管，减少福利，包括改变Obama Care。当然，在这些方面特朗普也会受到阻力，这是毫无疑问的。

第三个"政策圈"，我想是振兴美国工商业，特别是制造业。在这些方面可能会引起一系列社会后果，比如，会影响到环保政策、国际贸易，美国的国际战略也会因此而受到关联影响。对中国的影响可能会体现在与这个政策圈有关政策调整中，比如说他经常谈到来自中国的贸易不平衡问题等。

观察者网：目前有一个现象，不管是特朗普的赞同者还是他的反对者，都想要绕开现行的体制去反对他。此前，美国有《Prospect Magzine》杂志于1月刊登了弗朗西斯·福山的论点，认为美国已经是一个"Failed State"，他说出了"对美国的体制并不乐观"这样的话。从现在的局势看，可不可以说目前美国人对体制的信任程度已经达到了历史最低点？

房宁：我觉得好像还不是这样。这里有一个理论性的东西。我也注意到我们国内有很多有关自由主义、保守主义的议论。我们要意识到世界在发生巨大而深刻的变化。我们人类是根据概念来认识社会的，而概念和理论都来自实践。现在实践变了，现实变了，我们还用过去的概念就不一定合适了。

从政治体系观察特朗普现象，推测特朗普政权的走向，就要涉及政治体系的结构问题。在我们看来，政治体系分成三个层次，第一层是表层的"宪政体制"，也就是宪法法律机构，包括按美国说法的"直接决策者"，包括这些总统啊、议员啊、政府高官啊，这是政治体系最表面的层次。往下是权力结构，美国人爱说"权势阶层"，一个国家的政治权力实质性地掌握在这个阶层手中。而这个权势阶层与宪政体制中"直接决策者"还有所区别，他们在很大程度上是隐蔽的，多数情况下并没有正式的法律地位。过去有本很有名的书叫《谁掌管美国——里根年代》，还有美国著名的政治学家米尔斯一直致力于研究这个问题。我们在调研中，美国的智库学者认为，当代美国的权力结构主要是5个"圈子"，他们是：工商共和党人、宗教共和党人、军工体共和党人和劳工民主党人、加利福尼亚高科技民主党人。再往下，就是利益结构，也可以说是美国的社会结构。美国社会结构有许多维度进行划分，比如：种族、性别、宗教、收入、职业、年龄、教育以及居住地等。

特朗普现在的确面临一个问题，他尽管有"新民粹"的支持，但他也因此受到民主党人和知识阶层的抵制，同时在共和党内部也有很大的障碍。在这种情况下，特朗普怎样顺利执政，怎样推行他的政策？他确实有很大阻力。

现在来看有一种可能，在历史上也有先例，或者说政治上有这样的机制。政治体系中的三个层次一般情况下是联动的，也就是在利益结构中的主流一般也是权力结构的主流，权力结构的主流一定会形成宪政体制的主流。这是政治体系的常态。

但也有一种非常态，就是宪政体制中的主流和权力结构中的主流有矛盾的情况下，宪政体制的主流可能越过权力结构直接诉诸利益结构。这也是我们所说的"民粹主义政治"。

在我看来，特朗普从竞选以来一直传递的，甚至他的就职演讲也强烈透露出来的信息，就是这种民粹主义政治。现在他在权力结构中遭遇阻力,他所痛恨的"建制派"不同意他,抵制他。这种情况下,特朗普诉诸他的群众、他的社会基础,致力于形成一种新的政治正确性。他在这次大选中,张口闭口批判美国的政治正确性,实际上是认为过去的政治正确性过时了,这同时也意味着他将塑造一种新的政治正确性。比如我们谈到的,特朗普追求的是崇尚竞争,崇尚强者,崇尚成功的美国资本主义。特朗普直接向美国社会传递这样的信息,他在就职典礼上频频提到"美国人民"!在美国当下的语境里,特朗普话语里的"美国人民",和我们大多数人以为的美国人民显然不是一回事。我们就不要再望文生义啦!

特朗普正在动员美国社会中被边缘化的原主流群体,凝聚起他们的意志和力量来改变美国。特朗普会利用在大选中逐步阐释出来的、被他的胜选巩固了的新的政治正确性挟持权力结构中的建制派,推进他所期待的那场改变美国与世界的"运动",Make America Great Again。

夜走红场

傍晚5时，我们的航班降落在莫斯科谢列梅捷沃机场。说是傍晚，但夜幕早已降临。时值冬至，这是一年里白昼最短的一天。俄罗斯的寒冬和大雪是有名的，而我们走出机场候机楼，外面竟飘着蒙蒙细雨，雨丝拂面，有一股清凉的感觉，毫无寒意。

时有凑巧，70多年前，1949年12月22日，毛主席经过一个多星期的颠簸乘火车抵达莫斯科，开始了他的首次出访。据陪同毛主席出访的汪东兴记载，当年莫斯科气温是零下30多度，大雪没膝。今天的莫斯科却比北京暖和多了。

经过一个多小时的车程，我们来到了位于莫斯科市中心的大都会酒店（Metropol）。这座建于1905年的酒店比邻大剧院和克里姆林宫，酒店一如俄罗斯建筑风格，高大宽敞，酒店内饰富丽堂皇，因临近新年和圣诞，更是被装饰得满目琳琅。

出外调研、访问处处都长见识。到达酒店办入住，就体验了一把俄罗斯的办事风格与效率。酒店前台女服务生娇小漂亮，说得一口流利英语，但办起事来就不那么利索了。护照拿着看了半天才告知要先交付房费，而且必须用卢布现金支付。好在本店就可以办理换汇。我们马上去了换汇窗口，可到那一看里面没人，窗口放了块牌子写着休息半小时，我们估计服务生去吃晚饭了，只好耐心等待。20多分钟后，一位中亚面孔的女士回来了，几千美元现钞换来厚厚的10沓卢布，陪同我们的小伙子秋雨博士双手捧着送到前台。现在牌价是1美元兑换61卢布，酒店则是1∶58。看着厚厚10沓钞票，前台服务生显得很紧张，手忙脚乱地数了近半小时才收下了这30多万卢布。

办好入住已经快晚上9点了，北京时间已经过了子夜，但大家睡意全无。除我之外，代表团成员均为第一次来俄罗斯，大家商量去街上走走看看。周末的莫斯科四处灯火辉煌，雄伟的大剧院在灯光映衬下熠熠生辉，街上车水马龙，人流如织。我们抬头看到了过去在画册上、电影里看过的克里姆林宫尖塔，便说去克里姆林宫红场走走。我5年前来过莫斯科，但正好赶上红场关闭，未能参观这闻名遐迩的"打卡"之地。

走进红场大门，意外地看到，整个红场变成一个圣诞大夜市，每逢庆典举行阅兵游行的红场被布置成了商业娱乐一条街，溜冰场、儿童游乐园、小摊夜市灯光璀璨，热闹非凡。而对于我们来说，红场具有特殊的符号意义，总能勾起我们这代人的苏联情结甚至是共产主义情结。

进到红场，克里姆林宫宫墙和紧靠宫墙的列宁墓紧紧吸引着我们的目光。层层叠叠如山峦，巴洛克风格的俄罗斯国立历史博物馆也很漂亮。在热闹夜市的旁边克里姆林宫庄严静穆巍然屹立。在夜幕和灯光的映衬下，克里姆林宫宫墙、尖塔、钟楼更显巍峨壮丽。列宁墓则要比我想象得小很多。当年斯大林、赫鲁晓夫、勃列日涅夫等几代苏联领导人登上列宁墓检阅游行队伍。如今我们站在列宁墓前，抬头一望，检阅台近在咫尺，似乎伸手可及。

苏联解体后，关于十月社会主义革命、关于列宁、关于列宁墓争执不断，直到最近普京总统还发表评论希望平息有关迁移列宁遗体的争议。他说，列宁墓无论如何已经化为俄罗斯历史的一部分，已经变成俄罗斯民族集体记忆的一部分。

对于我们来说，我们都会记得毛主席说过的那句话：十月革命一声炮响，给中国送来了马克思列宁主义。十月革命、社会主义、马克思列宁主义曾经引发了中国现代史上的风云激荡，几代人的命运与此密切相关。来到这里望着静穆列宁墓、克里姆林宫墙，心中不免泛起阵阵涟漪。列宁墓的入口处摆放着两个花圈，想必是俄共敬献的吧？

夜幕灯光下的克里姆林宫尖塔和钟楼真是格外漂亮，塔尖、楼顶的红五星更是醒目。据说红五星是用红宝石做的，我用手机拍照时在镜头里都注意到了远处塔尖上的红星闪闪发光。与克里姆林宫哥特式标志性建筑尖塔、钟楼风格迥异的是钟楼对面的圣瓦西里大教堂。这个拜占庭式的大教堂犹如童话故事里的建筑，它那层层叠叠的"洋葱头"屋顶给人留下深刻印象。圣瓦西里大教堂是俄罗斯历史上著名暴君

"伊凡雷帝"建造的。当时伊凡四世在与鞑靼人打仗,他每征服一个鞑靼部落,就加盖一个有"洋葱头"屋顶的殿堂,大教堂一共有九个"洋葱头"。据说为了保住这个在伊凡四世看来是绝世佳作的建筑不被复制,大教堂建好后他竟弄瞎了建筑师的双眼。传说很动人,故事真残酷。

红场原名是"托尔格",意为"集市"。苏联解体后,俄罗斯走上了市场化道路,往日高度政治化的社会生活早已烟消云散,变得世俗化、平民化了,这也体现在红场的用途上。这不,新年、圣诞来临之际,红场恢复了她的原意,真的变成了一个大集市。

我们瞻仰完了克里姆林宫、列宁墓、大教堂,便特意穿过红场夜市,看看热闹。红场夜市与中国各地的夜市差不多,以贩卖日用品、旅游纪念品和风味小吃为主。有一家店以一个超大的俄罗斯特色大茶炊为核心大卖各种饮料,很有人气。是呀,冬天夜晚来一杯冒着热气的甜饮会很舒服。

苏联解体后,俄罗斯经历了经济大崩溃的惨痛年代。苏联、俄罗斯的改革都不成功,按后苏联时代主导改革的自由派风云人物盖达尔的话说,改革把一切都改了,最后连饭都给改没了。好在俄罗斯终于出了一个普京,他把坠向深渊的俄罗斯硬是给拉了回来。然而,虽说这十多年来俄罗斯的日子好过了一些,可依然难言轻松。

以莫斯科来说,这座普通市民收入十分微薄的城市,居然在世界大都会物价排行榜上稳居前三甲。我们来红场的路上,去了一家餐厅吃点夜宵。一路奔波一天都没有吃什么东西，但时间晚了也不能多吃，每人就点了一个红菜汤，大家合着吃了两份沙拉，有人还加了一小碗面条。我更不能多吃，我怕红菜汤油腻，就点了清淡一些的鱼汤，吃了一点沙拉和一块小面包。最后一算账，此餐竟然折合人民币500多元，平均每人100元。俄罗斯服务行业一般不收小费，但这家餐厅却收服务费，而且没有标准，让顾客看着给。我们不明就里，服务费显然给少了，服务生一句"哈拉硕"都没说，扭头就走了。

红场夜市却是另一番景象，相比正规商店这里的东西显然便宜多了。中国人到俄罗斯带回几个套娃是必须的，但中国人的购买力教会了朴实的俄罗斯商贩，莫斯科的套娃价格早都翻了数倍。现在一个普通套娃动辄几百元人民币。出门前，我可爱的小孙跑过来说：姥爷姥爷去俄罗斯给我买一个粉色的套娃。姥姥偷偷地对我说，家里过去还有一个套娃，你就别买了，回来把那个套娃给她就行了。我们来到一个卖旅游产品、日用品的摊位上，俄罗斯套娃摆得满满的。我顺便问了问，中等大小的套娃折合人民币90元，我一高兴买了4个，准备回来带给同事的小孩。我还给我的小孙买了一双手工缝制的俄式小毡靴，很精美，也只是100多元人民币。

走出红场夜市，不禁回头看看静谧的克里姆林宫，不经意望见克里姆林宫圆顶上的俄罗斯国旗。和欧洲国家的通例一样，那是俄罗斯总统普京的总统旗。克里姆林宫上飘扬着总统旗，说明普京总统在克里姆林宫办公。时近午夜，我走回住宿的酒店，心里想着：祝普京总统好运，祝俄罗斯人民好运。

　　新年就要到了,明年元月 7 号俄历圣诞节也快到了,祝大家新年快乐,圣诞快乐!

俄罗斯的阶级与革命

几十年前,苏联、东欧地区发生了一场前所未有的政治剧变。在政治权力弱化和社会抗议浪潮的冲击下,一个个政权垮塌,一个个长期执政的共产党下台。这场政治巨变以曾经的"超级大国"苏联解体最终落下了帷幕。

苏联解体后,独立了的俄罗斯走上了一条与苏联完全相反的道路,而接踵而至的是经济崩溃、社会动荡、精神迷失的痛苦10年。我们在俄罗斯密集的学术访问中接触了当今俄罗斯思想界、学术界以及国家重要智库中大批精英,当不可避免地涉及俄罗斯"社会转型"那段历史的时候,他们似乎不约而同地采取了回避态度,看来他们非常不情愿回顾那段历史,正所谓:往事不堪回首。

俄罗斯独立之初,有过一阵非苏联化浪潮。苏联时期曾经兴盛一时的象征苏联、社会主义、马克思主义的各种塑像、标志被大量清除。人们希望抹去那段历史的记忆,这也算是社会转型的一部分内容吧?!

但什么事情都有例外。在我们住的酒店外面，居然有一尊安放在高高花岗岩基座上的卡尔·马克思的头像。这座高耸的塑像相当引人注目，它坐落在莫斯科繁华的剧院大街旁边，与金碧辉煌的大剧院隔街相望。如今这可真是在莫斯科难得一见的景观。剧院大街在1990年以前叫做"马克思大街"。

我去瞻仰马克思塑像的时候还发现了一个有趣的现象。当你站在塑像的左侧观看，你会看到马克思一副坚定奋发的神情，他的目光犀利坚毅。而当你站到塑像右侧观看，你会看到一个沉思的马克思，他的眼神里露出忧郁。我背过身来，站在马克思塑像前面对大街，想象着以马克思的立场、观点和方法观察一番这个曾经被马克思主义改造过的国家与社会。

临近新年和圣诞的莫斯科被装饰一新。尤其到了晚上，莫斯科被各种灯饰装点得如同童话世界。莫斯科宽阔的大街上车水马龙，大剧院流光溢彩，阿尔巴特步行街上人们衣着光鲜，喜气洋洋。如今的莫斯科早已把苏联解体后崩溃时代的痛苦记忆甩到北冰洋里去了。

再到剧院大街附近的莫斯科中央百货商场转转更是大开眼界。这座当年以特供苏联共产党高层奢侈品的特权商店早已随着社会转型向公众开放了。这些年，我们为适应政治学研究国际化趋势和比较政治研究的需要，到过不少国家调研，出国调研自然也会逛一逛那些国家大都会里的商店市场。尽管已经进入"后现代"断舍离境界的我，基本上不买什么东西了，但作为专业人士，透过消费市场感知社会也算是调查研究的一部分。踏进莫斯科中央商场后，我很快就感受到这里是一个极尽奢侈豪华的世界。俄罗斯曾经经历了经济崩溃，近年来又饱受西方制裁，经济遭受严重打击。而莫斯科高档商店完全是另一个天地，这里实在是太高大上了！莫斯科中央商场堪称世界奢侈品博览会，价格更是出奇的昂贵。我记得曾经在东京银座三越百货和伦敦金融城奢侈品店，被令人咋舌的价格所震惊，而今莫斯科高档商店是有过之而无不及。

再看看商场里的顾客，他们大多是金发碧眼的俄罗斯人，身材高挑有款有型，伟岸的男子挺拔冷峻，窈窕淑女婀娜多姿。他们出手阔绰，不挑不拣，干脆利落，大包小包拎起就走。显然，来这里的俄罗斯人是这个国家里不同凡响的一群。

俄罗斯的高校、科研机构在接待来访方面与其他国家有个小小的区别，他们似乎不大招待来宾就餐。我们访问的日程排很满，中午、晚上或在参访的单位食堂就餐，或就近随便找个小餐厅就餐。在各式餐厅就餐也是观察莫斯科人生活状况的好机会。在酒店餐厅或比较高档餐厅就餐，和在街头小餐馆就餐，我们遇到的人是很不同的。

我们居住的大都会是莫斯科负有盛名的酒店。酒店三层、四层宽敞的中庭里陈列着曾下榻酒店的名流照片，那简直就是一个世界名人汇。从体育明星、歌星、演员到科学家、作家，再到政要、皇族，可谓星光灿烂。我在那儿看到了迈克尔·杰克逊、莎朗·斯通、埃尔顿·约翰、多明戈以及阿加西等文体明星，英国大文豪萧伯纳也在其中。然而，在名人住客中最引人注目的是苏联、俄罗斯以及各国的政要。列宁、斯大林、托洛茨基、契切林、布哈林、斯维尔德洛夫等苏共领导人的照片赫然在目，够开政治局会议了。对于中国人来说，看到我们毛主席、胡锦涛总书记照片时自豪感油然而生。

在大都会酒店大堂吧和餐厅就餐的旅客三三两两安静地坐下来，点上几道精致菜品、一两杯红酒，便细嚼慢咽品尝起来。根据我观察，他们的食量不大，颇有点英国人的风格，往往是一份俄式红菜汤、一份蔬菜沙拉、一块薄薄的牛排，一两杯红酒，轻声聊着，一坐就是个把小时。

与在那些高档餐厅形成对照的是那些街头的小餐厅，这些小餐厅具有浓郁的俄罗斯风情，有的用图书装饰起来颇有书卷气。在这些餐厅就餐的大多是粗壮的中年人，他们把大盘子里堆上肉卷、香肠、丸子、薄饼、烤包子，几大瓶伏特加肯定是少不了的。几杯下肚，酒酣耳热，便咿哩哇啦地聊了起来，聊兴助酒兴，俄罗斯人酒兴上来，一两瓶伏特加不在话下。我历来喜欢路边店、苍蝇馆子，到俄罗斯小餐馆就餐让我也挺开心。

虽然不是我们访问调研的主题，但俄罗斯的经济问题和人民生活情况自然也会进入我们的视野。交流中，俄罗斯专家们给我们介绍了一些近年来俄罗斯的经济情况。通过他们介绍，我了解到原来我们在莫斯科街头小餐馆里见到的那些俄罗斯大叔、大妈敢情属于俄罗斯中产阶级，而现在大多数莫斯科居民生活是相当紧张拮据的，他们没有多少钱能够在外就餐。英美发达国家的在外就餐系数一般都在30%以上，而莫斯科恐怕连5%也达不到。

现在俄罗斯最贫困的群体是退休人员。他们每月的退休金往往不足15000卢布，大约折合人民币1500元，不要忘了莫斯科的物价水平要明显高于北京。1500元在北京过一个月恐怕也不容易。那天晚上我在红场附近散步，一位老妇人在街头拉手风琴。她见我过来忽然拉起了喀秋莎，这让我十分感动，情不自禁跟着琴声用中文唱了起来。老太太也很高兴，一边拉琴，一边也起劲儿地唱了起来。一曲歌罢，我通过陪同的朋友与她攀谈起来。老太太自我介绍她以前是个助产士，现在退休在家，没事出来拉拉琴，挣点小钱。我们问她现在每月退休金有多少，她说大约15000卢布，折合人民币也就是1500元左右。得知这位慈祥和蔼的老人生活如此艰难，看着她那双助生过无数生命的手在寒风中按动着琴键，我的心里酸酸的。

记得我们去莫斯科高等经济大学访问，我特意询问了几位经济学教授关于俄罗斯人经济收入方面的问题。一位经济学教授告诉我们，2018年俄罗斯全国人均可支配收入每月为25000卢布。这可是一个相当低的数字呀！

那天回酒店时已经很晚了，途经马克思塑像，我还是不禁驻足。仰头看着沉思的马克思，我心里在问：马克思，您在想什么呢？眼前是一派繁华，宝马香车，红男绿女。人们在璀璨的莫斯科街头徜徉，他们走进大剧院，那里在上演柴可夫斯基的歌剧；他们走进中央商场刷卡扫货，准备欢度圣诞；他们走进高档餐厅，去见朋友、会情人。美丽的莫斯科，奢华的美好生活，圣诞灯饰把莫斯科装扮成了天上人间。

但是，同样在这座城市里，也生活着千千万万像那位退休助产士一样的穷苦居民。据我一位常年居住在莫斯科的朋友介绍，莫斯科低收入家庭，在付完房租、取暖费之后所剩无几，他们只能去最廉价的小超市，买回一些劣质的黄油、火腿和面包勉强果腹，蔬菜和水果对于他们来说绝对属于奢侈品了。

如果马克思看到今天这番景象，他会怎么想？俄罗斯人民在他的学说鼓舞下，推翻了旧制度，建立起了一个追求社会平等的国家——苏维埃社会主义共和国联盟。然而，70年后，长期停滞的经济，死气沉沉的社会，特权阶层恣意妄为，平民百姓暗淡度日。最终苏共垮了台，苏联解体了。30年前，俄罗斯人以为，告别了那个萧条压抑的旧苏联，可以迎来自由富裕幸福的新生活。20多年过去了，富裕生活确实在俄罗斯出现了，但富裕生活可不是所有人的，而仅仅为很少一部分人享有。社会主义还会回来吗？人民革命还会发生吗？这种前途不能说绝对没有可能，毕竟俄罗斯还有共产党嘛！但俄罗斯共产党的影响江河日下，越来越边缘化、老龄化了。中青年一代中间已经没有什么人关注俄共了。

马克思塑像高高基座上用俄语镌刻着一行马克思的名言："全世界无产者，联合起来！"对于今日的社会主义运动而言，问题也许就出在这里。当年马克思主义和国际共产主义运动兴起，其基础就是工业化时代的阶级分化和工人阶级的反抗斗争。但是，在《共产党宣言》诞生以后，世界各国人们的政治身份已经不再是依据"阶级"属性来确定了。所谓阶级是以一个单一的社会因素，即与生产资料的关系，来确定政治身份的社会群体。马克思在《共产党宣言》中指出，无产者与资产者是社会的基本断层线。列宁当年也是这样给出阶级定义的。但是，随着现代社会乃至后现代社会的来临，在日益复杂的社会关系中，社会分化及其断层线已经不再是依据任何单一的社会因素了。如今人们的政治态度、政治身份是在多重社会因素的复合影响下形成的。

2016年的美国大选中，分别代表民主和共和两党竞选总统的希拉里和特朗普，尽管他们的政纲有天壤之别，但双方支持者的政治身份已经与生产资料毫无关系了。如果用收入水平作为一个参考因素衡量人们的政治身份和政治态度，特朗普和希拉里在五等分收入社会群体中的支持者比例几乎是完全相等的均匀分布，也就是说，他们两人各自的支持者均匀地分布在美国各种收入水平的选民中间。许多政治学研究表明，在现代社会条件下，人们收入水平、经济地位与其政治态度相关性在日益降低乃至消失了。这也被2016年特朗普当选为美国总统的事实所证实，特朗普这个"资本家"的主要支持者，恰恰是美国工人，特别是产业工人。

在俄罗斯，从社会面貌上看，俄罗斯人仍然有着明显的身份差别。而问题是当今俄罗斯社会的断层线在哪里？是什么区别了现代俄罗斯社会的上中下呢？这应该是包括政治学者在内的社会科学家们认真思考、深入研究的问题。而有意思的是，从最表面现象上观察，如今俄罗斯的社会断层线似乎是由人们的身材来标识的。

网络时代有句俚语：你的身材就是你的阶级。当今俄罗斯的社会分层确实明显地体现在人们的身材上。在莫斯科各种"高大上"场合，你会明显感觉到人的"轻型化"。这里的男女与长久以来人们对俄罗斯人的感观印象有了很大变化。俄罗斯精英们的身材普遍比较匀称，一改过去印象中俄罗斯人的壮硕肥大。莫斯科和圣彼得堡许多时尚女青年修长纤细的身材，足以让亚洲女性羡慕。

现如今，身材苗条匀称堪称绝对的"普世价值"。2016年，近七旬的特朗普竞选美国总统还被人质疑身形与体重。而保持身材没有别的任何办法，唯有节食与健身。这也可以肯定地说是一条"普世价值"。这几天访问高校和研究机构时，我们中午都在参访单位的教工食堂吃一顿简餐。就餐时，我十分留意这些单位教职工们的餐盘，我发现他们大多对食量有着非常严格的控制，不少人尤其是女性的餐盘里就是一块不大的鸡排，再加一瓶矿泉水，这便是一顿午餐了。

保持身材只有节食是远远不够的，还必须常年坚持从事某种健身运动。在这方面，总统普京给全体俄罗斯精英树立了榜样，普京总统在繁忙公务之余堪称是一个"健身狂"。普京热爱运动，他是柔道黑带选手，还喜欢骑马、游泳，甚至狩猎。硬汉形象为普京总统赢得无数粉丝，政治上也受益多多。俄罗斯精英与西方精英在健身运动方面是完全接轨的。虽然我们这次来访赶上了俄罗斯有气象记录以来最暖和的12月，但毕竟此时已经到了俄罗斯的冬季。冬天，俄罗斯清晨八九点天色未明，这时在莫斯科河畔、涅瓦河边就可以看到在凛凛寒风中晨跑的俄罗斯人了，居然还有人身着短裤。

工业化初期，西方社会日益分化为两大群体——资产者和无产者。而今人类正在迈向后工业化、后现代社会，虽然人们与生产资料的关系已经不再是划分社会群体的断层线。但物以类聚、人以群分的现象依然存在。只是观察研究者需要与时俱进，需要从社会现实出发，像马克思当年那样，找出现实社会条件下人类社会身份政治的基础，找到划分社会群体的断层线。有意思的是，如今在俄罗斯，区分人们社会地位乃至政治身份有一个显而易见的标志，那就是人们的身材。难道如今俄罗斯人分化成两大"阶级"——胖子与瘦子了吗？！